Rendez-vous avec Rama

ARTHUR C. CLARKE

Rendez-vous avec Rama

TRADUIT DE L'ANGLAIS
PAR DIDIER PEMERLE

ÉDITIONS J'AI LU

Cet ouvrage a paru sous le titre original :

RENDEZ-VOUS WITH RAMA

DÉFENSE SPATIALE

Tôt ou tard cela devait arriver. Nécessairement. Le 30 juin 1908, Moscou échappa de peu – trois heures et quatre cents kilomètres – à la destruction, ce qui, à l'échelle de l'univers, ne constituait qu'une marge infime. De nouveau, le 12 février 1947, une autre ville russe frôla d'encore plus près la catastrophe lorsque la seconde grande météorite du XXᵉ siècle explosa à moins de quatre cents kilomètres de Vladivostock, produisant une déflagration rivalisant avec celle de la bombe à uranium récemment inventée.

A cette époque, les hommes étaient impuissants à se protéger des derniers obus perdus du bombardement cosmique qui, jadis, avait grêlé le visage de la Lune. Les météorites de 1908 et de 1947 avaient frappé des étendues sauvages et inhabitées; mais, à la fin du XXIᵉ siècle, il ne restait sur Terre aucune région où pouvait se pratiquer sans dommage le céleste exercice de tir. L'espèce humaine s'était répandue d'un pôle à l'autre. Et donc, inévitablement...

A 9 h 46 G.M.T., au matin du 11 septembre, au cours de l'été exceptionnellement beau que connut l'année 2077, la plupart des habitants de l'Europe furent éblouis par une boule de feu apparue au levant. En quelques secondes, elle fut plus brillante que le soleil et, tandis qu'elle parcourait le ciel – initialement dans un silence total –, elle laissait derrière elle un panache bouillonnant de poussière et de fumée.

Ce fut au-dessus de l'Autriche qu'elle commença à se désintégrer, provoquant une série d'ondes de choc d'une violence telle que plus d'un million de personnes subirent des dommages irréversibles de l'ouïe. Ceux-là eurent de la chance.

Se déplaçant à cinquante kilomètres par seconde, un millier de tonnes de roc et de métal percuta les plaines de l'Italie du Nord, détruisant, en quelques secondes incendiaires, le labeur des siècles. Les villes de Padoue et de Vérone furent balayées de la surface de la Terre. Et ce qui restait des gloires de Venise s'enfonça pour toujours sous la mer lorsque les eaux de l'Adriatique envahirent en tonnant les terres après ce coup de marteau venu de l'espace.

Les morts furent six cent mille, et il y eut pour plus de mille milliards de dollars de dégâts. Mais la perte subie par l'art, l'histoire, la science – par l'espèce humaine et pour l'éternité – déjouait toute évaluation. C'était comme si une gigantesque bataille avait été livrée et perdue en un seul matin ; et peu nombreux furent ceux qui se réjouirent, tandis que retombaient lentement les poussières de la catastrophe, de ce que le monde entier assisterait pendant des mois aux plus fastueux levers et couchers de soleil depuis le Krakatoa.

Passé le premier choc, l'humanité réagit avec une détermination et un ensemble qu'aucune époque antérieure n'avait pu connaître. On savait qu'un tel désastre *pouvait* ne pas se reproduire avant un millier d'années, mais aussi qu'il pourrait survenir dès le lendemain. Et que la prochaine fois, les conséquences seraient peut-être encore plus graves.

Qu'à cela ne tienne : *il n'y aurait pas de prochaine fois.*

Une centaine d'années plus tôt, un monde beaucoup plus pauvre, doté de ressources considérablement plus faibles, avait dilapidé sa richesse à essayer de détruire les armes suicidaires lancées par l'humanité contre elle-même. L'effort n'avait jamais abouti, mais les leçons apprises à cette occasion n'avaient pas été oubliées. Elles pouvaient à présent servir une cause plus noble, et sur un plan infiniment plus vaste. Aucune météorite, de taille à provoquer une catastrophe, ne serait plus susceptible de rompre les défenses de la Terre.

C'est ainsi que commença d'exister la Défense spatiale, ou encore projet *Spaceguard*. Cinquante ans plus tard, et dans des circonstances que n'auraient pu envisager aucun de ceux qui l'avait conçu, son existence se trouva justifiée.

L'INTRUS

En l'an 2130, les radars installés sur Mars découvraient de nouveaux astéroïdes au rythme d'une dizaine par jour. Les ordinateurs du projet *Spaceguard* calculaient automatiquement leurs orbites et archivaient cette information dans leurs énormes mémoires, afin que, plusieurs fois par an, tout astronome intéressé par le sujet pût prendre connaissance des statistiques accumulées. Et celles-ci commençaient à être tout à fait impressionnantes.

Il avait fallu plus de cent vingt années pour recenser le premier millier d'astéroïdes, depuis la découverte de Cérès, le géant de ces mondes miniatures, au tout premier jour du XIXᵉ siècle. Par centaines, ils avaient été découverts, perdus et retrouvés. Devant leur aspect d'amas grouillant, un astronome exaspéré les avait baptisés « vermine du ciel ». Il aurait été frappé de stupeur d'apprendre que Spaceguard, maintenant, en suivait plus d'un demi-million.

Seuls les cinq géants – Cérès, Pallas, Junon, Eunomia et

Vestia – dépassaient les deux cents kilomètres de diamètre. La grande majorité des autres n'étaient que des galets démesurés qu'un parc moyen aurait pu abriter. Presque tous décrivaient des orbites extérieures à Mars; seuls les rares à s'aventurer assez près du soleil étaient une menace possible pour la Terre, et la Défense spatiale veillait sur eux. Et, du millier de ceux-ci, pas un seul, au cours de l'histoire future du système solaire, ne passerait à moins d'un million de kilomètres de la Terre.

L'objet initialement catalogué sous le chiffre 31/439, en raison de l'année et de l'ordre de sa découverte, fut détecté alors qu'il se trouvait encore à l'extérieur de l'orbite de Jupiter. Sa situation n'était en rien inhabituelle; nombre d'astéroïdes dépassaient Saturne avant de revenir vers leur maître lointain, le soleil. Et Thulé II, le plus excentrique de tous, passait si près d'Uranus qu'on pouvait fort bien le considérer comme une lune perdue de cette planète.

Mais un premier contact radar avec un objet situé à une telle distance était sans exemple. De toute évidence, 31/439 devait être d'une taille exceptionnelle. D'après la force de l'écho, les ordinateurs déduisirent qu'il avait un diamètre d'au moins quarante kilomètres. Depuis cent ans, on n'avait pas découvert un tel géant. Qu'il eût si longtemps échappé aux observations semblait incroyable.

Puis l'orbite fut calculée, et le mystère fut éclairci, pour laisser la place à une non moins grande énigme. 31/439 ne se déplaçait pas sur une trajectoire habituelle aux astéroïdes, selon une ellipse qu'il réemprunterait au bout de quelques années avec la précision d'un mécanisme d'horlogerie. C'était un objet solitaire errant entre les étoiles, rendant sa première et dernière visite au système solaire, car sa célérité était telle que jamais le champ gravitationnel du soleil ne pourrait le capturer. Comme une flèche, il traverserait les orbites de Jupiter, de Mars, de la Terre, de Vénus et de Mercure, et, ce faisant, gagnant de la vitesse, il contournerait le soleil avant de reprendre sa progression dans l'inconnu.

Ce fut à ce moment que les ordinateurs lancèrent le signal : « Attention, nous avons là quelque chose d'intéressant! » et que, pour la première fois, 31/439 attira l'attention des êtres humains. Une vive émotion secoua brièvement le Quartier général de Spaceguard, et le vagabond interstellaire fut bientôt honoré d'un nom au lieu d'un simple numéro. Les astronomes avaient depuis beau temps épuisé la mythologie grecque et romaine; ils en étaient maintenant à explorer le panthéon hindou. Et c'est pourquoi 31/439 fut baptisé Rama.

Pendant quelques jours, la presse fit grand cas du visiteur, mais la parcimonie de l'information lui était un lourd handicap. On ne savait que deux choses de Rama : son orbite inhabituelle, et sa taille approximative. Celle-ci n'était elle-même qu'une hypothèse fondée sur la force de l'écho radar. Au télescope, Rama apparaissait toujours comme une étoile faible, de quinzième magnitude, beaucoup trop petite pour présenter un disque visible. Mais, dans sa plongée qui le précipitait au cœur du système solaire, il irait croissant, au fil des mois, en luminosité et en surface. Avant qu'il ne s'évanouît pour toujours, les observatoires orbitaux auraient la possibilité de réunir des renseignements plus précis sur sa forme et sa taille. Le temps ne manquait pas, et il n'était pas impossible qu'au cours des quelques années à venir, un vaisseau en mission ordinaire pût être dirigé sur le nouveau venu pour en prendre de bonnes photographies. Un rendez-vous réel était des plus invraisemblables. Le coût en énergie serait bien trop élevé, qui permettrait le contact physique avec un objet coupant les orbites des planètes à plus de cent mille kilomètres à l'heure.

Le monde oublia donc bientôt Rama. Le monde, mais pas les astronomes. Leur effervescence grandissait à mesure que les mois passaient, à mesure que le nouvel astéroïde leur offrait un nombre croissant d'énigmes.

En tout premier lieu, il y avait le problème de la courbe lumineuse de Rama. Il n'en avait pas.

Tous les astéroïdes connus présentaient sans exception une lente variation de leur brillance, qui culminait puis décroissait selon une période de quelques heures. On avait admis depuis plus de deux siècles que c'était le résultat inévitable de leur rotation conjuguée à leur forme irrégulière. Tandis qu'ils culbutaient sans fin leurs orbites, les surfaces réfléchissantes qu'ils présentaient au soleil changeaient sans cesse, faisant donc varier leur brillance.

Rama ne présentait aucune de ces alternances. Ou bien il ne tournait pas sur lui-même, ou bien il était parfaitement symétrique. Les deux explications semblaient également invraisemblables.

A ce point, le débat resta plusieurs mois en suspens, car aucun des grands télescopes en orbite ne pouvait être dispensé de son travail réglementaire de surveillance des lointaines profondeurs de l'univers. L'astronomie dans l'espace était un passe-temps coûteux, et l'emploi d'un instrument de grande taille revenait couramment à mille dollars la minute. Le Dr William Stenton n'aurait jamais pu mettre la main sur le réflecteur de deux cents mètres du télescope installé sur la face cachée de la Lune, et ce pour un quart d'heure entier, si un programme plus important n'avait été momentanément évincé par la défection d'un condensateur de quelques centimes. La malchance d'un astronome fut sa providence.

Bill Stenton ne sut pas avant le lendemain ce qu'il avait pêché, lorsqu'il put bénéficier d'un temps d'ordinateur pour traiter ses résultats. Et même lorsqu'ils finirent par s'inscrire en scintillant sur son écran de sortie, il lui fallut plusieurs minutes pour comprendre ce qu'ils signifiaient.

Le rayonnement solaire réfléchi par Rama n'était pas, finalement, d'une intensité absolument constante. Il existait une variation ténue, malaisée à détecter, mais indubitable et extrêmement régulière. Comme tous les autres astéroïdes, Rama tournait bel et bien sur lui-même. Mais, tandis que le « jour » normal, pour un astéroïde, était de plusieurs heures, celui de Rama n'était que de quatre *minutes*.

Le Dr Stenton fit quelques rapides calculs et en arriva à la conclusion que ces résultats étaient difficilement admissibles.

La vitesse de rotation à l'équateur de ce monde minuscule devait être de plus de mille kilomètres à l'heure. Il serait donc plutôt risqué d'atterrir ailleurs que sur les pôles. La force centrifuge, au niveau de l'équateur de Rama, devait être assez puissante pour envoyer promener, et avec une accélération de presque une gravité, tout objet non attaché. Rama, pierre qui roulait, ne pouvait avoir amassé de mousse cosmique; il était surprenant qu'un tel corps eût pu préserver sa cohésion, et ne se fût pas, depuis longtemps, désintégré en millions de fragments.

Quarante kilomètres de diamètre, une période de rotation de quatre minutes seulement, comment cela pouvait-il entrer dans le cadre des faits astronomiques? Le Dr Stenton avait quelque imagination et une légère propension à conclure trop vite. En ce cas précis, cette rapidité lui procura quelques instants d'un extrême inconfort.

Le seul spécimen du zoo céleste qui voulût bien correspondre à la description était un collapsar. Peut-être Rama était-il un soleil mort, une sphère de neutrons comprimés, animée d'une folle giration, et dont chaque centimètre cube pesait des milliards de tonnes...

A cet instant, surgit du fond de la mémoire horrifiée du Dr Stenton le souvenir de ce classique éternel : *L'étoile*, de H.G. Wells. Il l'avait lu une première fois, étant encore enfant, et cela avait contribué à éveiller son intérêt pour l'astronomie. En plus de deux siècles d'existence, le livre n'avait rien perdu de son pouvoir enchanteur et terrifiant. Il n'oublierait jamais les images d'ouragans et de raz de marée, de villes glissant dans la mer pendant que cet autre visiteur venu des étoiles, après avoir frappé de plein fouet Jupiter, fonçait, passé la Terre, en direction du soleil. A vrai dire, l'étoile que décrivait le bon vieux Wells n'était pas froide mais incandescente, et devait une grande part de son pouvoir destructeur à la chaleur. Cela importait peu : même si Rama n'était qu'un corps froid ne refléchissant que la lumière du soleil, sa gravité était aussi redoutable que le feu.

L'intrusion de toute masse stellaire dans le système solaire déformerait complètement les orbites des planètes. Que la Terre se rapprochât de quelques millions de kilomètres seulement du soleil – ou des étoiles – et l'équilibre délicat des climats serait ruiné. La calotte antarctique pourrait fondre et submerger toutes les terres basses; ou bien les océans pourraient geler, et boucler le monde entier dans un hiver éternel. Il suffisait d'une chiquenaude dans l'une ou l'autre direction...

Puis le Dr Stenton se détendit et poussa un soupir de soulagement. Tout cela était absurde; il devrait avoir honte de lui-même.

Il était impossible que Rama fût constitué de matière concentrée. Aucune masse de la taille d'une étoile ne pouvait pénétrer si avant dans le système solaire sans provoquer des perturbations qui auraient trahi sa présence depuis longtemps. Les orbites de toutes les planètes en auraient été affectées. Après tout, c'était ainsi que Neptune, Pluton et Perséphone avaient été découverts. Non, il était parfaitement impossible qu'un objet aussi massif qu'un soleil mort pût se faufiler à l'insu de tous.

En un sens, c'était dommage. La rencontre avec une étoile noire aurait été tout à fait passionnante.

Jusqu'à ce que...

RAMA ET SITA

La réunion extraordinaire du Comité consultatif de l'espace fut brève et houleuse. En ce siècle, qui était tout de même le XXIIᵉ, le moyen d'écarter les savants âgés et conservateurs des positions clés administratives n'avait pas encore été découvert. En fait, on doutait que le problème pût être un jour résolu.

Pis encore, le président en exercice du Conseil était le Pr (honoraire) Olaf Davidson, le très distingué astrophysicien. Le Pr Davidson ne s'intéressait guère aux objets plus petits que les galaxies, et n'avait jamais fait mystère de ses préférences. Et bien qu'il dût admettre que quatre-vingt-dix pour cent de sa science reposaient sur des observations effectuées par des instruments exclusivement spatiaux, il n'avait pas lieu de s'en réjouir. Par trois fois au moins au cours d'une carrière bien menée, des satellites spécialement lancés pour démontrer une de ses théories favorites avaient précisément prouvé le contraire.

La question se posait sans détour au Conseil. Il n'était pas douteux que Rama fût un objet hors du commun, certes, mais était-il si important ? Dans quelques mois, il aurait disparu pour toujours, et donc le délai pour agir était bref. L'occasion manquée maintenant ne se présenterait plus jamais.

Pour une somme plutôt terrifiante, une sonde spatiale prête à être lancée depuis Mars vers les régions transneptuniennes pouvait être modifiée et envoyée sur une trajectoire tendue au-devant de Rama. Le rendez-vous était inaccessible ; à une vitesse jamais encore enregistrée, deux éclairs, deux objets se croiseraient à deux cent mille kilomètres à l'heure. Rama ne serait observé avec acuité que pendant quelques minutes, et, de près, moins d'une seconde. Mais avec l'appareillage adéquat, cette durée suffirait à régler nombre de questions.

Bien que le Pr Davidson considérât d'un œil torve la sonde transneptunienne, le projet était déjà approuvé, et il ne vit pas l'intérêt de s'enferrer dans un mauvais cas. Il parla avec éloquence du faste inutile de la chasse aux astéroïdes, du besoin urgent, sur la Lune, d'un nouvel interféromètre à haute résolution depuis peu, de la création de l'univers par un *Big Bang*.

C'était une grave erreur tactique : les trois plus ardents partisans de la théorie modifiée de l'univers quasi statique étaient également membres du Conseil. Bien sûr, ils admettaient, sans le dire, avec le Pr Davidson, que la chasse aux astéroïdes était une dépense inutile, mais quand même...

Une seule voix suffit à départager le Conseil, et à lui donner tort.

Trois mois plus tard, la sonde spatiale, rebaptisée Sita, était lancée depuis Phobos, la plus intérieure des deux lunes de Mars. Le vol dura cinq semaines, et l'appareil ne fut réglé à sa pleine puissance que cinq minutes avant l'interception. Simultanément, un essaim de caméras fut largué, afin que Rama, au passage, pût être photographié sur toutes ses faces.

Les premières images prises, à dix mille kilomètres de distance, stoppèrent net toutes les entreprises humaines. Ce qui apparut sur un milliard d'écrans de télévision, ce fut un minuscule cylindre dépourvu de traits apparents, et qui grandissait rapidement de seconde en seconde. Lorsque sa taille eut doublé, personne ne pouvait plus prétendre que Rama était un objet naturel.

Son corps était un cylindre d'une perfection géométrique telle qu'il aurait pu être façonné sur un tour, mais un tour dont les pointes auraient été écartées d'une cinquantaine de kilomètres. Les deux extrémités étaient tout à fait planes, à l'exception de formes d'une moindre importance au centre de l'une d'elles; leur diamètre était de vingt kilomètres. A distance et en l'absence de toute échelle de comparaison, Rama ressemblait assez drôlement à n'importe quel chauffe-eau électrique.

Rama grandit jusqu'à remplir l'écran. Sa surface était d'un gris triste et terne, d'une absence de couleurs semblable à celle de la Lune, et dépourvue de marques extérieures sauf en un point. A mi-chemin de la longueur du cylindre se trouvait une tache, une altération d'un kilomètre de large, comme si quelque chose, à une époque reculée, était venu s'y écraser.

A ce qu'il paraissait, l'impact n'avait pas causé de dommage aux parois tournoyantes de Rama; mais c'était cette marque qui, cause de la faible variation de brillance, avait mis Stenton sur la piste de sa découverte.

Les images transmises par les autres caméras n'apportèrent rien de nouveau. Toutefois, les trajectoires que décrivirent leurs supports dans le champ gravitationnel de Rama apportèrent une information essentielle : la masse du cylindre.

Il était bien trop léger pour être un corps compact. Et personne ne fut surpris d'apprendre que Rama était nécessairement creux.

La rencontre longtemps espérée, longtemps redoutée, se produisait enfin. L'humanité allait accueillir son premier visiteur venu des étoiles.

RENDEZ-VOUS

Le commandant Norton se rappelait ces premières transmissions télévisées, qu'il avait tant de fois visionnées depuis, des dernières minutes du rendez-vous. Mais ce que l'image électronique n'avait pas été capable de communiquer, c'étaient les dimensions écrasantes de Rama.

Il n'avait jamais connu une telle impression en débarquant sur des corps célestes naturels comme la Lune ou Mars. C'étaient des mondes, grands comme des mondes : on n'était pas surpris. Il avait aussi débarqué sur Jupiter VIII qui, bien que légèrement plus important que Rama, lui avait semblé bien petit.

Le paradoxe était facile à démonter. Son jugement était affecté de ce que ceci était un artefact, des millions de fois plus lourd que tout ce que l'homme avait pu placer dans l'espace. La masse de Rama était d'au moins dix millions de millions de tonnes; à tout astronaute, cette pensée n'inspirait pas seulement le respect, mais la terreur. Il était donc normal, à mesure que ce cylindre de métal antique et façonné emplissait une portion croissante du ciel, que l'homme ressentît parfois son insignifiance, et même son abaissement.

S'y mêlait une intuition totalement nouvelle pour lui : le danger. Lors de tous les débarquements précédents, il avait su à quoi s'en tenir; l'accident y avait toujours été possible, mais la surprise, jamais. Avec Rama, la seule certitude était la surprise.

L'*Endeavour* flottait à moins de mille mètres au-dessus du pôle Nord du cylindre, très précisément dans l'axe du disque qui tournait lentement. Cette extrémité avait été choisie parce qu'éclairée par le soleil; la rotation de Rama faisait que les ombres des courtes formes énigmatiques proches de son axe balayaient constamment la plaine de métal. La face nord de Rama était un gigantesque cadran solaire qui, toutes les quatre minutes, mesurait le bref passage d'un jour entier.

Poser un vaisseau spatial de mille tonnes au centre d'un disque tournant était le dernier souci du commandant Norton. Ce n'était guère différent de s'amarrer à l'axe d'une grande station spatiale; les fusées latérales de l'*Endeavour* lui avaient déjà conféré la giration concordante, et il pouvait se fier au lieutenant Joe Calvert pour poser le vaisseau aussi délicatement qu'un flocon de neige, avec ou sans l'aide du pilotage automatique.

– Dans trois minutes, dit Joe sans lever les yeux du tableau, nous saurons si c'est fait d'antimatière.

Norton sourit au souvenir des plus effarantes théories sur l'origine de Rama. Si cette hypothèse peu vraisemblable était vraie, le plus énorme *bang* depuis la formation du système solaire se produirait dans quelques secondes. L'annihilation totale d'une masse de dix mille tonnes doterait pour un instant les planètes d'un second soleil.

Le plan de mission avait cependant fait place à ce risque, si minime fût-il; à la distance respectueuse d'un millier de kilomètres, l'*Endeavour* avait fait essuyer à Rama le feu d'une de ses fusées. Il ne s'était rien produit de particulier lorsque le nuage de vapeurs en expansion toucha la cible : une réaction matière-antimatière ne mettant en jeu que quelques milligrammes aurait déjà produit un assez terrifiant feu d'artifice.

Norton, comme tous les commandants de l'espace, était un homme prudent. Il avait longuement et intensément observé la face nord de Rama, choisissant le point de contact. Après mûre réflexion, il avait décidé d'éviter l'endroit le plus évident : le centre géométrique, à l'emplacement de l'axe. Une circonférence d'une centaine de mètres de diamètre qui avait le pôle pour centre s'y dessinait nettement, et Norton le soupçonnait fortement d'être la porte extérieure d'un sas démesuré. Les êtres qui avaient bâti ce monde creux avaient bien dû penser au moyen d'y faire entrer leurs nefs. Norton pensa qu'il pourrait être malencontreux de bloquer l'accès avec son propre vaisseau.

Mais cette décision entraîna d'autres problèmes. Si l'*Endeavour* se posait, fût-ce à quelques mètres de l'axe, la rapide giration de Rama le ferait glisser de plus en plus loin du pôle. La force centrifuge, d'abord très faible, ne cesserait de s'exercer constamment, inexorablement. Le commandant Norton ne goûtait guère l'idée de voir son vaisseau entraîné sur la surface de la plaine polaire, prenant continuellement de la vitesse jusqu'à être projeté dans l'espace à la vitesse de mille kilomètres à l'heure au moment où il atteindrait le bord du disque.

Peut-être le champ gravitationnel très réduit de Rama – un millième environ de celui de la Terre – préviendrait-il cela. Avec une force de plusieurs tonnes, elle maintiendrait l'*Endeavour* au sol, et pour peu que la surface fût assez rugueuse, le vaisseau ne s'éloignerait pas du pôle. Mais le commandant Norton n'avait pas envie de mettre en balance une force de frottement inconnue avec une autre, centrifuge, absolument certaine.

Par bonheur, ceux qui avaient construit Rama avaient fourni la réponse. Figurant les sommets d'un triangle équilatéral autour de l'axe polaire, se trouvaient trois pylônes bas, épais chacun d'environ dix mètres. Il suffisait que l'*Endeavour* se posât entre deux d'entre eux pour que la dérive centrifuge se trouvât contenue par eux, qui la maintiendraient fermement, comme un navire plaqué contre le quai par la houle du large.

– Contact dans quinze secondes, dit Joe.

Concentré au-dessus des commandes jumelées qu'il espérait n'avoir pas à toucher, le commandant Norton comprit tout ce qui, convergeant ici, allait se jouer en cet instant. Ce débarquement serait certainement le plus mémorable depuis le premier alunissage, un siècle et demi plus tôt.

Les pylônes gris dansèrent leur lente ronde ascendante derrière le hublot d'observation. Un dernier soupir de fusée, une secousse à peine sensible, et ce fut tout.

Au cours des semaines qui venaient de passer, le commandant Norton s'était souvent demandé ce qu'il dirait à cet instant. Mais maintenant qu'il y était, l'Histoire le lui souffla. Ces mots, il les prononça presque mécaniquement, sourd à l'écho qu'ils éveillaient dans le passé :

– *Rama Base. Endeavour has landed.*

Un mois plus tôt, il n'aurait jamais cru possible une

telle chose. Le vaisseau effectuait alors une mission de routine, vérifiait et posait les balises signalant les astéroïdes, lorsque l'ordre était venu. L'*Endeavour* était le seul vaisseau spatial du système solaire à pouvoir effectuer un rendez-vous avec l'intrus avant que, tournant soudain le dos au soleil, il ne se jetât à nouveau en direction des étoiles. Malgré cela, il avait fallu dévaliser trois autres vaisseaux de la Sûreté solaire, qui, à présent, dérivaient, désemparés, en attendant de pouvoir refaire leur plein. Il faudrait beaucoup de temps, Norton le craignait, avant que les capitaines de la *Calypso*, du *Beagle* et du *Challenger* acceptassent de lui adresser de nouveau la parole.

Malgré ce surcroît de propergols, la poursuite avait été longue et dure. Rama était déjà à l'intérieur de l'orbite de Vénus quand l'*Endeavour* le rejoignit. Aucun autre vaisseau n'aurait jamais pu le faire. Ce privilège était unique, et pas un moment des semaines à venir n'était à perdre. Mille savants sur Terre auraient joyeusement vendu leur âme pour cette occasion. Et maintenant, ils devaient se contenter de rester rivés aux circuits de télévision en se mordant les lèvres à penser qu'ils s'y seraient pris, *eux*, mieux que cela. Ils avaient probablement raison, mais pas le choix. Les lois inexorables de la mécanique céleste avaient décrété que l'*Endeavour* serait le premier et le dernier des vaisseaux à entrer en contact avec Rama.

Les consignes qu'il recevait continuellement de la Terre n'allégeaient guère la responsabilité de Norton. Si des décisions devaient être prises à la fraction de seconde près, personne ne pouvait l'aider; le retard des transmissions radio avec le Contrôle était déjà de dix minutes et ne cessait d'augmenter. Il enviait fréquemment les grands navigateurs du passé, d'avant l'époque des communications électroniques, et qui, une fois leurs ordres de mission décachetés, pouvaient les interpréter sans être soumis au contrôle incessant des quartiers généraux. Lorsqu'ils faisaient des fautes, personne, jamais, ne le savait.

Mais en même temps, il était content que certaines décisions fussent du ressort de la Terre. Maintenant que l'orbite de l'*Endeavour* avait coïncidé avec celle de Rama, ils faisaient route comme un seul et même corps vers le soleil. Dans quarante jours, ils passeraient à moins de vingt millions de kilomètres du soleil, la périhélie de leur orbite. C'était trop peu pour être confortable; bien avant cela, donc, l'*Endeavour* devrait utiliser le carburant qui lui restait pour rejoindre d'un bond une orbite plus sûre. Il leur resterait peut-être trois semaines à consacrer à l'exploration, avant de se séparer pour toujours de Rama.

Après quoi, ce serait à la Terre de jouer. L'*Endeavour* serait virtuellement désemparé, en accélération sur une orbite qui pourrait faire de lui le premier vaisseau à rallier les étoiles – dans une cinquantaine de milliers d'années. Le Contrôle avait assuré qu'il n'y avait pas à s'inquiéter. D'une façon ou d'une autre, et quel qu'en fût le prix, l'*Endeavour* serait réapprovisionné, même s'il se révélait nécessaire de lui envoyer des vaisseaux-citernes qui seraient abandonnés dans l'espace une fois délestés de la totalité de leurs propergols. Rama valait qu'on prît tous les risques, sauf ceux d'une mission suicide.

Et, bien sûr, cette issue n'était pas à écarter. Le commandant Norton ne se faisait pas d'illusions à ce sujet. Pour la première fois depuis un siècle, un élément d'incertitude absolue avait fait son entrée dans les affaires des hommes. L'incertitude, l'indétermination étaient justement ce que ni les savants ni les politiques ne pouvaient tolérer. Si cette entreprise était le prix à payer pour en finir avec l'incertitude, l'*Endeavour* et son équipage seraient dépensés sans compter.

PREMIÈRE SORTIE

Rama, qui était peut-être une tombe, en possédait déjà le silence. Aucun signal radio sur quelque fréquence que ce fût. Aucune vibration qu'eussent pu détecter les séismographes, si ce n'étaient les micro-secousses dont, à coup sûr, la chaleur croissante du soleil était la cause. Aucun flux électrique. Aucune radioactivité. Ce mutisme était presque de mauvais augure; et même de la part d'un astéroïde, on se serait attendu à plus de bruit.

Qu'attendions-nous donc? se demanda Norton. Un comité d'accueil? Déception, soulagement, il hésitait entre les deux attitudes. Et, de toute façon, c'était à lui de prendre l'initiative.

Il donna l'ordre d'attendre vingt-quatre heures, puis de faire une sortie de reconnaissance. Ce premier jour, personne ne dormit beaucoup. Même ceux des membres d'équipage qui n'étaient pas de service passèrent leur temps à l'écoute – en vain – des instruments détecteurs, ou à regarder par les hublots d'observation le paysage strictement géométrique. Ce monde est-il vivant? se demandaient-ils sans cesse. Est-il mort? Ou bien simplement endormi?

Pour la première sortie extra-véhiculaire, Norton ne prit qu'un compagnon, le lieutenant de vaisseau Karl Mercer, son ingénieur et endurant officier de bio-intendance. Il n'avait pas l'intention de s'aventurer hors de vue du vaisseau, et, en cas d'incident, une troupe plus nombreuse ne serait pas un gage de sécurité. Par précaution, toutefois, il fit placer deux hommes d'équipage en tenue de sortie dans le sas.

Le poids de quelques grammes que les forces gravitionnelle et centrifuge de Rama leur conféraient ne les servait ni ne les desservait. Ils devaient s'en remettre entièrement à leurs fusées de propulsion. Dès que possible, se dit Norton, il ferait passer une corde de guidage entre les trois pylônes bas et la fusée comme entre les quatre pointes d'un tricotin, afin que les hommes pussent circuler alentour sans gâchis de carburant.

Le plus proche pylône n'était qu'à dix mètres du sas, et le premier soin de Norton fut de s'assurer que le contact n'avait en rien endommagé le vaisseau. Une poussée de plusieurs tonnes pressait la coque de l'*Endeavour* contre la paroi courbe, mais la pression était également répartie. Rassuré, il entreprit de faire le tour de la forme circulaire pour tenter d'en déterminer l'usage.

Norton n'avait parcouru que quelques mètres quand il se trouva devant une altération de la paroi parfaitement lisse et apparemment métallique. Il crut d'abord à quelque décoration particulière, car aucune fonction utilitaire ne semblait dévolue à cette forme : six sillons ou encoches radiaux étaient profondément imprimés dans le métal, avec, en leur creux, six barreaux convergents comme les rayons d'une roue sans jante, munie en son centre d'un petit moyeu. Mais, telle qu'elle était encastrée dans le mur, cette roue ne pouvait être d'aucune façon tournée.

Puis il remarqua, avec un début d'ivresse, que les creux se faisaient plus profonds à l'extrémité des rayons de façon à pouvoir accueillir sans difficulté la prise d'une main (ou griffe, ou tentacule?). Si l'on se tenait ainsi, les bras tendus contre le mur, et qu'on tirât à soi les rayons...

Avec une douceur onctueuse, la roue coulissa hors du mur. Absolument abasourdi – car il avait pratiquement acquis la certitude que toutes les parties mobiles auraient été soudées par le vide depuis des éternités – Norton se retrouva dans la position de l'homme qui tient une barre de gouvernail. Il aurait pu être le capitaine de quelque vieux voilier, de quart à la barre de son bâtiment.

Il pensa avec satisfaction que le traitement anti-reflets de son heaume empêchait Mercer de voir sa mine.

Décontenancé, il l'était, mais furieux aussi contre lui-même. Il avait peut-être déjà commis sa première faute. Et si l'intérieur de Rama résonnait maintenant de signaux d'alarme? Et si son geste inconsidéré avait déjà mis en route quelque mécanisme implacable?

Mais aucun changement ne fut signalé par l'*Endeavour*; ses senseurs ne détectaient rien d'autre que les menus fourmillements thermiques et ses propres mouvements.

– Alors, capitaine, vous allez tourner ce volant?

Norton se récita une fois de plus ses instructions. « Jugez vous-même des opportunités, mais procédez avec prudence. » S'il devait en référer au Contrôle pour chaque mouvement, il n'arriverait jamais à rien ni nulle part.

– Votre diagnostic, Karl? demanda-t-il à Mercer.

– De toute évidence, c'est la commande manuelle d'un sas, sans doute une sécurité en cas de panne d'énergie. J'imagine mal une technologie, si avancée soit-elle, qui ne prendrait pas de telles précautions.

« Elle serait également à l'épreuve des fausses manœuvres, se dit Norton. La commande ne pourrait être manœuvrée qu'en l'absence de tout danger pour le système... »

Il empoigna deux rayons opposés, assura fermement ses pieds contre le sol et pesa sur le volant. Qui ne céda pas.

– Venez m'aider, demanda-t-il à Mercer.

Ils prirent chacun un rayon; même en y mettant toute leur force, ils furent incapables de produire le moindre mouvement.

Evidemment, rien ne permettait de penser que, sur Rama, les horloges et les tire-bouchons tournaient dans le même sens que sur Terre...

– Essayons dans l'autre sens, suggéra Mercer.

Il n'y eut, cette fois, aucune résistance. Le volant fit presque sans effort un tour complet. Puis, très doucement, il embraya.

A un demi-mètre de là, la paroi courbe du pylône se mit

à bouger, s'ouvrant lentement à la façon d'un coquillage. Quelques particules de poussière, chassées par les tourbillons de l'air qui fusait, jetèrent une volée de diamants dès que la lumière aveuglante du soleil les accrocha.

L'accès à Rama était ouvert.

LA COMMISSION

Ç'avait été une grave erreur, pensait souvent le Dr Bose, que d'établir l'état-major des Planètes unies sur la Lune. Il était inévitable que la Terre tendît à dominer les débats, tout comme elle dominait le paysage à l'extérieur du dôme. Puisqu'il avait *fallu* construire ici, au moins aurait-on pu le faire sur la Face cachée où jamais ne s'exerçait le miroitant pouvoir magnétique de ce disque...

Mais il était, bien sûr, beaucoup trop tard pour changer, et, de toute façon, il n'y avait pratiquement pas le choix. Que cela plût ou non aux colonies, la Terre exercerait sa suzeraineté culturelle et économique sur le système solaire au cours des siècles à venir.

Le Dr Bose était né sur Terre, et n'avait émigré sur Mars que la trentaine passée. Il pensait donc pouvoir considérer d'un œil froid la situation politique. Il savait maintenant qu'il ne reviendrait jamais sur sa planète natale, bien qu'elle ne fût qu'à cinq heures de vol par la navette spatiale. A cent quinze ans, il était en parfaite santé, mais ne pouvait envisager le traitement destiné à le réaccoutumer à une gravité triple de celle dont il avait joui durant la majeure partie de sa vie. Il était exilé pour toujours de son monde natal. Son absence de sentimentalité l'avait toutefois tenu à l'écart des nostalgies futiles.

Ce qui parfois le déprimait était la nécessité de côtoyer,

à longueur d'année, les mêmes visages familiers. Les miracles de la médecine étaient choses appréciables, et loin de lui le désir de revenir en arrière; mais autour de cette table de conférence se trouvaient des hommes avec qui il travaillait depuis plus d'un demi-siècle. Il savait exactement ce qu'ils allaient dire et comment ils prendraient position sur tel ou tel sujet. Il souhaitait que, un jour ou l'autre, l'un d'eux fît quelque chose de totalement inattendu, peut-être même une folie.

Et sans doute éprouvaient-ils le même sentiment à son endroit.

De par ses effectifs réduits, mais cela n'aurait qu'un temps, la Commission Rama était encore, disons, praticable. Ses six collègues représentants aux P.U de Mercure, de la Terre, de Luna, de Ganymède, Titan et Triton, étaient tous présents en chair et en os. Il le fallait bien, car la diplomatie électronique n'était plus possible à l'échelle du système solaire. Accoutumés qu'ils étaient aux communications immédiates que la Terre avait longtemps considérées comme allant de soi, certains parmi les aînés des hommes politiques n'avaient jamais pu admettre que les ondes radio prissent plusieurs minutes, voire plusieurs heures pour traverser les abîmes séparant les planètes. « Alors, les scientifiques, qu'attendez-vous pour y remédier? » les entendait-on soupirer non sans acrimonie lorsqu'une conversation immédiate se révélait impossible entre la Terre et l'un de ses plus lointains rejetons. Seule la Lune bénéficiait d'un retard – à peine tolérable – d'une seconde et demie, avec tout ce que cela entraînait de conséquences politiques et psychologiques. En raison de cette contingence de la vie à l'échelle astronomique, la Lune, et elle seule, resterait toujours une banlieue de la Terre.

Egalement présents en personne étaient trois des spécialistes que s'était attachés la Commission. Le Pr Davidson, l'astronome, était une vieille connaissance; pour l'heure, son fond d'irascibilité semblait l'avoir quitté. Le

Dr Bose ne savait rien des conflits qui avaient précédé le lancement de la première fusée-sonde vers Rama, mais les collègues du professeur lui avaient fait sentir que l'affaire n'était pas oubliée.

Le Dr Thelma Price était bien connue par ses apparitions télévisées, bien que sa renommée vînt en premier lieu de la véritable explosion archéologique qui, cinquante ans plus tôt, avait suivi l'assèchement de ce vaste musée marin qu'était la Méditerranée.

Le Dr Bose se rappelait encore la vague de pessimisme qui avait suivi cette remontée au jour des trésors perdus des Grecs, des Romains et d'une dizaine d'autres civilisations. Ç'avait été une des rares occasions qui lui avaient fait regretter de vivre sur Mars.

Le choix de Carlisle Perera, l'exobiologiste, s'imposait également, tout comme celui de Dennis Salomon, l'historien des sciences. Le Dr Bose était un peu moins satisfait de la présence de Conrad Taylor, le très célèbre anthropologue qui devait sa renommée à la seule combinaison de l'érotisme et de l'érudition dans son étude des rites pubertaires du site de Beverly Hills au XXᵉ siècle finissant.

Aucun d'eux, cependant, n'aurait pu disputer à sir Lewis Sands le droit de siéger à la Commission. Sir Lewis, dont le savoir n'avait d'égal que sa civilité, ne perdait, disait-on, son sang-froid que lorsqu'on l'appelait l'Arnold Toynbee de son époque.

Le grand historien n'était pas présent en personne. Il refusait obstinément de quitter la Terre, fût-ce pour une réunion aussi mémorable que celle-ci. Son image stéréo, qu'on ne pouvait distinguer de la réalité, occupait le siège à la droite du Dr Bose; comme pour parachever l'illusion, quelqu'un avait placé un verre d'eau devant lui. Le Dr Bose considérait ce tour de force technique comme un truquage inopportun, mais surprenant était le plaisir puéril que prenaient d'authentiques grands hommes à être en deux endroits à la fois. Ce miracle électronique provoquait parfois de cocasses catastrophes : il s'était trouvé à une réception diplomatique où quelqu'un avait voulu passer au travers d'une semblable image stéréo, pour découvrir, trop tard, qu'il s'agissait de la personne en chair et en os. Et il était encore bien plus divertissant d'assister aux tentatives de deux projections pour se serrer la main...

Son Excellence l'ambassadeur de Mars aux Planètes Unies remit de l'ordre dans ses pensées errantes, s'éclaircit la voix et dit :

– Messieurs, la séance de la Commission est ouverte. Je crois pouvoir dire qu'ici des talents exceptionnels sont assemblés autour d'une situation exceptionnelle. La consigne que nous a donnée le Secrétaire général est d'évaluer la situation et de conseiller le commandant Norton si nécessaire.

Ce schématique euphémisme tenait du miracle, et chacun le savait. A moins d'une urgence grave, la Commission ne serait jamais directement en contact avec le commandant Norton, si toutefois celui-ci entendait jamais parler de son existence. Car la Commission était une création provisoire de l'Organisation scientifique des Planètes Unies, responsable par son directeur devant les Planètes Unies. Il était exact que la Sûreté spatiale était partie intégrante des P.U., mais uniquement sous aspect opérationnel, et non scientifique. Sur le papier, cela aurait dû être sensiblement la même chose. On ne voyait pas pourquoi la Commission Rama – ou qui que ce fût en cette affaire – n'aurait pas joint le commandant Norton pour le secourir d'un conseil.

Mais les communications spatiales sont coûteuses. L'*Endeavour* ne pouvait être contacté que par l'intermédiaire de la PLANETCOM, qui était une compagnie autonome, célèbre pour la rigueur et l'efficacité de sa gestion. Il fallait longtemps pour obtenir l'ouverture d'un crédit auprès de la PLANETCOM; quelque part, quelqu'un devait travailler à ce problème. Mais pour l'instant, les ordinateurs au cœur de quartz de la PLANETCOM ne reconnaissaient pas l'existence de la Commission Rama.

– Ce commandant Norton, dit l'ambassadeur de la Terre, a une responsabilité écrasante. Quel type d'homme est-ce?

– Je peux répondre à cela, dit le Pr Davidson dont les doigts voletaient sur le clavier de son mémobloc.

Il considéra avec une grimace austère les informations qui se pressaient sur l'écran et entreprit sur-le-champ d'en faire le résumé :

– William Tsien Norton, né en 2077 à Brisbane, Oceana. Etudes à Sydney, Bombay, Houston. Cinq ans de spécialisation en propulsion à Astrograd. Officier en 2102. Accession normale aux grades supérieurs. Participé comme lieutenant à l'expédition Perséphone III, s'est distingué lors de la quinzième tentative d'établissement d'une base sur Vénus... et... voyons... conduite exemplaire... double citoyenneté, Mars et Terre... marié, un enfant à Brisbane, marié, *deux* enfants à Port Lowell, avec agrément anticipé pour un troisième...

– Mariage? demanda innocemment Taylor.

– Non, un troisième enfant, évidemment, répliqua sèchement le professeur avant de rencontrer le large sourire de son interlocuteur.

Une onde de rire léger fit le tour de la table, bien que les simples Terriens soumis à la surpopulation parussent plus envieux que réellement amusés. Malgré un siècle d'efforts opiniâtres, la Terre n'avait pas encore ramené sa population sous la barre du milliard, qu'elle s'était fixé...

– ... Nommé officier commandant du vaisseau de recherches de la Sûreté solaire *Endeavour*. Première traversée vers les satellites rétrogrades de Jupiter... pas commode, ça... en mission de surveillance des astéroïdes quand il a reçu l'ordre de se tenir prêt pour cette opération... a réussi à tenir le délai fixé...

Le professeur fit le vide sur l'écran et leva les yeux sur ses collègues :

– Je pense que nous sommes extrêmement bien tombés, compte tenu qu'il était le seul homme à être disponible en d'aussi brefs délais. Nous aurions peut-être été obligés de nous contenter d'un de ces capitaines dont nous avons l'habitude.

Son ton semblait indiquer qu'il faisait allusion à quelque capitaine Crochet des routes de l'espace, claudiquant sur sa jambe de bois, le pistolet dans une main et le sabre d'abordage dans l'autre.

– Le document ne prouve qu'une chose, c'est qu'il est compétent, ajouta l'ambassadeur de Mercure (population : 112 500 habitants, en croissance rapide). Comment réagira-t-il dans une situation aussi nouvelle que celle-ci ?

Sur Terre, sir Lewis Sands s'éclaircit la voix. Ce qui ne se produisit qu'une seconde et demie plus tard sur la Lune.

– Ce n'est pas exactement une situation nouvelle, rappela-t-il à l'Hermien, même si son précédent date déjà de trois siècles. Si Rama est mort, ou inoccupé, et il y a tout lieu de croire qu'il l'est, Norton se trouve dans la même position que l'archéologue qui exhume les ruines d'une civilisation éteinte. (Il s'inclina courtoisement en direction du Dr Price qui lui exprima son approbation par un hochement de tête.) Les exemples les plus évidents sont ceux de Schliemann à Troie, ou de Mouhot à Angkor Vat. Les risques sont minimes, bien qu'il soit entendu que l'éventualité d'un accident ne puisse jamais être écartée.

– Qu'en est-il de ces histoires de traquenard et de machine infernale que répandent les gens du Pandore ? demanda le Dr Price.

– Pandore ? questionna aussitôt l'ambassadeur hermien. De quoi s'agit-il ?

– C'est un mouvement de toqués, expliqua sir Robert avec cette gêne de bon ton qui est le propre d'un diplomate, convaincus que Rama est un grave danger potentiel. Une boîte qu'on ne devrait pas ouvrir. Vous voyez ce que je veux dire.

Il doutait fort que l'Hermien *vît*, car, sur Mercure, les études classiques n'étaient guère encouragées.

– Pandore – Parano même topo, bougonna avec mépris Conrad Taylor. Il est évident que de telles choses sont *concevables*, mais pourquoi prêter à une espèce intelligente des intentions aussi puérilement facétieuses?

– Donc, même si nous écartons ce genre de désagrément, poursuivit sir Lewis, l'éventualité la plus redoutable reste celle d'un Rama habité et en activité. Alors la situation est celle d'une rencontre de deux civilisations, chacune ayant atteint un niveau très différent de technicité. C'est Pisarre et les Incas, Peary et les Japonais. L'Europe et l'Afrique. Les suites en ont été presque constamment désastreuses, que ce soit pour l'un des protagonistes, ou les deux à la fois. Je ne me risque pas à faire des recommandations. J'indique simplement les précédents.

– Merci, sir Lewis, répondit le Dr Bose. (Il pensa qu'il était tout de même légèrement assommant d'avoir deux « sirs » dans une seule commission; depuis quelque temps, l'anoblissement était un honneur auquel peu de Britanniques échappaient.) Je suis sûr que nous avons réfléchi aux possibilités les plus alarmantes. Mais si les créatures qui habitent Rama sont, disons, malveillantes, pensez-vous que notre attitude, quelle qu'elle soit, y changera quelque chose?

– Peut-être ne s'apercevront-ils pas de notre présence si nous partons.

– Comment après qu'ils ont parcouru des milliards de milles et des milliers d'années?

La discussion, venant par là de décoller, planait désormais en toute autonomie. Le Dr Bose se carra dans son fauteuil, laissa tomber quelques rares paroles et attendit que se dégageât un accord.

Tout se passa comme il l'avait prévu. On s'accorda sur le fait qu'ayant déjà ouvert la première porte, il était inconcevable que le commandant Norton n'ouvrît pas la seconde.

DEUX ÉPOUSES

Avec amusement et un certain détachement, le commandant Norton pensa que si l'idée venait à ses deux épouses de comparer leurs vidéogrammes, cela lui donnerait un surcroît de travail. Car pour l'heure il se contentait d'en établir un seul, long, qu'il dupliquait, n'ajoutant que de brefs propos plus personnels et mots tendres avant d'envoyer les deux exemplaires presque identiques respectivement sur Mars et la Terre.

Il était plus qu'improbable, d'ailleurs, que ses deux femmes en fissent jamais rien. Malgré les tarifs de faveur concédés aux familles des astronautes, l'entreprise serait coûteuse. Et quel en serait l'intérêt, puisque ses deux familles entretenaient d'excellents rapports, ne laissant jamais passer les fêtes et les anniversaires sans une lettre de vœux. Mais, à tout prendre, il n'était peut-être pas mauvais que les deux femmes ne se fussent jamais rencontrées. Myrna était née sur Mars et ne pouvait donc tolérer la forte pesanteur terrienne. Quant aux vingt-cinq minutes que durait le plus long voyage possible sur Terre, Caroline les envisageait déjà avec répugnance.

– Excusez-moi d'avoir repoussé d'un jour cette communication, dit le commandant Norton après les généralités préliminaires, mais, aussi incroyable que cela puisse te paraître, je me suis absenté du vaisseau pendant les trente dernières heures...

» Ne va pas t'en inquiéter; nous contrôlons la situation et tout se passe parfaitement bien. Il nous a fallu deux jours pour traverser, ou peu s'en faut, le système de sas. En fait, avec ce que nous en savons maintenant, nous aurions pu le faire en quelques heures. Mais nous n'avons pris aucun risque, les caméras guidées étaient envoyées devant, et chaque système de fermeture était actionné une douzaine de fois pour se prémunir contre tout grippage, une fois que nous serions passés...

» Chaque sas est un simple cylindre pivotant qui porte une fente sur un côté. On s'introduit dans cette ouverture, on fait pivoter le cylindre de cent quatre-vingts degrés, et la fente se trouve en regard d'une autre porte qu'on franchit d'un pas. Disons plutôt d'une brasse.

» Les Raméens n'ont rien laissé au hasard. Rien que sous le pylône d'entrée et dans l'épaisseur de l'écorce extérieure, ils ont trois de ces sas cylindriques à se succéder. Je conçois mal que l'un d'eux puisse se détraquer, sauf bien sûr si on le fait sauter à l'explosif; mais, dans ce cas, subsisterait une seconde défense, puis une troisième...

» Et ce n'est que le début. Le dernier sas débouche sur un corridor rectiligne, long de près d'un demi-kilomètre, très propre et sans trace de désordre, comme d'ailleurs tout ce que nous avons déjà vu; tous les deux ou trois mètres s'y ouvrent des orifices qui sans doute servaient à l'éclairage, mais à présent tout est totalement obscur, et, je ne crains pas de te le dire, angoissant. Il y a aussi deux saignées parallèles, larges d'un centimètre environ, qui courent sur toute la longueur du tunnel. Nous pensons qu'une sorte de navette devait y glisser pour convoyer le matériel, ou les gens, le long du corridor. Cela nous aurait bien soulagés de trouver un tel dispositif en état de marche...

» J'ai indiqué que le tunnel était long d'un demi-kilomètre. Il se trouve que nos sondages sismiques nous donnaient à peu près cette dimension pour l'épaisseur de la coque; il était donc évident qu'ainsi nous l'avions traversée. Et c'est sans surprise que, au bout du tunnel, nous avons trouvé un de ces sas à barillet.

» *Puis* un autre, et *encore* un autre. Ces gens semblent avoir tout fait par trois. Nous nous trouvons maintenant dans le dernier entre-sas, attendant que la Terre nous donne le feu vert pour passer. L'intérieur de Rama n'est plus qu'à quelques mètres. Imagine ma satisfaction quand cette incertitude sera levée.

» Tu connais Jerry Kirchoff, mon officier de pont, qui possède une telle bibliothèque de *vrais* livres qu'il n'a pas les moyens d'émigrer avec eux de la Terre? Jerry m'a parlé d'une situation semblable, au début du XXIe, non, du XXe siècle. Un archéologue trouve la tombe d'un roi égyptien, la première à n'avoir pas été pillée par les trafiquants. Pendant des mois, son équipe d'ouvriers se fraie un chemin de chambre en chambre. Ils arrivent devant le dernier mur. Ils percent la maçonnerie, et l'archéologue passe une lanterne, puis la tête par l'ouverture. Il se rend compte que ce qu'il a devant lui, et qu'il regarde, est une salle incroyablement pleine d'un trésor d'or et de pierreries...

» Peut-être cet objet est-il également une tombe, ce qui paraît de plus en plus vraisemblable. Même maintenant, pas le moindre bruit, pas le moindre indice d'une quelconque activité. Demain, nous en aurons le cœur net.

Le commandant Norton mit l'enregistreur sur AT-TENTE. Que dire d'autre sur ce travail, se demanda-t-il avant de passer aux messages particuliers qu'il enverrait à ses familles. En temps normal, il ne donnait jamais autant de détails, mais rien, dans cette conjoncture, n'était trop normal. Ce vidéo serait peut-être le dernier qu'il enverrait jamais à ceux qu'il aimait. Il leur devait d'expliquer ce qu'il faisait.

Le temps que ces images leur parviennent, et qu'ils entendent ces mots, il serait lui, dans les entrailles de Rama. Pour le meilleur ou pour le pire.

DANS LE MOYEU

Jamais encore Norton n'avait aussi fortement ressenti sa parenté avec l'égyptologue depuis longtemps défunt. Depuis le premier regard de Howard Carter à l'intérieur de la tombe de Toutankhamon, aucun homme n'avait pu connaître un tel instant, quelque risible fût la comparaison.

Toutankhamon n'était enterré que de la veille : pas même quatre mille ans. Rama pouvait être plus ancien que l'humanité. Cette petite tombe de la Vallée des Rois aurait pu se nicher – et se perdre – dans les corridors qu'ils avaient déjà parcourus, et ce n'était au plus que le millionième de l'espace qui s'étendait au delà de ce sceau final. Et quant au trésor qu'il pouvait contenir, cela dépassait l'imagination.

Depuis cinq minutes au moins, aucune parole n'avait couru sur les circuits radio; l'équipe bien entraînée n'avait même pas signalé verbalement la fin des vérifications. Mercer s'était contenté de lui faire le signe que tout était en ordre, puis un simple geste de la main en direction du tunnel ouvert. C'était comme si tout le monde avait compris que l'instant appartenait à l'Histoire, et qu'il ne convenait pas de l'altérer par des bavardages futiles. Cela convenait également au commandant Norton car lui non plus n'avait rien à dire. Il fit jaillir le faisceau de sa torche, déclencha ses fusées et dériva lentement le long du bref corridor, remorquant derrière lui son câble de sécurité. Encore quelques secondes, et il était à l'intérieur.

A l'intérieur de *quoi*? Tout, devant lui, n'était qu'obscurité. Le faisceau de sa torche n'éveillait pas le moindre écho lumineux. Il s'y était attendu, certes, mais sans réellement y croire. Toutes les mesures avaient montré que la paroi opposée était distante de plusieurs dizaines de kilomètres; et maintenant, ses yeux lui en administraient la preuve. Tout en dérivant lentement dans cette obscurité, il ressentit le besoin, plus pressant que jamais, plus fort même que lors de sa toute première sortie, de s'assurer de son câble de sécurité. N'était-ce pas ridicule? Lui qui avait, sans vertige, sondé du regard les années de lumière et les mégaparsecs, pourquoi devrait-il être troublé par quelques kilomètres cubes de simple vacuité?

Il ruminait encore ces pensées nauséeuses, lorsque le frein, à l'extrémité du câble, ralentit doucement sa course jusqu'à l'arrêter avec un rebond à peine perceptible. Il fit décrire au faisceau impuissant de sa torche un angle allant du néant lui faisant face, à la surface d'où il avait émergé.

Somme toute, il survolait le centre d'un petit cratère qui n'était lui-même qu'une fossette à la base d'une bien plus vaste excavation. De tous côtés s'élevait un système de terrasses et de rampes, d'une géométrie très précise, et visiblement artificielles, s'étendant aussi loin que portait le faisceau de la torche. Il aperçut, à une centaine de mètres de distance, les issues de deux autres sas, identiques à celui-ci.

Et c'était tout. Le spectacle n'avait rien de particulièrement exotique ou troublant : cela ressemblait considérablement, en fait, à une mine abandonnée. Norton en conçut une vague déception; tout cet effort aurait dû être sanctionné par quelque révélation dramatique, voire transcendante. Puis il se fit la réflexion que sa vue ne pouvait porter qu'à quelques centaines de mètres. L'obscurité qui s'étendait au delà du champ de sa vision renfermait peut-être plus de merveilles qu'il n'en souhaitait rencontrer.

Il fit un bref compte rendu à ses compagnons, qui, anxieux, attendaient, puis ajouta :

– J'envoie l'éclairante. Retardement : deux minutes. C'est parti.

De toute sa force, il lança le petit cylindre devant lui –

ou au-dessus de lui – et, comptant les secondes, le regarda rapetisser le long du faisceau de la torche. Il disparut au quart à peine de la première minute. Arrivé à cent, Norton se protégea les yeux et pointa la caméra. Estimer les temps avait toujours été son point fort. Il n'avait que deux secondes de retard lorsque le monde explosa et s'emplit de lumière. Et, cette fois, il n'y avait plus place pour la déception.

Les millions de candelas eux-mêmes de l'éclairante n'auraient pu illuminer la totalité de cette énorme cavité, mais à présent, il en voyait assez pour en saisir la structure et apprécier ses proportions titanesques. Il était à l'extrémité d'un cylindre creux, large d'au moins dix kilomètres et d'une longueur indéterminable. Placé comme il était, dans l'axe, il pouvait distinguer dans ces parois courbes qui l'entouraient, le surplombaient, une masse de détails telle que son cerveau n'en pouvait assimiler qu'une infime fraction. Il contemplait le paysage d'un monde entier à la lumière d'un seul éclair. Par un effort réfléchi de volonté, il tenta d'en geler l'image dans son esprit.

Tout autour de lui, les pentes en gradins du « cratère » s'élevaient jusqu'à se fondre dans la paroi aveugle qui bordait le ciel. Non, cette impression était fausse. Il dut se dégager de ses intuitions de terre, d'espace, et se réorienter selon un nouveau système de coordonnées.

Il n'était pas au plus profond, au plus bas de ce monde étrangement inversé, mais en son lieu le plus élevé. La vue qu'il en avait de toutes parts était en *plongée*. S'il s'éloignait de cet axe central vers la muraille curviligne qu'il ne devait plus se représenter comme une muraille, la gravité augmenterait de façon constante. Lorsqu'il atteindrait la surface interne du cylindre, il pourrait se tenir debout en tous points de celle-ci, les pieds contre les étoiles et la tête vers le centre de ce tambour tournant. Cette idée ne lui était pas étrangère. Dès l'aube de l'ère spatiale, la force centrifuge avait été utilisée en remplacement de la pesanteur. Seule l'étendue, ici, de son application, était si écrasante, si révoltante pour la raison. La plus grande de toutes les stations spatiales, Syncsat Cinq, avait moins de deux cents mètres de diamètre. Il allait falloir prendre le temps de s'habituer à une taille cent fois supérieure.

Ce paysage tubulaire qui le cernait était marbré de zones de lumière et d'ombre qui pouvaient être des forêts, des champs, des lacs gelés ou des villes. La distance ajoutée à la lueur déclinante de la fusée éclairante rendait impossible toute identification. D'étroites lignes qui pouvaient être des routes, des canaux ou, plus simplement, des fleuves au cours habilement maîtrisé, tissaient un réseau géométrique à peine visible; et, beaucoup plus loin dans le cylindre, à la limite de la vision, se trouvait une bande d'une obscurité plus mate. Elle formait un anneau complet autour du vide interne de ce monde, et Norton se rappela soudain le mythe d'Oceanus, la mer qui, selon d'antiques croyances, ceignait la Terre de toute part.

Plus étrange encore était peut-être cette mer : non pas circulaire, mais *cylindrique*. Avait-elle, avant de geler dans la nuit interstellaire, ses vagues, ses marées, ses courants, et aussi ses poissons?

L'éclairante s'éparpilla en rougeoiements et mourut. L'instant de la révélation était achevé. Mais Norton sut que, aussi longtemps qu'il vivrait, ces images resteraient gravées au fer dans son esprit. Quelles que fussent les découvertes que lui proposerait le futur, elles n'efface-raient jamais cette première impression. Et l'Histoire ne lui ravirait jamais le privilège d'avoir, le premier de toute l'humanité, contemplé les œuvres d'une civilisation radi-calement étrangère.

RECONNAISSANCE

– Après ces cinq fusées éclairantes à retardement lancées dans l'axe du cylindre, nous possédons un bon relevé photographique de toute sa longueur. Tous les traits saillants sont cartographiés. Bien que rares soient ceux que nous avons pu identifier, nous leur avons donné des noms provisoires.

» La cavité interne est longue de cinquante kilomètres et large de seize. Les deux extrémités sont hémisphériques, mais les structures attenantes sont d'une géométrie complexe. Nous avons appelé le nôtre l'hémisphère Nord et c'est là, dans l'axe, que nous établissons notre première base.

» S'écartant l'une de l'autre selon un angle de cent vingt degrés, trois échelles rayonnent à partir du moyeu central. Longues de près d'un kilomètre, elles aboutissent à une terrasse ou plateau annulaire qui fait le tour du dôme. Trois énormes escaliers relaient à partir de *là* les échelles et descendent sur la plaine. Imaginez un parapluie qui n'ait que trois baleines également espacées, et vous aurez une idée correcte de cette extrémité de Rama.

» Chacune de ces baleines est un escalier, très abrupt à proximité de l'axe, mais dont la pente s'adoucit à mesure qu'il descend vers la plaine. Les escaliers, que nous avons appelés Alpha, Bêta et Gamma, loin d'être continus, sont coupés par cinq autres terrasses circulaires. Nous pensons qu'il doit y avoir entre vingt et trente mille marches, et ils ne devaient être empruntés qu'en cas d'extrême nécessité, car il est inconcevable que les Raméens, ou quel que soit le nom qu'on leur donnera, n'aient pas eu de moyen plus aisé de gagner l'axe de leur monde.

» L'hémisphère Sud est d'un aspect très différent. Il n'a, par exemple, ni escaliers ni moyeu central plat mais un énorme éperon qui, sur plusieurs kilomètres, matérialise l'axe. Il est lui-même entouré de six éperons moindres. L'ensemble a une allure extrêmement étrange et nous ne parvenons pas à imaginer ce qu'il signifie.

» Nous avons appelé Plaine centrale cette portion de cylindre longue de cinquante kilomètres qui sépare les deux dômes. Il peut sembler insensé d'appeler « plaine » une surface aussi évidemment courbe, mais, à notre sens, cela est justifié. Elle nous apparaîtra plate quand nous nous y poserons, tout comme l'intérieur d'une bouteille peut paraître plat à la fourmi qui la parcourt.

» Le trait le plus frappant de la Plaine centrale est la bande sombre, large de dix kilomètres, qui la coupe à mi-chemin des deux hémisphères. Son aspect étant celui de la glace, nous l'avons baptisée la mer Cylindrique. Juste en son milieu se trouve une vaste île ovale, longue de dix kilomètres environ et large de trois, couverte de structures élevées. A cause de sa ressemblance avec le vieux Manhattan, nous l'avons appelée New York. Cela dit, je ne pense pas qu'il s'agisse d'une ville. Cela ressemble plutôt à une usine énorme, ou aux installations de quelque raffinerie.

» Mais des villes, disons des agglomérations, il y en a, et au nombre de six au moins. Construites pour des êtres humains, elles auraient pu abriter cinquante mille personnes environ. Nous les avons appelées Rome, Pékin, Paris, Moscou, Londres, Tokyo. Elles sont reliées par des routes et quelque chose qui ressemble à un système de rails.

» Dans la carcasse vide qu'est ce monde, il y a pour des siècles de travail et de recherches. Nous sommes devant quatre mille kilomètres carrés à explorer en quelques semaines. Je me demande si nous trouverons jamais la réponse aux deux énigmes qui me hantent depuis que nous y avons pénétré : qui étaient-ils et *que s'est-il passé?*

L'enregistrement était terminé. Sur Terre et sur la

Lune, les membres de la Commission Rama se détendirent, puis passèrent à l'examen des cartes et des clichés étalés devant eux. Bien qu'ils les eussent déjà étudiés depuis plusieurs heures, la voix du commandant Norton leur ajoutait une dimension que ne pouvait restituer aucune image. Car lui avait été physiquement présent; ses yeux, son regard avaient rencontré cet extraordinaire monde inversé aux brefs moments où sa nuit séculaire avait été déchirée par les fusées éclairantes. Et il était l'homme qui conduirait toute expédition destinée à l'explorer.

– Docteur Perera, je crois que vous aimeriez faire quelques commentaires?

Son excellence l'ambassadeur Bose se demanda brièvement s'il n'aurait pas dû donner la parole en premier au Pr Davidson qui était le doyen de cette assemblée de savants et, de surcroît, le seul astronome. Mais le vieux cosmologue semblait toujours dans un état cotonneux de choc, et de toute évidence hors de son élément. Durant toute sa carrière, il avait considéré l'univers comme l'arène où s'affrontaient les titanesques forces impersonnelles de la gravitation, du magnétisme et des radiations. Il n'avait jamais cru que la vie pût jouer un rôle important dans ce scénario, et considérait son apparition sur Terre, Mars et Jupiter comme une aberration contingente.

Or, la preuve était faite que la vie non seulement existait hors du système solaire, mais avait atteint des sommets dépassant de loin les succès de l'humanité, ou ceux auxquels elle espérait parvenir au cours des siècles à venir. Bien plus, la découverte de Rama portait un coup à un autre dogme que professait depuis des années le Pr Olaf. Poussé dans ses derniers retranchements, il admettait à contrecœur que, bien sûr, la vie pouvait exister dans d'autres systèmes stellaires, mais qu'il était absurde, soutenait-il avec constance, qu'on l'imaginât traversant jamais les abîmes interstellaires...

Peut-être les Raméens avaient-ils échoué, si l'idée du commandant Norton, que leur monde était désormais une tombe, était juste. Mais au moins ils avaient tenté l'exploit, et avec des moyens qui indiquaient une grande confiance quant à son issue. Puisqu'un tel événement s'était produit une fois, il devait s'être produit bien d'autres fois dans cette Galaxie de cent mille millions de soleils. Et quelqu'un, quelque part, finirait bien par réussir.

C'était cette thèse que, sans preuve mais à grand renfort de gestes, le Dr Carlisle Perera avait défendue pendant des années. Il était maintenant un homme heureux, bien que considérablement frustré. Rama avait spectaculairement corroboré ses vues, mais il ne poserait jamais le pied, lui, sur Rama, ne le verrait jamais de ses propres yeux. Si le diable lui était soudain apparu pour lui offrir de don de téléportation instantanée, il aurait signé le contrat sans se soucier de la clause imprimée en caractères minuscules.

– Oui, monsieur l'ambassadeur, je pense posséder des informations de quelque intérêt. Nous sommes indubitablement en présence d'une Arche spatiale. C'est un vieux thème de la littérature astronautique. J'ai pu en retrouver le cheminement depuis le physicien britannique J.D. Bernal qui proposait cette méthode de colonisation interstellaire dans un livre publié en 1929 – oui, il y a deux cents ans. Et, bien avant lui, le grand pionner russe Tsiolkowski avait avancé des idées similaires.

» Pour se déplacer d'un système stellaire à un autre, vous avez plusieurs possibilités. En supposant que la vitesse de la lumière est une limite absolue, ce qui n'est toujours pas complètement établi, quoi qu'on dise le contraire... (Il n'y eut, du côté du Pr Davidson, qu'un soupir indigné, mais pas de protestation explicite.)... Vous pouvez ou bien voyager vite dans un petit vaisseau, ou bien lentement dans une grande nef.

» On ne voit pas pour quelles raisons techniques un

vaisseau spatial n'atteindrait pas quatre-vingt-dix pour cent, ou plus, de la vitesse de la lumière. La conséquence? Des traversées de cinq, dix ans entre étoiles voisines, fastidieuses, certes, mais non impraticables, surtout pour des créatures dont la durée de vie se mesurerait en siècles. On peut imaginer des voyages de cette durée effectués dans des vaisseaux guère plus vastes que les nôtres.

» Mais peut-être de telles vitesses sont-elles impossibles dans un cadre financier raisonnable : vous le savez, il faut se munir du carburant destiné à freiner la fin du voyage, même s'il s'agit d'un aller simple. Il peut donc être plus réaliste de prendre son temps, dix mille, cent mille ans...

» Bernal et d'autres ont pensé que ce pouvait être réalisé à l'aide de micromondes mobiles qui, dans leurs flancs larges de quelques kilomètres, emporteraient des milliers de passagers pour des traversées qui s'étendraient sur plusieurs générations. Un tel système, naturellement, devrait être rigoureusement clos, la nourriture, l'air et toutes les denrées vitales étant recyclées. La Terre elle-même ne fonctionne pas d'une autre façon, bien qu'à plus grande échelle.

» Quelques auteurs ont suggéré de construire ces Arches spatiales selon un principe de sphères concentriques. D'autres ont proposé des cylindres creux, tournant sur eux-mêmes, de telle sorte que la force centrifuge fournisse une pesanteur artificielle – et c'est ce que nous trouvons dans le cas de Rama...

Le Pr Davidson ne put rester sans réagir devant cet épanchement verbeux.

– Ne parlons plus de *force* centrifuge. C'est un fantasme de technicien. Seule existe l'inertie.

– Vous avez parfaitement raison, cela va de soi, reconnut Perera, mais essayez donc d'en persuader un homme qui vient d'être éjecté d'un manège. De toute façon, la rigueur mathématique ne semble pas nécessaire...

— Ecoutez, intervint le Dr Bose avec une pointe d'agacement, nous savons tous ce que vous voulez dire, ou du moins, nous le pensons. Veuillez ne pas détruire nos illusions.

— Je tenais simplement à faire comprendre que Rama ne met en œuvre aucun concept nouveau pour nous, bien que sa taille soit saisissante. Voilà deux cents ans que les hommes ont imaginé semblable chose.

» Cela dit, j'aimerais en venir à une autre question que je me pose. Depuis combien de temps, exactement, Rama sillonne-t-il l'espace?

» Nous sommes maintenant en possession de données très précises sur son orbite et sa vitesse. En supposant que rien ne puisse, n'ait pu infléchir sa trajectoire, nous pouvons déterminer quelle était sa position voici plusieurs millions d'années. Nous pensions que cela nous mettrait sur la piste d'une étoile relativement proche. Il n'en est rien.

» Rama n'est passé à proximité d'aucune étoile depuis *deux cent mille ans*, et la dernière qu'il ait croisée se trouve être une variable irrégulière, c'est-à-dire un des soleils les plus défavorables qu'on puisse imaginer pour un système solaire habité. La pulsation de sa brillance est d'une amplitude de un à cinquante. Toute planète se trouverait alternativement grillée ou surgelée tous les deux ou trois ans.

— J'ai une idée, intervint le Dr Price, qui explique peut-être tout. Pourquoi ce soleil n'aurait-il pas été jadis normal avant de devenir instable, obligeant les Raméens à en chercher un autre?

Le Dr Perera, qui admirait la vieille archéologue, la cueillit avec douceur. Mais que dirait-elle, *elle*, se demanda-t-il, s'il venait, lui, enfoncer des portes ouvertes dans son propre domaine...

— Nous y avons pensé, répondit-il d'un ton amène. Mais si nos théories actuelles sur l'évolution des étoiles sont exactes, cette étoile ne peut pas avoir été stable, et ne peut pas avoir eu de planètes habitées. Donc Rama parcourt l'espace depuis au moins deux cent mille ans, et peut-être depuis plus d'un million d'années.

» C'est à présent un objet froid, ténébreux et apparemment mort, et je crois savoir pourquoi. Les Raméens n'ont pas nécessairement eu le choix – peut-être fuyaient-ils réellement quelque catastrophe – mais ils ont fait une erreur de calcul.

» Aucun système écologique clos ne peut être efficace à cent pour cent. Il y a toujours perte, gâchis, dégradation de l'environnement et amoncellement de produits polluants. Sans doute faut-il des milliards d'années pour empoisonner et épuiser une planète, mais cela finit bien par arriver. Les océans vont s'assécher, l'atmosphère va s'échapper.

» Selon nos critères, Rama est énorme. Mais ce n'est qu'une minuscule *planète*. Mes calculs, basés sur les déperditions au niveau de son enveloppe, et quelques hypothèses raisonnables sur le taux de rotation biologique indiquent que sa capacité écologique n'était que d'un millier d'années. J'irais jusqu'à leur en accorder dix mille...

» Ce qui serait un délai suffisant, à la vitesse où voyage Rama, pour un trajet entre deux soleils des amas du centre de la Galaxie. Mais non pas au delà, dans la population dispersée de ses bras en spirale. Rama est un vaisseau qui a épuisé ses provisions avant d'atteindre son but. C'est une épave à la dérive entre les étoiles.

» Il n'y a qu'une objection sérieuse à cette théorie, et je me réserve de la soulever. L'orbite de Rama est ajustée avec une telle précision sur le système solaire que toute coïncidence semble devoir être écartée. Je dirais même que sa trajectoire serre d'un peu trop près le soleil pour ne pas y laisser, si j'ose dire, des plumes. Et l'*Endeavour* devra, pour éviter le surchauffement, se dégager bien avant qu'il ait atteint la périhélie.

» Je ne prétends pas comprendre les raisons de tout

ceci. Peut-être Rama est-il encore soumis à quelque mécanisme de guidage qui le dirige sur la plus proche étoile utilisable, des millénaires après que ses constructeurs sont morts.

» Car ils sont morts. J'y engage ma réputation. Tous les échantillons que nous avons prélevés de l'intérieur sont stériles : pas le moindre micro-organisme. Quant à tout ce qu'on pourra vous dire sur l'hibernation prolongée, n'y prêtez pas attention. Il y a des raisons fondamentales pour lesquelles les techniques d'hibernation ne sont pas applicables à des durées dépassant un nombre très restreint de siècles. Or, il est question ici de durées mille fois supérieures.

» Que les fanatiques de Pandore et leurs sympathisants ne s'inquiètent donc pas. Pour ma part, j'en suis navré. Il aurait été prodigieux d'avoir pu rencontrer une autre espèce intelligente.

» Au moins aurons-nous trouvé la réponse à une antique question. Nous ne sommes pas seuls. Nous ne pourrons plus jamais regarder les étoiles du même œil.

LA DESCENTE DANS L'OBSCUR

Le commandant Norton était douloureusement tenté, mais en tant que capitaine, il se devait en premier lieu à son vaisseau. Si, au cours de cette première investigation, quelque chose tournait mal, très mal, il en prendrait pour son grade.

Cela faisait donc de son second, le lieutenant de vaisseau Mercer, l'homme tout désigné. Norton admit de bonne grâce que Karl était mieux adapté à cette mission.

Autorité en matière de systèmes de survie, Mercer avait écrit sur ce sujet des livres dont certains faisaient figure de classiques. Il avait personnellement testé d'innombrables modèles d'équipements, souvent dans des conditions hasardeuses, et sa capacité de contrôle par rétroaction biologique était renommée. Il pouvait, à volonté, ralentir de moitié son pouls et ne pratiquement pas respirer pendant dix minutes. Ces menus talents lui avaient sauvé la vie à plus d'une occasion.

Il alliait cependant de grandes compétence et intelligence à un manque presque total d'imagination. Pour lui, les expériences ou les missions les plus risquées n'étaient que des tâches à accomplir. Il ne prenait jamais de risques inutiles, et n'avait jamais recours à ce qu'on appelle communément le courage.

Deux devises, sur son bureau, résumaient sa philosophie. L'une demandait QU'AS-TU OUBLIÉ? L'autre disait ÉCRASONS LE PANACHE. Le seul fait qui le mît en colère était qu'on le considérât comme l'un des hommes les plus braves de la Flotte.

Une fois Mercer en piste, le suivant allait de soi : le lieutenant Joe Calvert, son inséparable compagnon. On ne voyait pas bien ce que les deux hommes pouvaient avoir en commun. Longiforme et d'un tempérament plutôt impressionnable, l'officier de navigation était de dix ans le cadet de son massif et imperturbable ami qui, certainement, ne partageait pas sa passion pour l'art cinématographique primitif.

Mais nul ne peut prédire où frappera l'éclair, et voilà des années que Mercer et Calvert avaient noué des liens apparemment solides. Ce qui était, somme toute, banal. Moins banal était le fait que, sur Terre, ils partageaient la même femme qui leur avait donné à chacun un enfant. Le commandant Norton espérait pouvoir la rencontrer un jour; ce devait être une femme très remarquable. Cette relation triangulaire durait depuis au moins cinq ans, et semblait toujours équilatérale.

Deux hommes, c'était trop peu pour une équipe d'exploration; on avait découvert depuis longtemps que trois était le chiffre optimal, car si l'un des hommes venait à être perdu, les deux autres pouvaient encore sauver leurs vies là où un seul serait condamné. Après y avoir mûrement réfléchi, Norton avait choisi l'ingénieur-sergent Willard Myron. Génie de la mécanique, qui pouvait faire fonctionner n'importe quoi, ou trouver un meilleur système si cela ne marchait pas, Myron n'aurait pas son pareil pour identifier des appareillages radicalement étrangers. Se trouvant en congé sabbatique de son poste de professeur associé à l'Astrotech, le sergent avait refusé un grade, pour la raison qu'il ne voulait pas entraver la promotion d'officiers de carrière plus méritants. Personne ne prit très au sérieux cette explication, et il fut généralement admis que, pour la valeur ambition, Willard égalait zéro. Il ferait peut-être un sergent de la Spatiale, mais ne serait jamais professeur titulaire. Myron, comme d'innombrables sous-officiers avant lui, avait découvert l'idéale voie moyenne entre pouvoir et responsabilité.

Tandis qu'ils passaient le dernier sas et débouchaient dans l'apesanteur axiale de Rama, le lieutenant Calvert eut l'impression, ce qui lui arrivait souvent, de revivre une scène de film. Il se demandait parfois s'il ne devrait pas se débarrasser de cette habitude que, par ailleurs, il ne trouvait guère gênante. Cela donnait de l'intérêt aux plus mornes situations, et, qui sait, cela pouvait un jour lui sauver la vie. Il se souviendrait de ce que Fairbanks, Connery ou Hiroshi avaient fait en de semblables circonstances...

Cette fois, il s'apprêtait à monter à l'assaut, au cours d'une des guerres du début du XXe siècle. Mercer était sergent, et, sous ses ordres, une patrouille de trois hommes effectuait un raid de nuit entre les lignes. Il n'était pas trop difficile de les imaginer au fond d'un immense cratère de bombe, mais qui, pour une raison inconnue, aurait été impeccablement raviné en degrés, ou terrasses. Le cratère était inondé de la lumière qui tombait de trois projecteurs à arc largement espacés, de façon à en éclairer tout l'intérieur sans presque projeter d'ombre. Mais au delà, passé le bord de la terrasse la plus éloignée, s'étendaient l'obscurité et le mystère.

Mais, par les yeux de la pensée, Calvert savait parfaitement quel était cet au-delà. Il y avait d'abord la plaine circulaire de plus d'un kilomètre de large. La découpant en trois parties égales et ressemblant fort à de larges voies ferrées il y avait trois échelles blanches dont les échelons, profondément en retrait de la surface, permettaient le glissement sur elles de tout objet. L'agencement en étant parfaitement symétrique, il n'y avait pas de raison de choisir telle échelle plutôt que telle autre. La plus proche du sas Alpha avait été choisie pour des raisons de seule commodité.

Malcommode, par contre, était l'écartement de ces échelons, mais cela ne posait pas de problème. Même au bord du Moyeu, à cinq cents mètres de l'axe, la pesanteur représentait à peine un trentième de celle de la Terre. Et, bien que tous portassent près d'un quintal d'équipements et de moyens de survie, ils pourraient facilement se déplacer à la force du poignet.

Le commandant Norton et l'équipe de secours les accompagnèrent le long des câbles de guidage qui avaient été tendus du sas Alpha au bord du cratère. Là, hors de portée des projecteurs, les attendait l'obscurité de Rama. Seules quelques centaines de mètres d'échelle étaient visibles dans les rayons dansants des lumières frontales qui s'émoussaient sur une plaine qui n'avait de notable que sa platitude.

Et maintenant, se dit Karl Mercer, je dois prendre ma première décision. Vais-je *monter* à cette échelle, ou en *descendre*?

La question n'était pas futile. Puisque la pesanteur était sensiblement nulle, le cerveau pouvait choisir le système de référence à son gré. Mercer pouvait, par un simple effort de volonté, se convaincre qu'il regardait une plaine horizontale, qu'une paroi verticale le surplombait, ou qu'il se penchait sur l'à-pic d'un ravin. Les exemples ne manquaient pas d'astronautes qui avaient affronté de graves problèmes psychologiques faute d'avoir, au début d'une tâche complexe, choisi les bonnes coordonnées.

Mercer irait donc la tête la première, c'était décidé. Tout autre mode de locomotion serait malaisé; de plus, il pourrait ainsi voir ce qu'il avait en face de lui. Par suite, au cours des premières centaines de mètres, il s'imaginerait grimper vers le haut. Ce ne serait que lorsque la traction croissante de la gravité altérerait cette illusion qu'il ferait faire un tour de cent quatre-vingts degrés à ses repères mentaux.

Il empoigna le premier échelon et se hissa doucement le long de l'échelle. Progresser ainsi était aussi peu éprouvant que de nager, moins, même, puisque manquait la résistance de l'eau. Cette aisance incitait à aller trop vite, mais Mercer avait trop d'expérience pour se hâter dans l'inconnu.

Il percevait dans ses écouteurs la respiration régulière de ses deux compagnons. Il n'avait pas besoin d'autres preuves de leur bonne condition. Il ne perdit donc pas de temps en conversation. Bien que tenté de regarder en arrière, il décida de ne pas s'y risquer avant qu'ils eussent atteint la plate-forme à l'extrémité de l'échelle.

Les échelons étaient uniformément espacés de cinquante centimètres, et durant la première partie de l'escalade, Mercer en sauta un sur deux. Mais il les compta soigneusement, et, aux alentours de deux cents, il eut la première sensation distincte de poids. La rotation de Rama commençait à se faire sentir.

Au quatre-centième échelon, il évalua son poids apparent à cinq kilos environ. Cela n'était pas une gêne, mais rendait fragile l'impression de grimper, alors qu'il était nettement entraîné *vers le haut*.

Le cinq-centième échelon lui sembla propice à un arrêt. Il sentait dans les muscles de ses bras l'effet de cet exercice inhabituel, même si Rama se chargeait de tout l'effort et que lui-même n'avait qu'à se diriger.

– Tout va bien, capitaine, annonça-t-il. Nous venons de faire la moitié du chemin. Joe, Will, rien à signaler?

– Je vais très bien. Pourquoi t'arrêtes-tu? répondit Joe Calvert.

– Moi aussi, ajouta le sergent Myron. Mais attention à la force de Coriolis. Son effet commence à se faire sentir.

Mercer l'avait déjà remarqué. Lorsqu'il relâchait sa prise sur les échelons, il avait nettement tendance à être déporté sur la droite. Il savait parfaitement que cela n'était dû qu'à la rotation de Rama, mais ne pouvait s'empêcher d'y voir quelque force mystérieuse qui chercherait doucement à le faire dévier de l'échelle.

Il était peut-être temps de descendre les pieds en premier, maintenant que le poids indiquait un *bas*. Il allait courir le risque d'être momentanément désorienté.

– Attention. Je vais me retourner.

Se tenant fermement à l'échelon, il joua des bras pour pivoter de cent quatre-vingts degrés, et ses yeux furent un instant aveuglés par les lumières de ses compagnons. Très haut au-dessus d'eux – c'était désormais au-dessus, réellement – il aperçut une lueur plus pâle à l'extrême bord du gouffre vertical. Là se découpaient les silhouettes du commandant Norton et de l'équipe de secours qui avaient tous les yeux rivés sur lui. Ils paraissaient très petits, très loin, et il leur fit un signe rassurant de la main.

Il relâcha sa prise et laissa la pseudo-gravité encore faible de Rama l'entraîner. Se laisser glisser d'un échelon à l'autre demandait plus de deux secondes. Sur Terre et dans le même temps, un homme aurait fait une chute de trente mètres.

Le rythme de la descente était si fastidieusement lent qu'il en précipita quelque peu le cours en se propulsant de ses mains, sautant dix échelons à la fois, se freinant des pieds lorsqu'il se sentait partir trop vite.

Au sept-centième échelon, il fit une nouvelle halte et dirigea vers le bas le faisceau de sa lumière frontale. Selon ce qu'il avait calculé, le début de l'escalier ne se trouvait qu'à cinquante mètres en contrebas.

Quelques minutes plus tard, ils étaient sur la première marche. Après des mois passés dans l'espace, c'était une sensation étrange que de se sentir debout sur une surface ferme et de sentir sa pression sous ses pieds. Leur poids était toujours inférieur à dix kilos, mais c'était suffisant pour donner un certain aplomb. Lorsqu'il fermait les yeux, Mercer pouvait croire avoir une fois de plus un monde réel sous lui.

Le rebord, ou plate-forme, duquel descendait l'escalier avait une dizaine de mètres de large et s'incurvait vers le haut de chaque côté avant de disparaître dans l'obscurité. Mercer savait qu'il décrivait un cercle complet, et que, s'il le parcourait sur cinq kilomètres, il reviendrait à son point de départ, ayant fait le tour du monde de Rama.

En raison des quelques décimales de gravité qui régnaient ici, la marche proprement dite était impossible. On ne pouvait guère que bondir à pas de géant. C'était là le danger. Cet escalier, qui fonçait dans le noir bien plus bas que ne portaient leurs lumières, allait se révéler trompeusement facile à descendre. Mais il serait vital de se tenir à la haute main courante qui le longeait de chaque côté. Une démarche trop hardie pourrait lancer le voyageur irréfléchi sur une large parabole dans l'espace. Il ne reprendrait contact avec la surface qu'une centaine de mètres plus bas. Le choc serait bénin, mais ses conséquences pourraient ne pas l'être, car la rotation de Rama aurait déplacé l'escalier sur la gauche. Tout corps, en tombant, rencontrerait la courbe régulière qui s'étendait en un arc ininterrompu jusqu'à la plaine, à presque sept kilomètres en contrebas.

Un sacré toboggan, se dit Mercer. La vitesse terminale, même avec cette gravité, pourrait être de plusieurs centaines de kilomètres à l'heure. Il serait peut-être possible, à condition d'exercer une force de frottement suffisante, de freiner cette irrésistible descente. Ce pourrait même, dans ce cas, être le moyen le plus approprié d'atteindre la surface intérieure de Rama. Mais quelques prudents essais seraient d'abord nécessaires.

— Capitaine, annonça Mercer, pour descendre l'échelle, aucun problème. Si vous êtes d'accord, j'aimerais continuer jusqu'à la prochaine plate-forme. Je voudrais minuter notre vitesse de descente sur l'escalier.

— Allez-y, répondit Norton sans hésiter.

Il n'avait pas besoin d'ajouter : « Soyez prudent. »

Mercer ne fut pas long à faire une découverte essentielle. Il était impossible, avec ce petit vingtième de gravité, de descendre l'escalier normalement. Toute tentative de procéder ainsi aboutissait à un onirique mouvement ralenti intolérablement fastidieux. La seule façon pratiquable était d'ignorer les marches et d'utiliser la main courante pour se propulser vers le bas.

C'était également ce qu'avait déduit Calvert.

— Cet escalier a été construit pour être monté, et non pour être descendu! s'exclama-t-il. Les marches sont adaptées au mouvement contraire à l'attraction de la gravité, mais sont un handicap dans la direction que nous prenons. Cela manquera peut-être de dignité, mais la meilleure façon de descendre est, je pense, de glisser sur la rampe.

— C'est ridicule, protesta le sergent Myron. J'ai du mal à croire que les Raméens s'y prenaient ainsi.

— Quant à moi, je doute qu'ils aient jamais emprunté cet escalier; visiblement, il était réservé aux cas d'urgence. Ils devaient, pour grimper là-haut, posséder des moyens de transport mécaniques. Un funiculaire, peut-être. Cela expliquerait ces longues saignées qui courent depuis le moyeu.

— J'avais toujours pensé que c'étaient des gouttières. Mais je suppose que ce n'est pas contradictoire. Je me demande s'il a déjà plu, ici...

– Probablement, dit Mercer. Mais je pense que Joe a raison. Au diable la dignité. Allons-y.

La main courante – on pouvait supposer qu'elle était destinée à quelque chose comme des mains – était une tige de métal, lisse et plate, soutenue par des montants hauts d'un mètre. L'officier en second Mercer l'enfourcha donc, vérifia le freinage qu'il pourrait s'assurer de ses mains, et se laissa glisser.

Très posément et ne gagnant que lentement de la vitesse, il plongeait dans l'obscurité au milieu de la flaque de lumière de sa lampe frontale. Il avait parcouru cinquante mètres lorsqu'il appela les autres à sa suite.

Sans pouvoir l'admettre ouvertement, ils se sentaient comme des petits garçons glissant sur une rampe. En moins de deux minutes, ils étaient descendus d'un kilomètre, sans peine et en toute sécurité. Lorsqu'ils se sentaient partir trop vite, une main serrée sur la barre de métal leur fournissait le freinage nécessaire.

– J'espère que vous vous amusez bien, leur dit la voix du commandant Norton au moment où ils posaient le pied sur la seconde plate-forme. Le retour ne va pas être aussi facile.

– C'est ce que je veux vérifier, répondit Mercer qui s'essayait à de brefs aller et retour pour éprouver la gravité croissante. Il y a déjà un dixième de G, ici, et on sent vraiment la différence.

Il alla, ou, plus précisément, glissa, vers le bord de la plate-forme et dirigea la lumière de son casque vers la portion suivante d'escalier. Il apparaissait, aussi loin que portait le faisceau, identique au précédent, bien qu'un examen minutieux des photos eût révélé que la hauteur des marches décroissait à mesure qu'augmentait la gravité. L'escalier avait été apparemment conçu de façon que l'effort nécessaire à le gravir fût constant tout au long de son ample courbure.

Mercer leva brièvement les yeux vers le moyeu de Rama, qui se trouvait maintenant deux kilomètres plus haut. La petite tache de lumière et les silhouettes qui s'y découpaient semblaient horriblement lointaines. Pour la première fois, et brusquement, il fut content de ne pas pouvoir voir la totalité de ce gigantesque escalier. Malgré ses nerfs d'acier et son manque d'imagination, il ne savait pas trop quelle serait sa réaction en se voyant comme un insecte progressant à l'intérieur d'une soucoupe verticale haute de plus de seize kilomètres, et dont la moitié supérieure le surplombait. Lui qui, jusqu'à cet instant, avait considéré l'obscurité comme un obstacle, en venait presque à la désirer.

– Aucun changement de température, annonça-t-il au commandant Norton. Toujours en dessous du zéro. En revanche, comme nous l'avions prévu, la pression de l'air augmente – trois cents millibars environ. Malgré sa faible teneur en oxygène, il est presque respirable; plus bas, il n'y aura plus aucun problème. Cela va considérablement simplifier l'exploration. Quelle trouvaille, quand même – le premier monde sur lequel on puisse se promener sans appareil respiratoire. Je vais en prendre une bouffée.

Sur le moyeu, le commandant Norton eut un léger mouvement d'inquiétude. Mais Mercer savait exactement ce qu'il faisait. Nul doute qu'il avait pris toutes ses précautions.

Mercer égalisa la pression, leva le cran de sécurité de son casque qu'il entrouvrit de quelques millimètres. Il huma, prudemment d'abord, puis plus profondément.

L'air de Rama était mort et confiné, comme celui d'une tombe si antique que la moindre trace de pourriture physique en avait disparu depuis des millénaires. Et l'odorat ultra-sensible de Mercer, entraîné par les années passées à tester des systèmes de survie jusqu'au point de non-retour et au delà, ne put détecter aucune odeur identifiable. Il y avait un vague relent métallique, et il se souvint que les premiers hommes sur la Lune avaient fait état d'une odeur qui rappelait celle de la poudre lorsqu'ils avaient repressurisé le module lunaire. Mercer imagina que la cabine de l'*Eagle*, contaminée par la poussière lunaire, avait dû avoir la même odeur que Rama.

Il referma son casque, le verrouilla et vida ses poumons de cet air étrange. Il n'en avait reçu aucune sustentation; même un alpiniste acclimaté aux sommets de l'Himalaya n'aurait pu survivre longtemps ici. Mais, quelques kilomètres plus bas, tout serait différent.

Que lui restait-il à faire ici? Il ne pouvait penser à rien d'autre qu'au plaisir que lui procurait cette légère et inhabituelle pesanteur. Mais il n'était pas dans son intérêt de trop s'y accoutumer, puisqu'il allait retourner immédiatement à l'apesanteur du Moyeu.

– Nous retournons, capitaine, annonça-t-il. Il n'y a aucune raison d'aller plus loin, à moins que nous ne soyons prêts à aller *jusqu'au bout*.

– Je suis d'accord. On vous chronomètre, mais allez-y doucement.

Tout en gravissant – littéralement – quatre à quatre les marches, Mercer convint que Calvert avait vu parfaitement juste. Ces escaliers avaient été construits pour être montés, et non descendus. Tant qu'on ne regardait pas en arrière et qu'on feignait d'ignorer la pente vertigineuse de la courbe ascendante, cette escalade était un vrai bonheur. Après deux cents marches, toutefois, il commença à sentir des élancements dans ses mollets, et décida de ralentir l'allure. Les autres avaient fait de même, car, lorsqu'il risqua un bref regard par-dessus son épaule, ils se trouvaient très loin en contrebas.

Aucun événement ne vint marquer l'escalade, qui apparemment se résumait en une interminable succession de marches. Lorsqu'ils posèrent le pied sur la plate-forme supérieure qui précédait immédiatement l'échelle, ils étaient à peine essoufflés, et dix minutes seulement s'étaient écoulées. Ils en prirent dix autres pour se reposer, puis entamèrent le dernier kilomètre à la verticale.

Sauter – saisir un échelon – sauter – saisir – sauter – saisir... rien de plus facile, mais d'un tel ennui dans la répétition que la tentation était grande de planter là toute prudence. Arrivés au milieu de l'échelle, ils se reposèrent cinq minutes : bras et jambes commençaient à se faire douloureux. Une fois de plus, Mercer fut bien aise qu'ils ne pussent voir qu'une infime partie de la paroi verticale à laquelle ils étaient accrochés. Il n'était pas trop difficile d'imaginer l'échelle se prolongeant de quelques mètres seulement au delà de leur cercle de lumière, et qu'on verrait bientôt le bout.

Sauter – saisir un échelon – sauter, et ils se retrouvèrent brusquement au bout de l'échelle. Ils étaient de retour dans le monde sans pesanteur de l'axe, au milieu de l'amicale anxiété des autres. Le périple avait duré moins d'une heure, et ils se laissèrent aller à un sentiment de modeste triomphe.

Quant à être content de soi, il était encore trop tôt. Malgré tous leurs efforts, ils avaient parcouru moins d'un huitième de cet escalier cyclopéen.

DES HOMMES, DES FEMMES ET DES SINGES

Le commandant avait depuis longtemps arrêté son opinion là-dessus : certaines femmes ne devraient pas être admises à bord d'un vaisseau. Il se passait, entre leur poitrine et l'apesanteur, des choses par trop distrayantes. Ce n'était déjà pas mal lorsqu'elles ne bougeaient pas. Mais au moindre mouvement s'éveillaient des palpitations corollaires qui, pour un mâle au sang tant soit peu chaud, étaient une provocation. Il était convaincu qu'un au moins des plus sérieux accidents de l'espace avait été causé par la vive distraction de l'équipage, consécutive au passage, dans la salle des commandes, d'une femme au relief avantageux.

Il avait, une fois, fait état de cette théorie devant le médecin-commandant Laura Ernst, sans lui révéler qui lui inspirait ces sortes de pensées. Ce n'était pas nécessaire; ils se connaissaient trop bien. Il y avait des années, sur Terre, dans un moment de solitude et de dépression commun, ils avaient fait l'amour. Cela ne se reproduirait sans doute jamais (mais qui pourrait en jurer?) car trop de choses avaient changé pour chacun d'eux. Cependant, chaque fois que l'avenante doctoresse faisait une entrée balancée dans la cabine du commandant, celui-ci ressentait le pincement fugace d'une vieille passion. Elle s'en rendait compte et tout le monde était heureux.

– Bill, lui dit-elle, j'ai passé nos alpinistes au peigne fin, et voici mon verdict. Karl et Joe sont en bonne condition, compte tenu de l'effort qu'ils ont fourni. Mais Will présente des signes d'épuisement et de perte de poids – je vous épargne les détails. Je pense qu'il n'a pas suivi comme il aurait dû les séances d'exercice, et qu'il n'est pas le seul. On a pas mal triché avec la centrifugeuse; si cela se répète, je prendrai des sanctions. Je compte sur vous pour qu'on se le dise.

– Oui, madame. Mais les hommes ont l'excuse d'avoir travaillé très dur.

– Avec leurs doigts et leurs cerveaux, c'est certain. Mais pas avec leur corps; ils n'ont pas fourni un travail exprimable en kilogrammes au mètre. Et c'est pourtant de cela qu'il s'agit s'il est question d'explorer Rama.

– D'après vous, le pouvons-nous?

– Oui, si nous agissons de façon réfléchie. Karl et moi avons travaillé sur un scénario extrêmement prudent, fondé sur le postulat que nous pourrons nous passer d'appareils respiratoires en dessous du niveau Deux. Bien sûr, c'est une chance incroyable, et qui nous oblige à réviser entièrement notre tactique. Je ne peux toujours pas me faire à l'idée d'un monde contenant de l'oxygène...

Avec simplement de la nourriture, de l'eau et des combinaisons isothermes, nous sommes à pied d'œuvre. Pour la descente, il n'y aura pas de difficultés. Il semble qu'on puisse se laisser aller à glisser sur la majeure partie du trajet, grâce à cette providentielle rampe d'escalier.

– J'ai demandé à Chips d'étudier un traîneau freiné par parachute. Même si nous ne pouvons pas laisser l'équipage se risquer dessus, il servira pour les approvisionnements et les équipements.

– Très bien. Voilà qui permettra de faire en dix minutes un trajet qui, sinon, prend une heure.

– Il est plus difficile d'évaluer la remontée. J'aimerais en fixer la durée à six heures, comprenant deux pauses d'une heure. Plus tard, lorsque nous aurons acquis de l'expérience, *et* un peu de muscle, nous pourrons considérablement abréger.

– Et du point de vue psychologique?

– C'est difficile à dire, dans un environnement aussi radicalement nouveau. Le problème le plus important semble devoir être l'obscurité.

– Je ferai placer des réflecteurs sur le Moyeu. De cette façon, toute équipe qui descendra aura, en plus de ses propres lampes, notre lumière qui veillera sur elle.

– Bien. Cela devrait beaucoup les aider.

– Autre chose. Allons-nous jouer la carte de la prudence et envoyer une équipe jusqu'à la moitié de l'escalier, et retour, ou bien allons-nous, du premier coup, l'explorer en entier?

– Si nous avions tout notre temps, je serais prudent. Mais les délais sont brefs et je ne vois pas quel danger nous empêcherait de descendre d'un seul coup, et de voir ce qui se passe là-bas.

– Merci, Laura, c'est tout ce que je veux savoir. Je vais demander au second de mettre les détails au point. Et je donnerai l'ordre à tout l'équipage de passer à la centrifugeuse vingt minutes par jour à une demi-gravité. Cela vous satisfait-il?

– Non. Au fond de Rama, la pesanteur est de 0,6 G, et je veux une marge de sécurité. Mettons la centrifugeuse à trois quarts de gravité G...

– Aïe!

– ... pendant dix minutes...

– Je suis d'accord.

– ... *deux fois* par jour.

– Laura, vous êtes une femme cruelle. Mais ne revenons pas là-dessus. J'annoncerai la nouvelle juste avant le dîner. Cela devrait émousser quelques appétits.

C'était la première fois que le commandant Norton voyait légèrement entamé l'habituel aplomb de Karl Mercer. Il s'était montré, au cours de la discussion de mise au point, aussi compétent qu'à l'accoutumée, mais quelque chose, visiblement, le tracassait. Son capitaine, qui là-dessus avait sa petite idée, attendit patiemment qu'il s'en ouvrît.

– Capitaine, finit par dire Karl, êtes-vous *certain* de devoir prendre la tête de ce groupe? Si quelque chose tourne mal, je représente la moindre perte. Et j'ai été plus loin que quiconque à l'intérieur de Rama, même si ce n'est que cinquante mètres.

– C'est sûr. Mais l'heure est venue pour le commandant de prendre la tête de ses troupes, et nous avons conclu que cette expédition ne peut pas être plus dangereuse que la précédente. Au premier pépin, on me verra remonter cet escalier à une allure qui me qualifiera pour les Olympiades lunaires.

Il attendit que Karl émît d'autres objections, mais celui-ci se tut, l'air toujours aussi contrarié. Dans un mouvement de compassion, le commandant ajouta doucement :

– Et je parie que Joe arrivera avant moi au sommet.

Mercer détendit son grand corps et un sourire s'élargit lentement sur son visage :

– D'accord, Bill, mais j'aurais voulu que vous preniez quelqu'un d'autre avec vous.

– Je voulais un homme qui soit déjà descendu, et nous ne pouvons pas y aller tous les deux. Quant à Herr Doktor Professor et sergent Myron, il a, d'après Laura, deux kilos de trop. Lui faire raser sa moustache ne l'allégera pas suffisamment.

– Qui sera le troisième?

– Je n'ai toujours pas décidé. Cela dépend de Laura.

– Elle veut y aller.

– Qui ne voudrait pas? Mais si elle se trouve en tête de sa propre liste de candidats, je serai très circonspect.

Tandis que le commandant en second Mercer rassemblait ses papiers et se propulsait hors de la cabine, Norton ressentit un bref pincement d'envie. La majeure partie de l'équipage, quatre-vingt-cinq pour cent d'après son estimation minimale, avait su se ménager un certain confort affectif. Il avait connu des vaisseaux où le capitaine participait à cet état de fait, mais lui, ne voyait pas les choses ainsi. Bien que la discipline à bord de l'*Endeavour* fût essentiellement fondée sur le respect mutuel que se vouaient des hommes et des femmes hautement entraînés et intelligents, le commandant avait besoin de quelque chose de plus pour souligner sa position. Sa responsabilité était exceptionnelle et exigeait un certain degré d'isolement, vis-à-vis même de ses plus proches amis. Toute liaison pouvait être atteinte au moral, car il était impossible, en ce cas, d'échapper aux accusations de favoritisme. Pour cette raison, les aventures franchissant plus de deux degrés hiérarchiques étaient fermement découragées. Mais, à part cela, la seule règle régissant le sexe à bord était : « Du moment qu'on ne le fait pas dans les coursives et qu'on ne fait pas peur aux singes. »

Il y avait à bord d'*Endeavour* quatre super-chimpanzés. Il était en fait abusif de les appeler ainsi, car pour former la partie non humaine de l'équipage il n'avait pas été fait appel aux chimpanzés. Une queue préhensile est, en état d'apesanteur, un avantage considérable, et toutes les tentatives pour en munir des êtres humains avaient grotesquement échoué. Après n'avoir rencontré, également, que des déboires avec les grands singes, la *Super-chimpanzee Corporation* s'était mise au travail sur les simples primates.

Blackie, Blondie, Goldie et Brownie descendaient de lignées dont les branches portaient les singes les plus intelligents de l'Ancien et du Nouveau Monde, et possédaient de surcroît des gènes synthétiques que la nature n'avait jamais fournis.

Leur élevage et leur éducation avait sans doute coûté aussi cher que celle du commun des astronautes, et ils en valaient la peine. Chacun d'eux pesait moins de trente kilos, consommait deux fois moins de nourriture et d'oxygène qu'un être humain mais pouvait également remplacer 2,75 hommes pour les tâches ménagères, la préparation de repas, la manutention d'outils et des dizaines d'autres menues corvées.

Ce chiffre de 2,75 était celui qu'annonçait la Compagnie, d'après d'innombrables études de rendement. Or, cette estimation, quoique surprenante et fréquemment mise en cause, se révélait exacte, car les singes se trouvaient fort aise de travailler quinze heures par jour, et n'étaient pas rebutés par les tâches les plus serviles et les plus fastidieuses. Les humains, eux, pouvaient librement se consacrer au travail humain. Sur un vaisseau, c'était une question de vie ou de mort.

Au contraire de leurs plus proches parents, les singes de l'*Endeavour* se montraient dociles, obéissants et discrets. Etant produits par multiplication végétative, c'est-à-dire par clones, ils étaient asexués, ce qui éliminait d'embarrassants problèmes de comportement. Habitués de plus à un strict régime végétarien, ils étaient propres et ne sentaient pas la bête. Ils auraient fait de parfaits animaux d'appartement, à ceci près qu'aucune fortune n'aurait suffi à les acheter.

En dépit de ces avantages, la présence de singes à bord impliquait un certain nombre de problèmes. Ils devaient posséder leurs propres quartiers, inévitablement baptisés Singe-Singe, du nom de la célèbre prison. Leur petit foyer était toujours impeccable, avec télévision, jeux divers et machines enseignantes programmées. Afin d'éviter les accidents, il leur était rigoureusement interdit de pénétrer dans les zones vitales du vaisseau, dont les entrées se signalaient d'ailleurs par la couleur rouge, barrière visuelle que les singes, en raison de leur conditionnement psychologique, étaient incapables de franchir.

Il y avait aussi un problème de communication. Bien que leur Q.I., égal à 60, leur permît de comprendre plusieurs centaines de mots d'anglais, ils étaient incapables de parler. Il s'était révélé impossible de doter ces primates et même les grands singes anthropoïdes de cordes vocales efficaces; ils devaient donc s'exprimer par signes.

Les signes de base étaient évidents, et facilement assimilés, de façon que chacun, à bord du vaisseau, pût comprendre les messages courants. Mais le seul homme capable de parler couramment le simiesque était leur tuteur, le chef intendant Mac Andrews.

Plus par habitude que par plaisanterie, on disait que le sergent Ravi Mac Andrews ressemblait finalement à un singe, ce qui n'était guère ressenti comme une insulte, car avec leur pelage ras et nuancé, leurs mouvements gracieux, c'étaient véritablement de beaux animaux. Ils étaient également affectueux, et chacun à bord avait son favori; celui du commandant Norton était Goldie le bien nommé.

Mais ces relations d'authentique sympathie si aisément établies avec les primates créaient un autre problème qui donnait un argument de poids aux adversaires de leur emploi dans l'espace. N'étant employés qu'aux basses besognes de routine, leur présence était une charge en cas de coup dur. Ils pouvaient alors constituer un danger pour eux-mêmes et leurs collègues humains. On n'avait pu que constater, en particulier, l'impossibilité de leur faire revêtir une combinaison spatiale, les concepts nécessaires à cette opération étant hors de leur portée.

Personne n'aimait en parler, mais chacun savait ce qu'il fallait faire en cas de rupture de la coque ou de nécessité d'abandonner le vaisseau. Cela n'était arrivé qu'une fois. Le tuteur des singes avait respecté les consignes au delà de ce qui était exigé. On l'avait retrouvé avec ses pupilles, tué par le même poison. A la suite de quoi, le devoir d'euthanasie fut reporté sur le médecin-chef, qui, pensait-on, serait plus à l'abri de réactions émotives.

Norton était très reconnaissant de ce que, au moins, cette responsabilité ne reposât pas sur les épaules du capitaine. Il connaissait des hommes qu'il aurait eu moins de scrupule à tuer que Goldie.

L'ESCALIER DES DIEUX

Dans l'atmosphère froide et limpide de Rama, le faisceau du réflecteur était complètement invisible. A trois mille mètres en contrebas du moyeu central, un ovale lumineux large de cent mètres tranchait dans l'obscurité environnante une section du colossal escalier. Et cette oasis de clarté glissait lentement vers la plaine courbe qui, elle, se trouvait cinq kilomètres plus bas. Cette glissade accompagnait la progression d'un trio d'insectes qui poussait devant lui de longues ombres.

La descente était, comme ils l'avaient espéré et attendu, absolument sans imprévu. Ils avaient fait une brève halte à la première plate-forme et Norton avait parcouru quelques centaines de mètres sur l'étroite corniche curviligne avant de reprendre la descente vers le second niveau. Là, ils s'étaient défaits de leur appareil à oxygène et avaient retrouvé avec délices le luxe étrange de pouvoir respirer sans intermédiaire mécanique. Ils pouvaient maintenant explorer à leur aise, à l'abri du pire danger qu'affronte l'homme dans l'espace, et oublieux du souci constant que sont l'intégrité de la combinaison et la réserve d'oxygène.

Lorsque, ayant atteint le cinquième niveau, il ne leur resta plus qu'une seule volée de marches à descendre, la pesanteur était presque égale à la moitié de celle de la terre. Le mouvement de centrifugeuse de Rama exerçait enfin sa force réelle. Ils se soumettaient à la force implacable qui régit toutes les planètes et peut faire payer d'un prix terrible le moindre faux pas. Descendre était toujours aussi facile; mais l'idée du retour et de ces milliers de marches à gravir commençait à les préoccuper.

L'escalier, qui avait depuis longtemps cessé son vertigineux plongeon, tendait maintenant à l'horizontale. Sa pente, qui au début était de cinq cents pour cent, n'était plus à présent que de vingt pour cent environ. Une démarche normale était devenue, tant physiquement que psychologiquement, acceptable. Seule la pesanteur moindre leur rappelait qu'ils ne descendaient pas quelque monumental escalier sur Terre. Norton avait autrefois visité les ruines d'un temple aztèque, et les sentiments qu'il avait éprouvés alors lui revinrent comme un écho cent fois amplifié. C'étaient ici la même crainte quasi religieuse, le même mystère, et la tristesse face à un passé révolu pour toujours. Mais la démesure, à la fois dans le temps et dans l'espace, de ce témoin du passé désarmait l'entendement. On restait sans réaction. Norton se demanda si, un jour ou l'autre, il parviendrait à considérer la réalité de Rama comme allant de soi.

De plus, tout parallèle avec des ruines terrestres restait sans objet sur un autre plan : Rama était des centaines de fois plus ancien qu'aucune forme ayant perduré sur Terre, Grande Pyramide comprise : *et pourtant, tout sem-*

blait absolument neuf. Nulle part ne se lisait l'usure ou la destruction.

Norton, qui s'était perdu en conjectures à ce sujet, en était arrivé à une explication provisoire. Tout ce qu'ils avaient pu examiner jusqu'ici faisait partie d'un dispositif de secours dont l'utilisation était exceptionnelle. Il imaginait mal les Raméens – à moins qu'ils ne fussent de l'espèce, assez commune sur Terre, des fanatiques de la forme physique – monter et descendre cet incroyable escalier, ou les deux pendants qui, là-haut, dessinaient l'Y invisible. Peut-être leur édification n'avait-elle été nécessaire qu'au moment même de la construction de Rama; ils ne remplissaient plus, depuis ce jour lointain, aucune fonction. Bien qu'insatisfait de cette théorie, il l'estimait temporairement valable. Quelque part, quelque chose l'infirmerait...

Ils ne parcoururent pas en glissant le dernier kilomètre, mais en enjambant dans une sorte de ralenti, les marches deux par deux. De cette façon, avait pensé Norton, ils échaufferaient les muscles qui, bientôt, allaient devoir servir. La fin de l'escalier les prit presque au dépourvu. Soudain, il n'y eut plus de marches, rien qu'une plaine rase, d'un gris morne dans la clarté faiblissante du projecteur placé sur le moyeu, et qui se fondait dans l'obscurité à quelques centaines de mètres de là.

Le regard de Norton remonta le faisceau lumineux jusqu'à sa source, distante de plus de huit kilomètres. Sachant que Mercer l'observait au télescope, il lui fit un grand signe joyeux de la main.

– Ici le capitaine, annonça-t-il à la radio. La forme est bonne. Pas de problèmes. On continue comme prévu.

– Bien, répondit Mercer. On ne vous perd pas de vue.

Il y eut un bref silence, puis une voix intervint :

– Ici l'officier de pont, à bord du vaisseau. Tout cela est un peu court, capitaine. Vous savez que la presse nous a harcelés toute la semaine dernière. Je n'exige pas de vous une prose immortelle, mais vous ne pourriez pas faire un petit effort?

– Je vais essayer, répondit ironiquement Norton. Rappelez-vous quand même qu'il n'y a encore rien à voir. J'ai l'impression d'être sur une scène obscure et démesurée, éclairée par un seul projecteur. Je vois quelques centaines de marches qui s'en élèvent avant de disparaître dans les ténèbres supérieures. Ce qu'on peut voir de la plaine est parfaitement plat; la courbure est trop faible pour être perceptible au delà de cette zone limitée. Et c'est à peu près tout.

– Et vos impressions?

– La température est toujours très basse, en dessous de zéro, et nous sommes contents d'avoir nos combinaisons isothermes. Et puis il y a le silence, un silence plus profond que tout ce que j'ai pu connaître sur Terre ou dans l'espace, où il y a toujours un bruit de fond. Ici, les bruits sont comme engloutis. L'espace qui nous entoure est si vaste qu'il n'y a aucun écho. C'est très déroutant, mais je pense que nous allons nous y habituer.

– Merci, capitaine. Et vous, Joe et Boris?

Le lieutenant Joe Calvert, qui n'était jamais en peine de phrases, fut ravi de se rendre utile :

– Ce qui s'impose à moi, c'est que, pour la première fois de l'Histoire, nous pouvons fouler le sol d'un autre monde en respirant son atmosphère originelle. Encore qu'« originelle » soit bien mal choisi pour ce monde-ci. Il n'en reste pas moins que Rama doit ressembler au monde de ses constructeurs; nos propres vaisseaux spatiaux sont tous des Terres en miniature. Une statistique portant sur deux spécimens est bien pauvre, mais cela veut-il dire que toutes les formes de vie intelligentes consomment de l'oxygène? Ce que nous avons vu de leurs réalisations laisse penser que les Raméens étaient humanoïdes, bien que d'une taille supérieure de cinquante pour cent à la nôtre. Tu n'es pas d'accord, Boris?

Cherche-t-il des noises à Boris? se demanda Norton. Je me demande comment celui-ci va réagir.

Pour tous ses compagnons, le lieutenant Boris Rodrigo était une sorte d'énigme. Le flegmatique et digne officier radio était populaire parmi l'équipage, mais il ne s'était jamais complètement intégré à ses activités et semblait toujours un peu en marge – comme s'il était branché sur une autre longueur d'onde.

C'était d'ailleurs le cas. Il était fidèle pratiquant de la Cinquième Eglise du Christ cosmonaute. Norton n'avait jamais pu savoir ce qui était arrivé aux quatre précédentes, et il ignorait également tout des rites et des cérémonies de cette Eglise. Mais l'essentiel de son credo était bien connu : le Christ était venu de l'espace, et sur ce postulat reposait tout son édifice théologique.

Il n'était peut-être pas étonnant qu'une proportion exceptionnellement élevée des fidèles de la Cinquième Eglise travaillât, dans un secteur ou dans un autre, pour l'Espace. C'étaient immanquablement des individus consciencieux et absolument dignes de confiance. Ils étaient universellement respectés, et même aimés, surtout lorsqu'ils ne se mêlaient pas de prosélytisme. Il y avait cependant en eux quelque chose de légèrement inquiétant; Norton ne comprendrait jamais comment des hommes d'une haute culture scientifique et d'une grande compétence technique pouvaient accorder foi à certains des dogmes qu'il avait entendu présenter comme des faits indiscutables par des fidèles de l'Eglise.

Alors que la réponse du lieutenant Rodrigo à la question – au traquenard? – de Joe se faisait attendre, le commandant eut l'intuition subite de ce qui l'avait obscurément motivé. Il avait choisi Boris parce qu'il était physiquement apte, techniquement qualifié et totalement sûr. En même temps, il se demandait si quelque curiosité maligne ne s'était pas glissée dans ce choix. Comment un homme ayant de telles convictions religieuses réagirait-il face à l'impressionnante et solennelle réalité de Rama? Et s'il rencontrait là quelque chose qui bouleverserait ses croyances... ou les corroborerait?

Mais Boris Rodrigo, avec sa prudence coutumière, refusa de tomber dans le piège :

– Ils respiraient certainement de l'oxygène, et il se peut qu'ils aient été humanoïdes. Mais attendons de voir. Avec un peu de chance, nous découvrirons à quoi ils ressemblaient. Il peut y avoir des représentations, des statues, peut-être même des corps, là-bas dans ces villes. Si ce sont des villes.

– Et la plus proche n'est qu'à huit kilomètres, dit Joe Calvert d'une voix pleine d'espoir.

Oui, pensa le commandant, mais cela fait encore huit kilomètres pour le retour, plus cet interminable escalier à gravir. Pouvons-nous prendre ce risque?

Une brève sortie vers la « ville » baptisée Paris avait figuré à titre d'éventualité dans ses tout premiers plans. Il devait maintenant prendre une décision. Ils avaient de l'eau et largement de quoi manger pendant vingt-quatre heures. Sur le Moyeu, l'équipe de soutien ne les perdrait pas de vue, et tout accident semblait virtuellement impossible sur cette plaine de métal lisse, doucement courbée. Le seul danger imprévisible était l'épuisement. Lorsqu'ils seraient arrivés à Paris, ce qui pouvait être fait sans peine, pourraient-ils faire plus que prendre quelques photos et peut-être ramasser quelques menus objets fabriqués, avant de devoir se remettre en route?

Malgré sa brièveté, le raid serait de toute façon fructueux. L'*Endeavour* ne pourrait suivre la périlleuse course au soleil de Rama : le temps pressait.

Mais la décision devait être partagée. A bord du vaisseau, le Dr Ernst observait les courbes que traçaient, depuis le corps de Norton où ils étaient fixés, les détecteurs bio-télémétriques. Elle n'avait qu'un mot à dire, et la discussion serait inutile.

– Laura, qu'en pensez-vous?

– Reposez-vous trente minutes, avalez une unité énergétique de cinq cents calories et allez-y.

– Merci, docteur, intervint Joe Calvert. Je vais pouvoir mourir heureux. J'ai toujours rêvé de voir Paris. A nous deux, Montmartre.

LA PLAINE DE RAMA

Après ces interminables volées de marches, il était étrangement confortable de retrouver sous ses pieds une surface horizontale. De fait, droit devant, le sol était complètement plat; à droite et à gauche, aux confins de la zone éclairée par le réflecteur, on pouvait tout juste détecter l'amorce de la courbure. Ils auraient pu s'imaginer marchant au fond d'une vallée très large et peu encaissée, mais certainement pas accrochés comme des mouches à la paroi interne d'un gigantesque cylindre, au milieu d'une petite oasis de lumière au delà de laquelle le sol se soulevait pour rencontrer le ciel. Un ciel qu'il ne rencontrait jamais, puisqu'il occupait sa place.

Malgré le sentiment d'assurance et la sourde impatience qu'ils ressentaient tous, le silence presque tangible de Rama commença bientôt à peser lourdement sur eux. Chaque pas, chaque mot étaient immédiatement engloutis dans le vide mat et opaque. Après qu'ils eurent parcouru un peu plus d'un demi-kilomètre, le lieutenant Calvert fut incapable de le tolérer plus longtemps.

Parmi ses menus talents, il en possédait un assez rare, encore qu'il ne le fût pas assez aux yeux de certains : l'art de siffler. Qu'on l'en priât ou non, il pouvait ainsi restituer les thèmes de la plupart des films des deux cents dernières années. Il débuta fort à propos par « *Heigh-ho, heigh-ho, 'tis off to work we go* », mais, trouvant trop inconfortablement bas le registre de la marche des nains de Disney, il enchaîna rapidement sur *le Pont de la rivière Kwaï*. Puis il fit défiler, dans un ordre plus ou moins chronologique, une demi-douzaine d'épopées historiques dont le clou final fut le thème du *Napoléon* de Sid Krassman, un des chefs-d'œuvre de la fin du XXᵉ siècle.

L'idée était bonne, mais n'eut pas l'effet psychologique espéré. A Rama convenait la grandeur d'un Bach, d'un Beethoven, d'un Sibelius ou d'un Tuan Sun, et non les échos frivoles de divertissements populaires. Norton était sur le point de suggérer que Joe ménageât son souffle en vue d'un usage ultérieur, quand le jeune officier mesura la vanité de ses efforts. Après quoi, et à l'exception de communications sporadiques avec le vaisseau, ils continuèrent leur marche en silence. Cette manche, Rama l'avait gagnée.

Sur le tracé initial de leur route, Norton avait concédé la possibilité d'un détour. Paris était droit devant, à mi-chemin du pied de l'escalier et de la rive de la mer Cylindrique. Mais sur leur droite, et distante seulement d'un kilomètre, se trouvait une formation très saillante et plutôt mystérieuse qui avait été baptisée la vallée Droite. C'était un long sillon, ou tranchée, profond de quarante mètres et large de cent, dont les parois s'évasaient doucement. On l'avait provisoirement identifié à un fossé d'irrigation ou à un canal. Comme l'escalier lui-même, il avait deux répliques identiques également espacées dans la courbure de Rama.

Les trois vallées avaient presque dix kilomètres de long, et se terminaient abruptement juste avant d'atteindre la mer, ce qui était étrange si elles avaient pour fonction de charrier de l'eau. Et, de l'autre côté de la mer, la même configuration se répétait. Trois autres tranchées longues de dix kilomètres se dirigeaient vers le pôle Sud.

Après quinze minutes à peine d'une marche aisée, ils eurent atteint l'extrémité de la vallée Droite, et là, rêveurs, scrutèrent du regard ses profondeurs. Les parois parfaitement lisses faisaient avec le sol un angle de soixante degrés. Elles étaient dépourvues d'aspérités ou de marches. Le fond de la vallée était comblé par une nappe d'un matériau blanc et plat qui ressemblait fort à de la glace. Un échantillon pouvait clore bon nombre de discussions. Norton décida donc d'en prélever un.

Il se laissa lentement glisser le long de l'abrupt au bout d'une corde de sécurité que maintenaient d'une poigne de fer Calvert et Rodrigo. Arrivé au fond, il ne sentit pas sous son pied la familière surface glissante de la glace. Le contact était franc et sûr. Ce matériau devait être semblable à du verre ou à un cristal transparent qui sous le doigt était froid, dur et inflexible.

Tournant le dos au réflecteur et abritant ses yeux de son reflet, Norton tenta de percer du regard les profondeurs cristallines, comme on fait pour voir sous la glace d'un lac gelé. Mais il ne put rien voir, et le résultat ne fut pas meilleur lorsqu'il y braqua le rayon concentré de sa lampe frontale. Cette matière était translucide, mais non transparente. Si c'était un liquide gelé, son point de fusion était beaucoup plus élevé que celui de l'eau.

Il la percuta doucement avec le marteau de son nécessaire de géologue; l'outil rebondit après n'avoir produit qu'un pauvre « clac ». Il frappa plus fort, toujours en vain, et allait y employer toute sa force lorsqu'une impulsion le fit renoncer.

Il semblait très improbable qu'il pût faire voler ce matériau en éclats; mais s'il y parvenait? Il agirait comme un vandale cassant quelque gigantesque vitre. Il avait déjà récolté une information d'importance : pour le reste, on verrait plus tard. Il semblait maintenant encore plus improbable que ceci eût jamais été un canal. Ce n'était qu'une tranchée singulière, qui commençait et se terminait abruptement, sans mener nulle part. Et si elle avait dû, par le passé, charrier un quelconque liquide, où étaient les taches, les incrustations de dépôts desséchés qu'on pouvait s'attendre à y trouver? Tout était aussi propre et brillant que si ses constructeurs l'avaient quitté la veille.

De nouveau, il était confronté au mystère fondamental de Rama, et, cette fois, il lui était impossible de s'y dérober. Le commandant Norton était un homme raisonnablement imaginatif, et il n'aurait certainement pas atteint son actuelle situation s'il avait été sujet aux grandes envolées d'une imagination débridée. Et voilà que pour la première fois, il avait non pas une appréhension, mais un pressentiment. Les choses étaient différentes de leur apparence. Il y avait quelque chose d'excessivement dérangeant dans cet endroit qui était à la fois flambant neuf, et vieux d'un million d'années.

Perdu dans ses pensées, il se mit en marche le long de la petite vallée, tandis que ses compagnons, qui tenaient toujours la corde attachée à sa taille, le suivaient depuis le bord. Plus que dans l'espoir de faire d'autres découvertes, il avançait pour aller jusqu'au bout de son curieux état d'âme. Car quelque chose le tracassait, qui n'avait rien à voir avec l'inexplicable virginité de Rama.

A peine avait-il parcouru dix mètres qu'il fut frappé comme par la foudre.

Cet endroit, il le connaissait. *Il y était déjà venu.* Sur Terre, déjà, ou sur une planète familière, cette expérience est troublante, quoique assez commune. La plupart des gens l'ont faite à un moment ou à un autre et la bannissent de leur pensée en l'attribuant à une photographie oubliée ou à une simple coïncidence. Les plus mystiques y voient la communication télépathique avec une autre pensée, ou un brusque surgissement de leur propre futur.

Mais reconnaître un lieu qu'aucun être humain n'avait pu contempler, voilà qui était confondant. Le commandant Norton resta plusieurs secondes figé sur la lisse surface cristalline où il venait de poser ses pas, essayant de laisser se décanter ses émotions. L'ordre rigoureux de son univers venait d'être bouleversé. Pris de vertige, il subissait la révélation de ces marges mystérieuses de l'existence qu'il avait victorieusement repoussées tout au long de sa vie, ou presque.

A son immense soulagement, le bon sens lui vint en renfort. La troublante sensation de *déjà vu* s'estompa, cédant devant un souvenir de jeunesse, bien réel et identifiable.

C'était exact. Il s'était déjà tenu entre deux semblables parois abruptes, les regardant fuir vers l'horizon et converger dans un lointain flou. Mais un gazon impeccable couvrait ces versants, tandis que ses pieds étaient posés non sur un cristal lisse, mais des pierres concassées.

C'était trente ans plus tôt, lors d'un séjour estival en Angleterre. Motivé surtout par la présence de certaine étudiante (il se rappelait son visage, mais pas son nom), il avait choisi un cours d'archéologie industrielle, discipline alors très populaire chez les jeunes scientifiques et techniciens. Ils avaient exploré des mines et des filatures abandonnées, escaladé des hauts fourneaux et des machines à vapeur en ruine, regardé, bouche bée, de grossiers (et toujours dangereux) réacteurs nucléaires, et piloté d'inestimables antiquités à turbines sur des autostrades restaurées.

Tout ce qu'ils voyaient n'était pas nécessairement d'époque. Les pertes, les disparitions avaient été nombreuses, car les hommes se soucient rarement de préserver ce qui fait la banalité de la vie quotidienne. Mais lorsque des copies avaient été nécessaires, elles avaient été reconstituées avec un soin jaloux.

Ainsi le jeune Bill Norton s'était trouvé fonçant à l'exaltante vitesse de cent kilomètres à l'heure tout en enfournant comme un furieux des pelletées de précieux charbon dans le foyer d'une locomotive qui paraissait vieille de deux siècles, bien que de fabrication plus récente. Les trente kilomètres de voie ferrée de la Great Western Railway étaient, eux, parfaitement authentiques, bien que leur remise en service eût nécessité d'énormes travaux de terrassement.

Au son strident du sifflet, ils s'étaient engouffrés dans le flanc d'une colline et avaient foncé dans une obscurité fumeuse éclairée par le seul rougeoiement des flammes. Après un temps incroyablement long, ils avaient débouché du tunnel dans une saignée profonde et parfaitement rectiligne flanquée de deux abrupts talus herbeux. Cette image tirée d'un long oubli était presque identique à ce qu'il avait maintenant devant lui.

– Que se passe-t-il, capitaine? appela le lieutenant Rodrigo. Vous avez trouvé quelque chose?

Norton sentit l'oppression s'alléger lorsqu'il fit effort pour revenir à la réalité présente. Oui, il y avait ici un mystère, mais qui ne dépassait peut-être pas l'entendement humain. Il avait reçu une leçon, bien qu'elle ne fût pas de celles dont il pouvait volontiers faire profiter autrui. Il ne devait à aucun prix se laisser déborder par Rama. Sinon, c'était l'échec, peut-être même la folie.

– Non, répondit-il, il n'y a rien ici. Faites-moi remonter, nous allons directement à Paris.

AVIS DE TEMPÊTE

– J'ai convoqué cette réunion de la Commission, dit Son Excellence l'ambassadeur de Mars aux Planètes unies, parce que le Dr Perera a une communication importante à nous faire. Il insiste pour que nous contactions immédiatement le commandant Norton par le canal prioritaire que nous avons pu faire établir non sans, je dois le dire, de sérieuses difficultés. La communication du Dr Perera est assez technique, et, avant que nous l'entendions, il convient, je le pense, de faire brièvement le point de la situation présente; le Dr Price a bien voulu s'en charger. Ah, encore ceci : se sont excusés sir Robert qui est en route pour la Terre, le Pr Salomon qui est quelque part au fond du Pacifique, et le Dr Taylor qui demande, précisément, qu'on veuille bien l'excuser.

Cette dernière abstention ne lui causait aucun déplaisir, bien au contraire. L'anthropologue s'était rapidement désintéressé de Rama lorsqu'il fut établi qu'il n'en tirerait pour lui-même aucun prestige. Comme tant d'autres, il avait été cruellement désappointé d'apprendre que ce micro-univers errant était mort. Il perdait du même coup l'occasion de produire des livres et vidéos sensationnels sur les us et comportements raméens. Déterrer des squelettes et répertorier des objets, cela n'était pas du goût de Conrad Taylor. La seule découverte capable de lui faire rebrousser chemin à la hâte serait peut-être celle d'œuvres très manifestement artistiques, à l'instar des célèbres fresques de Théra et de Pompéi.

Thelma Price, l'archéologue, était d'un point de vue diamétralement opposé. Elle avait un faible pour les fouilles et les ruines nettoyées de leurs habitants qui pourraient entraver le froid déroulement de l'étude scientifique. En ceci, le bassin de la Méditerranée avait été idéal, du moins jusqu'à ce qu'urbanistes et paysagistes s'en mêlassent. Rama aurait été parfait, à cet horripilant détail près qu'il se trouvait à cent millions de kilomètres, ce qui interdisait à l'archéologue de le visiter en personne.

— Comme vous le savez tous, dit-elle en guise d'introduction, le commandant a effectué un parcours de près de trente kilomètres sans rencontrer le moindre problème. Il a exploré la curieuse tranchée désignée par nos cartes sous le nom de vallée Droite; sa fonction est totalement inconnue, mais non sans une importance certaine puisqu'elle parcourt toute la longueur de Rama, ne s'interrompant qu'aux rives de la mer Cylindrique, sans oublier les deux autres formations identiques qui coupent la circonférence de Rama en arcs de 120 degrés.

» Puis le groupe a tourné à gauche, ou vers l'est, si nous convenons d'appeler pôle Nord leur point de départ, et a continué jusqu'à Paris. Comme cette photo, prise depuis le Moyeu par un appareil télescopique, vous permettra de le voir, c'est un ensemble de plusieurs centaines de bâtiments séparés par de larges rues.

» Mais ces photos-ci ont été prises par le groupe du commandant Norton en arrivant sur place. Si Paris est une ville, c'est une ville singulière. Vous remarquerez qu'aucun des bâtiments n'a de fenêtres ni même de portes. Ce sont tous de simples structures rectangulaires, d'une hauteur uniforme de trente-cinq mètres. De plus, ils semblent avoir poussé à partir du sol; il n'y a ni soudures ni joints : regardez ce gros plan de la base d'un mur; elle se fond graduellement avec le sol.

» Mon sentiment est que ce site n'est pas un lieu de résidence, mais une sorte d'entrepôt. A l'appui de cette théorie, regardez cette photo...

» Ces rainures, ou sillons étroits, larges d'environ cinq centimètres, courent le long de toutes les rues, et à chaque bâtiment aboutit une de ces rainures, qui pénètre directement dans le mur. La ressemblance avec les voies des transports urbains du début du XX siècle est frappante. Ce dispositif fait partie, de toute évidence, d'un système de transport.

» Il ne nous a jamais paru nécessaire de relier directement chaque maison à un système de transport en commun. Economiquement, ce serait une absurdité; les gens ont toujours la possibilité de parcourir à pied quelques centaines de mètres. Mais si ces bâtiments servent à l'entreposage de pondéreux, la solution paraît adéquate.

— Puis-je poser une question? demanda l'ambassadeur de la Terre.

— Bien sûr, sir Robert.

— Le commandant Norton n'aurait-il pu pénétrer dans un seul bâtiment?

– Non. Vous apprécierez sa déception en écoutant son rapport. Il avait tout d'abord conclu que l'entrée des bâtiments ne pouvait être que souterraine; puis il a découvert les sillons et le système de transport, sur quoi il a révisé son opinion.

– A-t-il essayé de pénétrer de force?

– Il ne le pouvait d'aucune façon, sans explosifs ni outillage lourd. Et il n'a pas l'intention d'opérer ainsi avant l'échec de toutes les autres méthodes.

– J'ai trouvé! s'exclama soudain Dennis Salomon. L'encoconnement!

– Plaît-il?

– C'est une technique qui a vu le jour il y a deux ou trois siècles, poursuivit l'historien des sciences. On l'appelle aussi chrysalidation. Lorsque vous voulez conserver et préserver quelque chose, vous le scellez dans une enveloppe de plastique à l'intérieur de laquelle vous injectez un gaz inerte. Initialement, cela servait à la protection du matériel militaire entre les guerres, jusqu'à des navires entiers. Elle est toujours largement utilisée par les musées dont les réserves sont trop exiguës; personne ne sait ce qu'il y a au juste à l'intérieur de certains cocons des caves du Smithsonian Institute.

La patience n'était pas la vertu majeure de Carlisle Perera. Languissant de larguer sa bombe, il ne pouvait plus se retenir :

– Je vous en prie, monsieur l'ambassadeur! Tout ceci est fort intéressant, mais j'ai le sentiment que mon information est autrement urgente.

– Si tout a été dit... eh bien, c'est à vous, docteur Perera.

L'exobiologiste, au contraire de Conrad Taylor, ne s'estimait pas déçu par Rama. Il était vrai qu'il n'espérait plus y trouver de vie, mais il avait la certitude que, tôt ou tard, seraient découverts des restes des créatures qui avaient construit ce monde fantastique. L'exploration ne faisait que commencer, bien que le moment où l'*Endea-*

vour devrait s'arracher de son orbite tangeante au soleil fût terriblement proche.

Mais il se trouvait que si ses calculs étaient exacts, la rencontre de l'homme avec Rama serait encore plus brève qu'il ne le craignait. Car un détail avait échappé à l'attention générale. Un détail d'une importance telle que personne, jusqu'à présent, ne l'avait remarqué.

– D'après nos dernières informations, commença Perera, une équipe se dirige actuellement vers la mer Cylindrique, tandis que le commandant Norton, avec un autre groupe, installe une base d'appui au pied de l'escalier Alpha. Après quoi, il a l'intention d'envoyer en permanence au moins deux missions de reconnaissance, afin, espère-t-il, d'utiliser au mieux des effectifs limités.

» Son plan est bon, mais risque de ne jamais pouvoir être appliqué, faute de temps. Pratiquement, je conseille de donner l'alarme sans délai et d'envisager un repli total *dans* les douze heures. Je m'explique...

» Surprenant est le petit nombre des commentaires qu'a suscités une anomalie pourtant évidente de Rama. Celui-ci a maintenant pénétré dans l'orbite de Vénus, et son intérieur reste gelé. Alors que la température d'un objet directement exposé au soleil en ce point du système est d'environ cinq cents degrés!

» La raison en est, bien sûr, que Rama n'a pas eu le temps de se réchauffer après avoir atteint une température proche du zéro absolu, c'est-à-dire moins deux cent soixante-dix degrés. Or, à mesure qu'il s'approche du soleil, l'enveloppe extérieure est déjà presque aussi chaude que le plomb fondu. Mais l'intérieur va rester froid tant que la chaleur n'aura pas traversé ce kilomètre de roc.

» Il existe une sorte de dessert fourré à la glace, mais dont l'extérieur est bouillant... Je ne me rappelle plus son nom...

– Une omelette norvégienne. C'est malheureusement la

conclusion favorite des banquets offerts par les Planètes unies.

– Merci, sir Robert. Telle est donc, sur Rama, la situation, mais elle ne saurait durer. Durant toutes ces dernières semaines, il n'a cessé d'être graduellement pénétré par la chaleur du soleil, et nous nous attendons, dans les heures qui viennent, à une rapide élévation de la température. Cela en soi n'est pas un problème; au moment même de l'indispensable repli, la chaleur sera rien de moins que confortablement tropicale.

– Alors, quelle est la difficulté?

– Deux mots me suffiront pour répondre, monsieur l'ambassadeur. *Les ouragans.*

LE BORD DE LA MER

Il y avait à présent plus de vingt hommes et femmes dans Rama. Six d'entre eux étaient sur la plaine, tandis que les autres transbordaient équipements et provisions par le système de sas jusqu'au pied de l'escalier. Le vaisseau lui-même était presque désert, seule une équipe aussi réduite que possible étant restée à son bord. La plaisanterie du moment était que le vaisseau était en réalité aux mains des quatre singes et que Goldie avait été momentanément promu au rang de commandant.

Pour ces premières explorations, Norton avait arrêté un certain nombre de règles fondamentales. La plus importante datait des tout premiers jours de l'avènement de l'homme à l'espace. Chaque groupe, avait-il décidé, devrait comprendre une personne d'expérience. Mais pas plus d'une seule. De cette façon, il serait donné à chacun d'apprendre aussi vite que possible.

Ainsi donc, le premier groupe à partir pour la mer Cylindrique, bien que conduit par le médecin-commandant Laura Ernst, possédait son propre vétéran de la veille, le lieutenant Boris Rodrigo, qui revenait tout juste de Paris. Le troisième membre, le sergent Pieter Rousseau, avait fait partie de l'équipe de soutien du Moyeu; il était expert en équipements de reconnaissance spatiale, mais pour cette mission, il lui faudrait se fier à sa seule bonne vue et à un petit télescope portatif.

Du pied de l'escalier Alpha au bord de la mer, il y avait juste un peu moins de quinze kilomètres, ce qui, compte tenu de la faible gravité de Rama, équivalait à huit kilomètres terrestres. Laura Ernst, qui devait montrer qu'elle appliquait ses propres préceptes, menait le train d'un pas vif. Ils s'arrêtèrent trente minutes à mi-chemin, et ce fut le seul fait notable de cette marche sans histoire.

Il était également fastidieux de s'avancer sous le rayon du réflecteur dans l'obscurité sourde et mate de Rama. A mesure que la flaque de lumière progressait avec eux, elle s'étirait en une longue et étroite ellipse. Cette anamorphose de la lumière projetée était le seul signe visible de leur avance. Si, du haut du Moyeu, les observateurs ne leur avaient pas continuellement indiqué les distances franchies, les trois explorateurs n'auraient jamais pu dire s'ils avaient parcouru un kilomètre plutôt que cinq ou dix. Ils mettaient simplement un pied devant l'autre dans une nuit mille fois millénaire, sur ce qui paraissait être une surface métallique d'un seul tenant.

Mais, à la fin, un spectacle nouveau apparut aux confins de la lumière à présent faiblissante. Sur un monde normal, ç'aurait été un horizon; tandis qu'ils en approchaient, ils constatèrent que la plaine qu'ils foulaient se terminait abruptement. Ils étaient à proximité du bord de la mer.

– Plus que cent mètres, annonça une voix depuis le Moyeu. Mieux vaut ralentir.

Bien que cela fût encore à peine nécessaire, ils avaient devancé le conseil. Un abrupt vertical de cinquante mètres séparait le niveau de la plaine de celui de la mer, si c'était bien une mer, et non encore une plaque de cette mystérieuse matière cristalline. Bien que Norton eût inculqué à chacun la méfiance à l'égard des apparences sur ce monde étranger, bien peu doutaient que la mer ne fût de glace réelle. Mais quelle explication donner au fait que la falaise de la rive sud était haute de cinq cents mètres, au lieu des cinquante de celle-ci?

Ils auraient pu se croire au bord d'un monde prégaliléen; leur ovale de lumière, coupé brutalement en avant d'eux, ne cessait de s'amenuiser. Mais au loin, sur l'écran curviligne de la mer, étaient apparues, monstrueusement déformées, leurs ombres qui avaient été les compagnes de chacun de leurs pas sous le faisceau du réflecteur, ils les ressentaient comme étrangères à eux-mêmes, maintenant que l'à-pic de la falaise les rejetait loin d'eux. Elles auraient pu être des créatures de la mer Cylindrique, s'apprêtant à accueillir ceux qui pénétreraient dans leur domaine.

La situation qu'ils occupaient au bord d'une falaise de cinquante mètres leur permettait pour la première fois d'appréhender la courbure de Rama. Mais un lac gelé dont la surface se refermait sur elle-même en un cylindre, cela ne s'était jamais vu; la perception s'y égarait et l'œil s'évertuait à trouver une autre interprétation. Il sembla au Dr Ernst, qui avait autrefois travaillé sur les illusions d'optique, qu'elle y voyait une fois sur deux la courbe *horizontale* d'une baie, et non une surface qui s'élançait vers le ciel. Il fallait, pour accepter cette perception aussi vraie que fantastique, un réel effort de volonté.

Seul ce qui se trouvait exactement sur la ligne de fuite parallèle à l'axe de Rama gardait une apparence normale. Dans cette direction seulement s'accordaient logique et vision. Là, tout au moins sur quelques kilomètres, Rama paraissait plat, et *était* plat... Et, au loin, au delà de leurs ombres difformes et de la limite extérieure du faisceau de lumière, était l'île qui dominait la mer Cylindrique.

– Base du Moyeu, demanda par radio le Dr Ernst, pourriez-vous diriger le réflecteur sur New York?

La nuit de Rama tomba soudain sur eux, tandis que l'ovale de lumière glissait sur la mer. A la pensée de la falaise désormais invisible à leurs pieds, ils reculèrent tous de quelques mètres. Puis, comme par quelque irréel changement de décor, les tours de New York jaillirent à leur vue.

La ressemblance avec le vieux Manhattan n'était que superficielle; cet écho stellaire du passé de la Terre avait son identité propre, et singulière. A mesure que le Dr Ernst la regardait, se renforçait en elle la certitude que ce n'était en rien une ville.

Le vrai New York, comme toutes les habitations humaines, n'avait jamais été terminé. Ceci, en revanche, était tout de symétrie et de modules mais d'une organisation si complexe qu'elle décourageait l'esprit. Cela avait été conçu et planifié par une intelligence hautement directive, puis construit et achevé comme une machine vouée à quelque fonction précise. Après quoi, n'étaient plus possibles ni croissance ni changement.

Le rayon du réflecteur parcourut lentement ces lointains faits de tours, de dômes, de sphères enchevêtrées et de conduites entrecroisées. Par instants, une surface réfléchissante leur décochait un trait de lumière. Le premier de ces éclats les prit tous au dépourvu. C'était comme si, sur cette île étrange, quelqu'un leur faisait des signaux...

Mais tout ce qu'ils avaient devant les yeux pouvait se voir avec un plus grand luxe de détails sur les photographies prises depuis le Moyeu. Quelques minutes plus tard, ils appelèrent pour que la lumière revînt sur eux et, longeant le bord de la falaise, se mirent en marche vers l'est. L'hypothèse, fort plausible, avait été avancée qu'il devait bien y avoir, quelque part, descendant vers la mer, un quelconque escalier ou une rampe inclinée. Et une des femmes de l'équipage, navigatrice invétérée, avait émis un avis intéressant.

– Puisque mer il y a, avait annoncé le sergent Ruby Barnes, attendons-nous à trouver des docks, des ports, et des vaisseaux. On peut tout savoir d'une civilisation en étudiant la construction de ses bateaux.

Ses collègues pensèrent que c'était un point de vue bien partiel, mais qu'il avait le mérite d'être stimulant.

Le Dr Ernst avait presque abandonné toute recherche et s'apprêtait à effectuer la descente en rappel, lorsque le lieutenant Rodrigo repéra l'étroit escalier. On pouvait aisément passer sans le voir, car l'angle de la lumière laissait dans l'ombre la paroi de la falaise. Rien, de surcroît, ne signalait sa présence, pas même une main courante, et il semblait ne mener nulle part. Il descendait selon un angle assez raide les cinquante mètres d'à-pic, et disparaissait sous la surface de la mer.

Ils balayèrent de leurs lampes frontales la volée de marches, n'y décelèrent pas d'embûche, et le Dr Ernst reçut du commandant Norton l'autorisation de descendre. Une minute plus tard, elle posait un pied circonspect sur la surface de la mer.

Son pied glissa d'avant en arrière sans éveiller ni résistance ni frottement. Ce matériau se comportait exactement comme de la glace. C'*était* de la glace.

Lorsqu'elle la frappa de son marteau, les craquelures familières déployèrent leurs branches depuis le point de choc, et elle n'eut aucune difficulté à prélever autant de fragments qu'elle en désirait. Quelques-uns avaient déjà fondu lorsqu'elle présenta la boîte à échantillons à la lumière; le liquide avait l'aspect d'une eau légèrement trouble. Elle le renifla précautionneusement.

– Pas de danger? demanda Rodrigo depuis le bord de la falaise, et avec un rien d'inquiétude dans la voix.

– Ecoute, Boris, répondit-elle, la présence de germes pathogènes qui auraient échappé à mes détecteurs est aussi probable que la résiliation de nos contrats d'assurance la semaine dernière.

Mais Boris avait un argument. Malgré tous les tests effectués, un léger risque persistait que cette substance fût toxique ou porteuse de quelque maladie inconnue. En temps normal, le Dr Ernst n'aurait pas pris ce risque, si réduit fût-il. Mais là, le temps imparti était bref, et les enjeux énormes. Même si l'*Endeavour* devait être mis en quarantaine, ce serait un prix dérisoire à payer pour le savoir que renfermeraient ses flancs.

– C'est de l'eau, mais je ne me risquerais pas à en boire; elle sent la vieille culture d'algues qui a mal tourné. Je meurs d'impatience de la porter au labo.

– La glace peut-elle nous supporter?

– Elle est solide comme le roc.

– Nous pouvons donc aller à New York?

– Tu crois ça, Pieter? Tu as déjà essayé de faire quatre kilomètres à pied sur de la glace?

– Oh... Oui, bien sûr. Imagine ce que dirait le Matériel si nous demandions des patins à glace! Nous ne serions pourtant pas nombreux à savoir tenir dessus, si toutefois nous en avions à bord.

– Et ce n'est pas tout, intervint Boris Rodrigo. Vous rendez-vous compte que la température est déjà supérieure à zéro? Cette glace va fondre avant peu. Combien y a-t-il d'astronautes capables d'un quatre mille mètres à la nage? Pas moi, en tout cas!

Le Dr Ernst rejoignit ses compagnons au bord de la falaise et brandit triomphalement la petite éprouvette :

– C'est un bien grand déplacement pour quelques centimètres cubes d'eau sale, mais elle peut nous en apprendre plus que tout ce que nous avons rencontré jusqu'ici. Allez, on rentre.

Ils firent face aux lointaines lumières du Moyeu, et se remirent en route au lent galop qui s'était révélé être, par cette moindre gravité, la démarche la plus praticable. Ils se retournèrent souvent, attirés par l'énigme cachée de cette île, au centre de la mer gelée.

Une fois seulement, le Dr Ernst crut faiblement sentir un souffle de vent sur sa joue.

Mais une fois seulement et bientôt, elle n'y pensa plus.

KEALAKEKUA

– Vous n'êtes pas sans savoir, docteur Perera, dit l'ambassadeur Bose d'un ton de patience résignée, que nous sommes bien peu à partager vos connaissances en météorologie mathématique. Ayez donc pitié de notre ignorance.

– Avec plaisir, répondit l'exobiologiste sans être le moins du monde démonté. Je ne peux mieux faire que de vous dire ce qui va se passer, très bientôt, à l'intérieur de Rama.

» D'après les dernières informations que j'ai reçues, il n'y gèle déjà plus, et la mer Cylindrique ne va pas tarder à dégeler; et, au contraire des étendues d'eau terrestres, elle va fondre du fond vers la surface. Cela peut avoir des effets assez étranges. Ce sont cependant les phénomènes atmosphériques qui m'inquiètent le plus.

» A mesure qu'il se réchauffe, l'air de Rama va se dilater, et va tenter de gagner les régions centrales de l'axe. Le problème est là. Au niveau du sol, l'air, bien qu'apparemment stationnaire, suit la rotation de Rama, à plus de huit cents kilomètres à l'heure. Mais, en montant vers l'axe, il va tenter de conserver cette vitesse. Sans, bien sûr, le pouvoir. Le résultat? Des vents violents et une turbulence générale. Les vitesses atteintes seront, d'après mes estimations, de l'ordre de deux cents à trois cents kilomètres à l'heure.

» Notons que la Terre est le théâtre de semblables phénomènes. L'air chaud de l'Equateur, qui tourne à la vitesse même de la rotation de la Terre, à six cents kilomètres à l'heure, rencontre les mêmes problèmes lorsqu'il s'élève et se déplace vers le nord ou le sud.

— Ah oui, les alizés! Je me souviens avoir appris ça en géographie.

— Exactement, sir Robert. Et je vous prie de croire que ce seront des alizés comme on en voit peu. Je crois qu'ils ne dureront que quelques heures, avant que se rétablisse, d'une façon ou d'une autre, un certain équilibre. En attendant, je conseillerais au commandant Norton de procéder, dès que possible, à l'évacuation. Voici le message que je propose d'envoyer.

Le commandant Norton se dit qu'avec un peu d'imagination, il aurait pu se croire dans un camp improvisé de nuit au pied de quelque montagne d'une région reculée d'Asie ou d'Amérique. Ce désordre de couchettes, de sièges et de tables pliants, la génératrice portative, l'éclairage, les toilettes électroseptiques et un équipement scientifique varié n'auraient pas paru déplacés sur Terre, d'autant qu'ici, des hommes et des femmes travaillaient sans équipement de survie.

L'installation du camp Alpha n'avait pas été une mince affaire, car il avait fallu tout transporter à la main à travers le système de sas, le faire glisser depuis le Moyeu jusqu'en bas de la pente, et là le récupérer et le déballer. A plusieurs reprises, les parachutes de freinage lâchèrent, et le chargement alla atterrir à un bon kilomètre plus loin sur la plaine. En dépit de cela, des hommes d'équipage avaient demandé l'autorisation de suivre le même chemin; Norton avait fermement refusé. Il se réservait, toutefois, de revenir sur cette interdiction en cas d'urgence.

La majeure partie de cet équipement était condamnée à rester ici, car il était impensable, autant dire impossible, de s'astreindre à le ramener au vaisseau. Par moments, le commandant Norton éprouvait une honte peu rationnelle à laisser autant de sédiments humains dans cet univers étrangement immaculé. Il se sentait capable, le moment du départ venu, de sacrifier un peu de leur précieux temps pour tout laisser en bon ordre. Quelque faible et lointaine – des millions d'années – qu'en fût la probabilité, Rama pouvait, traversant un autre système solaire, avoir d'autres visiteurs. Norton voulait leur donner une bonne impression de la Terre.

En attendant, un problème plus immédiat se posait. Au cours des dernières vingt-quatre heures, il avait reçu, de Mars et de la Terre, des messages presque identiques. Cette coïncidence lui parut surprenante. Comme deux femmes qui n'ont rien à redouter l'une de l'autre, et qui vivent sur des planètes différentes, peuvent le faire, pour peu qu'elles s'y sentent provoquées, ses deux épouses avaient peut-être mis en commun leur rancœur. Elles lui rappelaient en termes assez vifs que, bien qu'il fût un grand héros, il n'en conservait pas moins des responsabilités familiales.

Le commandant se saisit d'un siège pliant et, sortant de la flaque de lumière, alla se réfugier dans l'obscurité qui cernait le camp. C'était le seul moyen d'échapper à la promiscuité, et il se sentait également les idées plus claires à l'écart de l'agitation. Tournant délibérément le dos au désordre organisé, il commença à parler dans l'enregistreur pendu à son cou :

– Document original pour dossier personnel, copies pour Mars et la Terre. Ma chérie, oui, je sais, je suis un piètre envoyeur de nouvelles, mais je n'ai pas mis le pied sur le vaisseau depuis une semaine. Il n'y reste d'ailleurs que des effectifs squelettiques, car nous campons tous dans Rama, au pied de l'escalier que nous avons baptisé Alpha.

» J'ai actuellement trois équipes dehors, parties en reconnaissance sur la plaine, mais les progrès sont bien lents : tout doit se faire pied à pied. Si seulement nous avions des moyens de transport ! Quelques bicyclettes électriques suffiraient à me rendre heureux. Elles conviendraient parfaitement à notre travail.

» Tu connais mon officier de santé, le médecin-commandant Ernst...

Il hésita, puis s'arrêta. Laura avait rencontré *une* de ses femmes, mais laquelle? Mieux valait couper...

Il reprit, après avoir effacé la phrase :

– Mon officier de santé, le médecin-commandant Ernst, a pris la tête du premier groupe, en direction de la mer Cylindrique, à quinze kilomètres d'ici. Elle a découvert qu'elle se composait, comme nous nous y attendions, d'une eau gelée, mais qui n'a rien d'appétissant. Le Dr Ernst dit que c'est un bouillon organique très étendu, et qui contient des traces de tous les composés carbonés imaginables, sans oublier les phosphates, les nitrates, et des dizaines de sels métalliques. Il n'y a pas le moindre signe de vie, ni même de micro-organismes morts. Ce qui fait que nous ne savons toujours rien de la biochimie des Raméens, bien qu'elle ne diffère sans doute pas monstrueusement de la nôtre.

Quelque chose frôla ses cheveux. Trop occupé jusqu'ici pour se les faire couper, il devrait y penser avant de remettre un casque spatial sur sa tête...

– Tu as vu des vidéos de Paris et des autres villes que nous avons explorées de ce côté-ci de la mer : Londres, Rome, Moscou. Il est impossible de croire qu'elles ont été construites pour quelque habitant que ce soit. Paris ressemble à un immense entrepôt. Londres est un ensemble de cylindres reliés les uns aux autres par des tuyaux qui aboutissent à ce qui semble être de toute évidence des stations de pompage. Tout cela est fermé, scellé, et, sans explosifs ni lasers, il n'y a pas moyen de savoir ce qu'elles contiennent. Nous n'emploierons ces moyens qu'en dernier secours.

» Quant à Rome et Moscou...

– Excusez-moi, capitaine. Un message prioritaire de la Terre.

Quoi, encore? se demanda Norton. On ne peut donc pas prendre quelques minutes pour parler à ses familles?

Il prit le message que lui tendait le sergent, et le parcourut rapidement, pour s'assurer qu'il n'était pas urgent. Puis il le relut, plus lentement.

D'où sortait cette Commission Rama? Pourquoi n'en avait-il jamais entendu parler? Il savait que toutes sortes d'associations, de sociétés et de groupes professionnels, certains sérieux, d'autres complètement fantaisistes, avaient essayé d'entrer en contact avec lui. Mission Control avait bien fait son travail de protection, et n'aurait pas laissé parvenir ce message s'il avait été jugé sans importance.

« Des vents soufflant à deux cents kilomètres à l'heure... déclenchement sans doute soudain », c'étaient des choses qui méritaient réflexion. Mais il était difficile d'y croire, surtout dans le calme absolu de cette nuit. Il serait, de plus, ridicule de prendre la fuite comme des souris effrayées, alors que l'exploration systématique venait juste de commencer.

Le commandant leva la main pour ramener en arrière une mèche de cheveux qui, une fois encore, lui était retombée devant les yeux. Puis il se figea sans achever son geste.

A plusieurs reprises au cours de la dernière heure, il *avait senti* le souffle, mais si léger qu'il n'y avait pas prêté attention. Après tout, il commandait un vaisseau de l'espace, et non de la haute mer, et, jusqu'à présent, la turbulence de l'air avait été le dernier de ses soucis professionnels. Qu'aurait donc fait le défunt capitaine de cet autre *Endeavour* dans une semblable situation?

Depuis quelques années, Norton se posait cette question à chaque instant critique. C'était son secret, un secret qu'il n'avait jamais fait partager à qui que ce soit. Et, comme pour la plupart des événements importants de la vie, son origine était purement accidentelle.

Il était déjà capitaine de l'*Endeavour* depuis plusieurs

mois, lorsqu'il s'aperçut que son vaisseau portait le nom d'un des plus célèbres bateaux de l'histoire. A vrai dire, les quatre derniers siècles avaient vu une dizaine d'*Endeavour* sur mer, et deux dans l'espace, mais leur ancêtre à tous était le charbonnier de Whitby jaugeant 370 tonneaux, sur lequel le capitaine James Cook avait sillonné le monde entre 1768 et 1771.

Passant rapidement d'un intérêt mitigé à une curiosité dévorante – quasiment une obsession –, Norton entreprit de lire tout ce qu'il pouvait trouver au sujet de Cook. A l'heure actuelle, il était probablement le seul, et le meilleur spécialiste du plus grand explorateur de tous les temps, et connaissait par cœur des passages entiers de son *Journal*.

Il paraissait toujours aussi incroyable qu'un seul homme eût pu faire autant de choses avec un équipement aussi primitif. Mais Cook n'avait pas seulement été un navigateur accompli, mais un savant et, en ces temps de brutale discipline, un être profondément humain. Il traitait ses hommes avec bonté, ce qui était peu courant; et, fait particulièrement nouveau, il se comportait de même avec les sauvages souvent hostiles des contrées qu'il était le premier à découvrir.

Norton caressait en secret ce rêve dont il savait qu'il ne le réaliserait jamais : refaire l'un au moins des voyages de Cook autour du monde. Il en avait déjà fait le premier pas, limité bien que spectaculaire, et qui aurait frappé le grand capitaine de stupeur, en survolant la Grande Barrière de corail du haut d'une orbite polaire. C'était aux premières heures d'un matin limpide, et à quatre cents kilomètres d'altitude, il avait eu une vue superbe sur cette mortelle muraille de corail que soulignait, le long de la côte du Queensland, une ligne d'écume blanche.

En moins de cinq minutes, il avait parcouru les deux mille kilomètres de la Barrière. Il pouvait, d'un seul regard, embrasser plusieurs semaines de traversée périlleuse pour ce premier *Endeavour*. Au télescope, il avait pu apercevoir Cooktown et l'estuaire où le bateau avait été échoué, le temps de réparer les suites de sa brutale rencontre avec la Barrière.

Un an plus tard, une visite au Centre d'écoutes spatiales de Hawaii lui avait permis de vivre des instants encore plus mémorables. Il avait pris l'hydroplane pour la baie de Kealakekua et, passant rapidement devant les arides falaises volcaniques, il avait été étreint par une émotion dont la profondeur l'avait décontenancé. Avec le guide qui conduisait son groupe de savants, techniciens et astronautes, ils étaient passés devant le pylône de métal étincelant qui remplaçait l'ancien monument détruit par le grand tsunami de 68. Ils avaient parcouru à pied sur la lave noire et glissante les quelques mètres qui les séparaient de la petite plaque, au bord de l'eau. Des vagues courtes s'y brisaient. Norton les vit à peine. Il s'était penché pour lire l'inscription :

NON LOIN D'ICI
LE 14 FÉVRIER 1779
FUT TUÉ
LE CAPITAINE JAMES COOK

PLAQUE ORIGINALE INAUGURÉE LE 28 AOUT 1928
PAR LA COMMISSION DU CENT CINQUANTENAIRE DE COOK
REMPLACÉE LE 14 FÉVRIER 2029
PAR LA COMMISSION DU TRICENTENAIRE

Ceci remontait à plusieurs années, se passait à cent millions de kilomètres de là. Mais l'heure présente lui rendait toute proche la présence rassurante de Cook. Au plus profond, au plus secret de son esprit, il posait la question : « Eh bien, capitaine, que me conseillez-*vous?* » Il jouait à ce petit jeu lorsque les éléments manquaient pour juger sainement, et qu'il fallait se fier à son intuition. Cela avait fait partie du génie de Cook; il avait toujours

fait les bons choix, jusqu'au dernier, à la baie de Kealakekua.

Le sergent attendit patiemment, pendant que son commandant restait en silence, les yeux perdus dans la nuit
de Rama. Qui bientôt fut entamée, car en deux endroits
distants d'environ quatre kilomètres, apparurent clairement les faibles taches de lumière de missions d'exploration.

En cas d'urgence, je peux les faire revenir dans l'heure
qui suit, se dit Norton. Et certainement cela suffirait.

Il se tourna vers le sergent :

– Prenez ce message : « Commission Rama, par la
Spacecom. Tiens compte du conseil et vais prendre
mesures. Précisez signification termes « déclenchement
soudain ». Respects. Commandant Norton. *Endeavour*. »

Il attendit que le sergent eût disparu vers les lumières
aveuglantes du camp pour remettre en marche son
enregistreur. Mais il ne retrouva plus le fil perdu de ses
idées. La lettre attendrait le prochain moment propice.

Ce n'était pas souvent que le capitaine Cook lui venait
en aide lorsqu'il négligeait ses obligations. Mais il se
rappela soudain combien rares et brèves furent les occasions pour la pauvre Elizabeth Cook de voir son mari, en
seize ans de vie conjugale. Elle lui avait pourtant donné
six enfants, et leur avait survécu à tous.

Ses femmes, à lui, dont il ne s'éloignait jamais de plus
de dix minutes, à la vitesse de la lumière, n'avaient pas
lieu de se plaindre...

PRINTEMPS

Au cours des premières « nuits » passées sur Rama, le
sommeil avait été difficile. L'obscurité, grosse de mystères, était oppressante, mais bien plus troublant encore
était le silence. L'absence de bruit n'était pas naturelle;
les organes sensoriels humains demandant à être alimen-

tés. Faute de stimulations, l'esprit se forge des palliatifs.

De nombreux dormeurs s'étaient plaints de bruits étranges, et même de voix qui, de toute évidence, n'étaient que des illusions, car ceux qui veillaient n'avaient rien entendu. Le médecin-commandant Ernst avait prescrit un traitement aussi simple qu'efficace; durant les périodes de sommeil, le camp était bercé par une musique de fond discrète et paisible.

Cette nuit-là, le commandant Norton trouva le traitement insuffisant. Il resta l'oreille tendue dans l'obscurité, sachant fort bien ce qu'il guettait. Mais, bien qu'une très faible brise caressât son visage par instants, il n'y eut aucun de ces bruits que fait le vent qui se lève au loin. Et aucun des groupes d'exploration ne rapporta quoi que ce soit d'anormal.

Vers minuit, heure du vaisseau, il alla dormir. Il y avait toujours un homme de garde devant la console des communications, en cas de message urgent. Toute autre précaution semblait superflue.

Quant au son qui l'éveilla, et avec lui tout le camp comme un seul homme, un ouragan lui-même n'aurait pu le produire. On aurait dit que le ciel tombait ou que Rama s'ouvrait, se déchirait. Il y eut d'abord un énorme craquement, puis d'interminables avalanches cristallines, comme des millions de maisons de verre s'effondrant. Cela dura plusieurs minutes qui semblèrent des heures et cela durait encore, se déplaçant apparemment au loin, lorsque Norton arriva au poste de communications.

— Base du Moyeu! Que s'est-il passé?

— Un instant, capitaine. C'est du côté de la mer. On envoie la lumière dessus.

Huit mille mètres plus haut, sur l'axe de Rama, le réflecteur fit danser son rayon sur la plaine. Il atteignit la mer dont il quadrilla systématiquement la surface *interne*. A peine eut-il décrit un arc de quatre-vingt-dix degrés qu'il s'immobilisa.

Là-haut dans le ciel – dans ce que l'esprit s'obstinait à appeler le ciel – se produisait un phénomène extraordinaire. Il sembla tout d'abord à Norton que la mer bouillait. C'en était fini de son immobilité imposée par un éternel hiver. Elle était le siège, sur plusieurs kilomètres carrés, d'une intense turbulence. Sa couleur aussi changeait; une large bande de blanc progressait sur la glace.

Soudain, une plaque qui avait peut-être un kilomètre de côté se dressa comme une porte qu'on ouvre. Avec une lenteur majestueuse, elle se cabra dans le ciel, brillant de mille feux dans le faisceau du réflecteur. Puis elle s'enfonça et disparut sous la surface, tandis qu'un mascaret circulaire d'eau écumante, né de son engloutissement, se ruait dans toutes les directions.

Ce fut à ce moment seulement que le commandant Norton comprit ce qui se passait. La glace cédait. Depuis des jours et des semaines, la mer avait commencé de dégeler depuis ses profondeurs. Bien que penser fût difficile dans le fracas qui se répercutait sur la courbure de ce monde, il chercha la raison d'un aussi spectaculaire bouleversement. Il ne se passait rien de tel lors de la débâcle d'une rivière ou d'un lac...

Et pourtant, comme c'était naturel, et prévisible! La chaleur du soleil s'infiltrant à travers l'enveloppe de Rama avait fait fondre la mer *par en dessous*. Et la glace qui se change en eau occupe un volume moindre...

Donc, l'eau s'était abaissée sous la couche supérieure de glace que plus rien ne supportait. Au fil des jours, la tension avait augmenté; et maintenant, la bande de glace qui faisait le tour de l'équateur s'effondrait, comme un pont qui a perdu son pilier central. Elle se morcelait en centaines d'îles flottantes qui se bousculeraient et se briseraient les unes les autres jusqu'à ce qu'elles aussi aient fondu. Et le sang de Norton se figea dans ses veines lorsqu'il se souvint des projets faits pour rallier New York en traîneau...

Le tumulte s'apaisait rapidement. La bataille entre l'eau

et la glace avait atteint une provisoire position d'équilibre. Dans quelques heures, avec l'élévation de la température, l'eau aurait finalement triomphé, et les derniers vestiges de glace disparaîtraient. Mais le temps travaillait en faveur de la glace, car, une fois contourné le soleil, Rama s'enfoncerait de nouveau dans la nuit intersidérale.

Norton dut faire l'effort conscient de reprendre sa respiration. Puis il appela le groupe le plus proche de la mer Cylindrique. A son grand soulagement, le lieutenant Rodrigo répondit immédiatement. Non, l'eau ne les avait pas atteints. Le raz de marée ne l'avait pas projeté par-dessus la falaise.

– Et maintenant nous savons, ajouta-t-il très calmement, pourquoi il y a une falaise.

Norton fit en silence un signe d'assentiment; mais cela n'explique guère, pensa-t-il, pourquoi la falaise de la rive sud est dix fois plus haute...

Le réflecteur du Moyeu continuait de balayer la surface du monde. La mer réveillée se calmait progressivement et les îles de glace, en s'abîmant, ne suscitaient plus de ces bouillonnements d'écume blanche. En quinze minutes, le gros de la perturbation était passé.

Mais c'en était fini du silence de Rama. Il s'était éveillé de son sommeil glacé. Le bruit maintenant était celui, répété, des icebergs se percutant.

Le printemps avait été quelque peu tardif, se dit Norton, mais l'hiver était terminé.

Et il y avait de nouveau cette brise, plus forte que jamais. Rama avait suffisamment averti. Il était temps de partir.

Presque arrivé à mi-hauteur, le commandant éprouva une fois de plus une certaine reconnaissance à l'égard de l'obscurité qui cachait la vue vers le haut comme vers le bas. Bien qu'il sût que plus de dix mille marches lui restaient à gravir, et qu'il pût se figurer précisément la cambrure de plus en plus raide de l'escalier, le fait de n'en pouvoir voir qu'une faible partie en rendait l'idée plus supportable.

C'était sa seconde ascension, et les fautes commises lors de la première lui avaient servi de leçon. La grande tentation, par cette faible pesanteur, était de vouloir grimper trop vite; chaque pas était si facile qu'il était contraignant d'adopter un rythme lent et pesant. Mais, à moins de procéder ainsi, on avait, dès les premiers milliers de marches, des douleurs dans les cuisses et les mollets. Des muscles dont on avait toujours ignoré l'existence commençaient à protester, et on devait s'accorder des périodes de plus en plus longues de repos. Vers la fin, il avait passé plus de temps à se reposer qu'à grimper, et encore cela s'était-il révélé insuffisant. Il avait, pendant les deux jours suivants, souffert de cuisantes crampes dans les jambes, et cela l'aurait complètement mis hors jeu s'il ne s'était pas trouvé dans l'apesanteur du vaisseau.

Cette fois-ci, donc, il avait commencé avec une lenteur pénible, à la façon d'un vieillard. Il avait été le dernier à quitter la plaine, et les autres s'espaçaient le long du demi-kilomètre d'escalier devant lui. Il pouvait voir leurs lumières remontant la pente invisible au-dessus de lui.

Il eut un pincement de cœur à l'idée de l'échec de sa mission, et s'efforça de penser que cette retraite ne serait que provisoire. Arrivés au Moyeu, ils pourraient y attendre la fin des perturbations atmosphériques. On pouvait supposer que la région resterait d'un calme plat, comme l'œil d'un cyclone et que, là, ils pourraient tenir bon contre la tempête annoncée.

Une fois de plus, c'était aller un peu vite en besogne; le jeu des analogies avec la Terre était dangereux. La météorologie d'un monde, même constant, était d'une énorme complexité. Après plusieurs siècles d'études, la prévision du temps terrestre n'était pas absolument sûre.

Et Rama ne se contentait pas d'être un monde totalement nouveau; il était encore le théâtre de changements rapides, car la température avait monté de plusieurs degrés au cours des dernières heures. Mais rien encore ne semblait annoncer l'ouragan promis, malgré quelques coups de vent isolés et sans direction fixe.

Ils avaient à présent gravi cinq kilomètres, ce qui, par cette pesanteur sans cesse décroissante, en représentait moins de deux sur Terre. Au troisième niveau, c'est-à-dire à trois kilomètres de l'axe, ils s'accordèrent une heure de repos, le temps de prendre une rapide collation et de se masser les jambes. C'était aussi la limite au delà de laquelle ils ne pouvaient plus respirer sans difficulté. Comme d'anciens alpinistes de l'Himalaya, ils avaient laissé là leurs appareils à oxygène et allaient les mettre pour l'ascension finale.

Une heure plus tard, ils avaient atteint le sommet de l'escalier, et le début de l'échelle. Le dernier kilomètre, vertical, leur restait à parcourir, par bonheur dans un champ gravitationnel égal à quelques centièmes seulement de celui de la Terre. Encore trente minutes de repos, un contrôle minutieux de l'oxygène, et ils seraient prêts pour le bond final.

Une fois encore Norton s'assura que tous ses hommes respectaient les consignes de sécurité, c'est-à-dire tous devant lui et se suivant à vingt mètres de distance le long de l'échelle; il allait falloir se hisser, et le trajet serait long, uniformément pénible et extrêmement ennuyeux. La meilleure technique était de se vider l'esprit de toute pensée et de compter les échelons au passage, cent, deux cents, trois cents, quatre cents...

A peine allait-il dépasser les deux cent cinquante qu'il eut l'impression soudaine que quelque chose n'allait pas. La lumière qui frappait la surface verticale, devant ses yeux, n'avait pas l'intensité attendue. Elle était trop vive.

Le commandant n'eut même pas le temps de contrôler

son ascension, ou de lancer un avertissement à ses hommes. Tout se passa en moins d'une seconde.

Dans une muette explosion de lumière, l'aube jaillit dans Rama.

AUBE

Pendant une minute entière, la lumière fut si intense que Norton dut garder les paupières contractées. Puis, se risquant à les ouvrir, il percuta, du regard qui filtrait entre ses paupières entrouvertes, la paroi à quelques centimètres de son visage. Il cligna des yeux à plusieurs reprises, attendit que se tarissent les larmes involontaires, puis pivota lentement pour contempler l'aube.

Le spectacle ne lui fut supportable que quelques secondes; il fut contraint de refermer ses yeux. Ce n'était pas que l'éclat fût intolérable – il aurait pu s'y accoutumer –, mais le spectacle de Rama, qui se révélait à lui pour la première fois dans sa totalité, lui inspira une terreur quasi religieuse.

Il avait su, cependant, ce qui l'attendait; mais le spectacle lui fit un véritable choc. Il fut saisi de tremblements incoercibles; ses mains se refermèrent sur les barreaux de l'échelle, comme sur la bouée de sauvetage celles d'un homme qui se noie. Les muscles de ses avant-bras commencèrent à se nouer, cependant que ses jambes, déjà éprouvées par des heures d'escalade continuelle, semblaient prêtes à ployer. Il ne dut qu'à la faible pesanteur de ne pas tomber.

Puis son conditionnement prit le dessus, et il entreprit de s'administrer le traitement anti-panique. Maintenant ses yeux fermés pour tenter d'oublier le monstrueux spectacle, il se mit à respirer lentement et profondément pour emplir d'oxygène ses poumons et éliminer de son organisme les toxines de l'épreuve.

Il se sentit bientôt mieux, mais avant d'ouvrir les yeux, il lui restait encore une chose à faire. Il dut réellement faire effort pour contraindre sa main droite à s'ouvrir – il dut lui parler comme à un enfant désobéissant –, puis il la dirigea vers sa taille, dégrafa de son harnais la ceinture de sécurité et accrocha la boucle au plus proche degré. Dorénavant, il ne pourrait plus tomber.

Norton prit quelques longues bouffées supplémentaires; puis, les yeux toujours fermés, il brancha sa radio. Espérant que sa voix paraîtrait sereine et autoritaire, il appela :

– Ici le capitaine. Tout le monde va bien?

A mesure qu'à l'appel de chaque nom il recevait une réponse – parfois quelque peu chevrotante –, son assurance et sa maîtrise de soi lui revinrent rapidement. Tous ses hommes étaient saufs et attendaient qu'il tînt le langage d'un chef. Une fois de plus, ce rôle lui était confirmé.

– Gardez les yeux fermés jusqu'à ce que vous soyez sûrs de tenir le coup! lança-t-il. Le spectacle est, comment dire, écrasant. Ceux qui le trouveraient insoutenable n'ont qu'à continuer à grimper sans regarder en arrière. Rappelez-vous que vous serez bientôt en pesanteur nulle, et qu'il vous sera donc impossible de tomber.

Il n'était pas vraiment nécessaire de signaler une telle évidence à des astronautes expérimentés, mais Norton lui-même éprouvait le besoin de s'en convaincre à chaque instant. L'évocation de l'apesanteur était une sorte de talisman qui le protégeait du danger. Ce que percevaient ses yeux était contredit par cette certitude : Rama ne l'entraînerait pas dans une chute de huit mille mètres sur la plaine en contrebas.

Le besoin de se revaloriser à ses propres yeux le pressait de rouvrir les paupières et de regarder une fois encore ce monde qui l'entourait. Mais il devait, auparavant, reprendre le contrôle de son corps.

Il lâcha des *deux* mains l'échelle et replia son bras

gauche sur un des barreaux. Serrant et desserrant ses poings, il attendit qu'aient disparu les crampes de ses muscles. Puis, lorsqu'il se sentit parfaitement à l'aise, il ouvrit les yeux et, lentement, pivota pour faire face à Rama.

Du bleu. Ce fut sa première sensation. L'éclat de ce ciel n'aurait pu être confondu avec celui du soleil. C'était plutôt la fulguration d'un arc électrique. Le soleil de Rama, se dit Norton, devait donc être plus chaud que le nôtre. Voilà qui devrait intéresser les astronomes...

Il comprenait maintenant la fonction de ces mystérieuses tranchées, telle la vallée Droite et les cinq autres semblables formations. Ce n'était rien d'autre que de gigantesques rampes lumineuses.

Rama possédait six soleils linéaires, symétriquement disposés sur le pourtour de sa paroi interne. Chacun d'eux projetait en direction de l'axe central une large lame de lumière qui allait tomber sur le côté opposé. Norton se demanda s'ils pouvaient être allumés et éteints périodiquement, de façon à produire un cycle de jours et de nuits, ou s'il s'agissait d'une planète à jour perpétuel.

A trop regarder ces aveuglantes bandes de lumière, il s'était de nouveau fait mal aux yeux; il n'était pas fâché de tenir là l'excuse pour les refermer un moment. Et ce ne fut qu'après s'être remis du premier choc visuel qu'il put se consacrer à un problème infiniment plus grave.

Qui, ou quoi, avait rallumé les lumières de Rama?

Au vu des tests les plus sensibles auxquels il avait été soumis, ce monde était stérile. Mais ce qui venait de se produire ne pouvait s'expliquer par l'action de forces naturelles. Qu'il n'y eût pas ici de vie n'interdisait pas la présence d'une conscience, d'une vigilance. Après des éternités de sommeil, des robots pouvaient s'éveiller. Peut-être cette brusque explosion de lumière n'était-elle qu'une convulsion hors programme, accidentelle, le dernier soubresaut de machines qui réagissaient dramatiquement à la chaleur d'un nouveau soleil, et qui bientôt sombreraient dans l'immobilité, cette fois pour toujours.

Norton ne pouvait admettre que l'explication fût si simple. Malgré de nombreuses lacunes, les pièces du puzzle commençaient à se mettre en place. L'absence de toute trace d'usure, par exemple, ce sentiment que tout était neuf, comme si Rama venait tout juste d'être créé...

Ces pensées auraient pu inspirer la crainte, ou même la terreur. Mais non, bien au contraire. Norton éprouvait un sentiment d'euphorie, de délectation, presque. Ce qui, ici, était à découvrir dépassait tous les espoirs. « Attends un peu, se dit-il, que la Commission Rama apprenne *cela!* »

Alors, avec une sereine détermination, il rouvrit les yeux et entreprit un minutieux inventaire de tout ce qu'il voyait.

Il lui fallut tout d'abord établir une sorte de système de référence. Ses yeux voyaient le plus vaste espace clos qu'il eût jamais été donné à l'homme de contempler, et il devait, pour orienter sa perception, en dresser mentalement la carte.

La faible gravité ne lui était d'aucune aide, car il pouvait arbitrairement orienter l'axe haut-bas dans n'importe quelle direction. Mais certaines directions étaient psychologiquement dangereuses; son esprit, lorsqu'il venait à les frôler, devait promptement s'aligner sur d'autres axes.

Le plus sûr était de s'imaginer dans un gigantesque puits large de seize kilomètres et profond de cinquante, et dont le fond aurait été hémisphérique. L'avantage de cette représentation était de supprimer l'angoisse de tomber plus avant. Mais elle avait de graves inconvénients.

Norton pouvait se dire que cette dispersion de villes, ces zones aux textures et aux couleurs différentes étaient solidement fixées aux vertigineuses parois. Les diverses et complexes structures qu'on pouvait voir pendre du fond du dôme n'avaient sans doute rien de plus extraordinaire que le lustre accroché au plafond de quelque salle de concert, sur Terre. Mais l'inacceptable, c'était toujours la mer Cylindrique...

Car elle était là, à mi-longueur de la cavité cylindrique, ruban d'eau fermé en un anneau parfait que rien de visible ne soutenait. C'était de l'eau. Aucun doute là-dessus n'était possible : d'un bleu profond, clouté de points brillants, miettes de glace laissées par la fonte de la banquise. Mais une mer verticale dessinant une circonférence dans le ciel était un phénomène tellement inassimilable pour l'esprit, qu'au bout d'un moment, celui-ci cherchait à le rationaliser autrement.

C'est ce que fit Norton en faisant basculer la scène de quatre-vingt-dix degrés. Immédiatement, le puits se fit tunnel, fermé par un dôme à chaque extrémité. Le « bas » devenait nécessairement la direction qu'indiquait l'échelle et l'escalier qu'il venait de gravir. Selon cette nouvelle perspective, Norton fut enfin capable d'apprécier le point de vue des architectes qui avaient conçu cet espace.

Il était accroché à l'abrupt d'une falaise curviligne haute de seize kilomètres, dont la moitié supérieure se recourbait jusqu'à se fondre dans la voûte de ce qui, maintenant, était le ciel. A ses pieds, l'échelle descendait à plus de cinq cents mètres pour aboutir à la première corniche ou terrasse. Là commençait l'escalier dont la pente, d'abord presque verticale dans cette zone de faible pesanteur, s'adoucissait progressivement, et, après avoir été coupée par cinq autres terrasses, atteignait la plaine au loin. Sur les deux ou trois premiers kilomètres, il pouvait distinguer chaque marche avant qu'elles ne se fondent en une bande continue.

La glissade visuelle à laquelle invitait cet immense escalier était si vertigineuse qu'il était impossible d'en apprécier l'échelle réelle. Norton, qui avait une fois survolé le mont Everest, avait été terriblement impressionné par sa taille. Il eut beau se dire que cet escalier était aussi haut que le massif de l'Himalaya, la comparaison restait sans valeur.

Quant aux deux autres escaliers, Bêta et Gamma, qui montaient à l'assaut du ciel pour se recourber loin au-dessus de sa tête, ils défiaient toute comparaison. Norton avait maintenant pris suffisamment d'assurance pour se pencher en arrière et leur jeter un regard bref. Très bref. Après quoi, il essaya d'oublier leur présence...

Car, à trop voir les choses sous cet angle, se dégageait une troisième image de Rama, dont il se défendait avec angoisse. Il s'agissait du point de vue duquel, de nouveau, ce monde était un cylindre vertical, un puits; mais maintenant, il se trouvait en haut, et non plus au fond, comme une mouche, marchant la tête en bas sur un plafond voûté avec, au-dessous, un vide de cinquante kilomètres. Chaque fois que Norton se sentait sournoisement assailli par cette image, il devait résister de toute la force de sa volonté pour ne pas s'agripper à l'échelle, dans un mouvement de panique irraisonnée.

Il était certain qu'avec le temps, ces craintes ne tarderaient pas à refluer. Les merveilles et l'étrangeté de Rama auraient raison de sa terrifiante solennité, du moins en ce qui concernait des hommes entraînés à affronter les réalités de l'espace. Peut-être ceux qui n'avaient jamais quitté la Terre, ni vu les étoiles l'entourer de toutes parts, n'auraient-ils pu supporter cette vue. Mais s'il en était qui pouvaient l'accepter, se dit Norton avec une sombre détermination, c'étaient bien le capitaine et l'équipage de l'*Endeavour*.

Il regarda son chronomètre. Cet arrêt n'avait duré que deux minutes, mais une vie entière en temps subjectif. Avec un effort tout juste nécessaire pour triompher de son inertie et de la gravité faiblissante, il entreprit de se hisser lentement le long des cent derniers mètres d'échelle. Au moment même de pénétrer dans le sas et de tourner le dos à Rama, il parcourut brièvement du regard l'intérieur de ce monde.

Il avait changé, et ce au cours des dernières minutes. De la mer montait une brume. Sur quelques centaines de mètres, les fantomatiques colonnes de vapeur étaient rabattues obliquement dans le sens de la rotation de Rama, puis elles se dissolvaient dans un écheveau de turbulences lorsque l'air violemment ascendant tentait de se débarrasser de sa vitesse superflue. Les alizés de ce monde cylindrique esquissaient leurs figures dans le ciel. Prête à se déchaîner, ç'allait être la première tempête qu'ait connue Rama depuis des temps immémoriaux.

UN AVERTISSEMENT DE MERCURE

Pour la première fois depuis des semaines, tous les membres sans exception de la Commission Rama avaient pu se libérer. Le Pr Salomon avait émergé des profondeurs du Pacifique où il avait pu étudier les travaux miniers le long de la grande faille mésocéanique. En outre, le Dr Taylor était réapparu, en même temps que devenait plausible dans Rama l'existence de choses plus pittoresques que de simples objets inanimés. Cela ne surprit personne.

Le président s'attendait à retrouver un Dr Carlisle Perera encore plus dogmatique et affirmatif que d'habitude, puisque s'était réalisée sa prédiction de l'ouragan raméen. Au grand étonnement de Son Excellence, Perera fut remarquablement discret et il accepta les félicitations de ses collègues d'un air aussi embarrassé que s'il l'était, pour une fois, réellement.

En fait, l'exobiologiste était profondément humilié. Le

spectaculaire effondrement de la mer Cylindrique, bien que plus évident encore que la naissance de l'ouragan, lui avait complètement échappé. S'être rappelé que l'air chaud monte, mais avoir oublié que la glace se contracte en se réchauffant n'était pas un exploit dont il pût se sentir fier. Mais, ce moment pénible une fois surmonté, il retrouverait l'olympienne assurance qui caractérisait son état normal.

Lorsque le président lui offrit de prendre la parole en lui demandant quels autres changements climatiques il prévoyait encore, il prit bien soin de ne point trop s'avancer.

– Dites-vous bien, commença-t-il, que la météorologie d'un monde aussi étrange que Rama peut nous réserver d'autres surprises. Mais si mes calculs sont exacts, il n'y aura pas d'autres tempêtes et la stabilité ne tardera pas à s'instaurer. Jusqu'au passage à la périhélie, et au delà, la température va s'élever lentement mais cela ne nous concernera plus dans la mesure où l'*Endeavour* aura décroché depuis longtemps.

– Donc, le retour à l'intérieur devrait pouvoir se faire en toute sécurité?

– Euh... probablement. Nous devrions en avoir la certitude dans quarante-huit heures.

– Il est impératif qu'ils y retournent, dit l'ambassadeur de Mercure. Nous devons amasser un maximum de connaissances sur Rama. La situation est maintenant tout autre.

– Nous voyons, je pense, où vous voulez en venir. Mais pourriez-vous préciser?

– Certes. Nous avons supposé, jusqu'à présent, que Rama est inanimé, ou, à tout le moins, désemparé. Mais nous ne pouvons plus le considérer comme une épave. Même s'il ne transporte aucune forme de vie, il peut être commandé par des mécanismes autorégulés et programmés pour effectuer une quelconque mission, peut-être extrêmement néfaste pour nous. Aussi détestable cela soit-il, nous ne pouvons éluder le problème de l'auto-défense.

Il y eut un bruit confus de protestations, et le président dut lever la main pour rétablir le calme.

— Laissez Son Excellence terminer! plaida-t-il. Même si elle nous déplaît, cette idée doit être étudiée sérieusement.

— Sauf le respect que je dois à l'ambassadeur, dit le Dr Taylor de sa voix la plus irrespectueuse, je pense que nous pouvons nous épargner la naïveté de croire à une intervention malveillante. Des créatures aussi évoluées que les Raméens doivent avoir une éthique en conséquence. Sinon, ils se seraient détruits eux-mêmes, comme nous avons été près de le faire au XXe siècle. Je l'ai parfaitement établi dans mon livre *Ethos et cosmos*. J'espère que vous en avez reçu votre exemplaire.

— Oui, merci, bien que je craigne que l'urgence d'autres problèmes ne m'aient pas permis d'aller au-delà de l'introduction. Toutefois, la thèse que vous y développez m'est familière. Nous pouvons n'avoir aucune intention malveillante à l'égard d'une fourmilière. Mais si elle se trouve là où nous voulons construire une maison...

— Vous avez peur, vous aussi, de la boîte de Pandore. C'est de la xénophobie interstellaire, rien d'autre!

— *Messieurs*, je vous en prie! Cela ne nous mènera nulle part. Monsieur l'ambassadeur, vous avez toujours la parole.

Le regard du président traversa trois cent quatre-vingt mille kilomètres d'espace pour fusiller Conrad Taylor qui se contint à regret, comme un volcan attendant son heure.

— Merci, dit l'ambassadeur de Mercure. Aussi peu probable que soit le danger, nous ne pouvons pas prendre de risques dès lors que l'avenir de l'espèce humaine est concerné. Et je dirais même que nous autres Hermiens sommes particulièrement concernés. Nous avons, plus que quiconque, des raisons de nous alarmer.

Le Dr Taylor grogna ostensiblement, mais un second

regard furieux décoché depuis la Lune le remit à sa place.

– Pourquoi Mercure plutôt qu'une autre planète? demanda le président.

– Observez la dynamique de la situation. Rama est déjà à l'intérieur de notre orbite. Nous ne faisons que supposer qu'il va contourner le soleil et se perdre à nouveau dans l'espace. Mais imaginez qu'il effectue une manœuvre de freinage. Dans ce cas, ce sera lors de son passage à la périhélie, dans trente jours environ. Chez nous, les savants disent que si tout le changement de vitesse s'effectue en ce point, Rama se trouvera placé sur une orbite circulaire à vingt-cinq millions de kilomètres seulement du soleil. De là, il dominerait tout le système solaire.

Il y eut un long silence que personne, pas même Conrad Taylor, n'interrompit. Tous les membres de la commission convenaient *in petto* que les Hermiens étaient des gens bien difficiles et qu'ils étaient fort pertinemment représentés par leur ambassadeur.

De l'avis quasi général, Mercure fournissait une bonne image de l'enfer, et la fournirait tant que rien d'autre ne se révélerait pire. Mais les Hermiens étaient fiers de leur bizarre planète, de ses jours plus longs que ses années, de ses doubles levers et couchers de soleil, de ses rivières de métal en fusion... En comparaison de quoi la colonisation de la Lune et de Mars n'avait été, pour ainsi dire, que des plaisanteries. Tant que l'homme ne se serait pas posé sur Vénus, si jamais il y parvenait, il ne connaîtrait pas d'environnement plus hostile que celui de Mercure.

Et voilà que ce monde se trouvait maintenant être, de bien des façons, la clé du système solaire. Rétrospectivement cela paraissait évident, bien que l'ère spatiale eût déjà un siècle d'âge lorsqu'on en prit conscience. Les Hermiens se faisaient fort de le rappeler.

Bien avant que les hommes eussent atteint la planète, l'aberrante densité de Mercure indiquait la présence d'éléments lourds. Malgré cela, grande avait été la surprise devant sa richesse qui avait fait reculer d'un millénaire toutes les craintes de voir s'épuiser les métaux essentiels à l'espèce humaine. Et ces trésors étaient on ne peut mieux situés, là où l'énergie du soleil était dix fois plus grande que sur la froide Terre.

Une énergie illimitée, et du métal à profusion : c'était Mercure. Ses grands lanceurs magnétiques pouvaient catapulter des objets fabriqués en n'importe quel point du système. Il pouvait également exporter de l'énergie, soit sous forme d'isotopes transuraniens synthétiques, soit sous forme de radiations pures. On avait même suggéré que les lasers hermiens pourraient un jour dégeler le gigantesque Jupiter, mais cette idée avait été fraîchement accueillie sur les autres mondes. C'était par trop tenter les démons du chantage interplanétaire que de mettre au point une technique capable de rôtir Jupiter.

Faire état de tels soucis en disait long sur l'attitude du plus grand nombre à l'égard des Hermiens. Ils étaient respectés pour leur dureté à la tâche et leur inventivité, admirés pour avoir conquis un monde aussi redoutable, mais ils n'étaient pas aimés. Quant à leur faire totalement confiance...

Dans le même temps, il était possible de comprendre leur point de vue. Les Hermiens, répétait-on en manière de plaisanterie, se comportaient parfois comme si le soleil leur appartenait en propre. Ils lui étaient liés par des sentiments ambivalents qu'on retrouvait chez les Vikings pour la mer, les Népalais pour l'Himalaya, les Esquimaux pour la toundra. Assurément, ils seraient au désespoir que quelque chose vînt s'interposer entre eux et la force naturelle qui dominait et réglait leurs vies.

Ce fut le président qui, pour finir, brisa le silence. Il se souvenait du soleil de l'Inde, et il frissonna en songeant à celui de Mercure. Il fallait prendre les Hermiens très au sérieux, bien qu'ils ne fussent à son avis que des rustres et de barbares techniciens.

– Je pense que votre argument n'est pas sans intérêt, dit-il lentement. Que proposez-vous, monsieur l'ambassadeur?

– Voici. Avant de savoir quelle action entreprendre, nous devons avoir connaissance des faits. Nous connaissons la géographie de Rama – si toutefois ce terme est approprié – mais nous n'avons aucune idée de ses possibilités. La clé de tout le problème est ceci : Rama possède-t-il un système de propulsion? *Peut-il changer d'orbite?* Je serais très intéressé de savoir ce qu'en pense le Dr Perera.

– J'ai beaucoup réfléchi à la question, répondit l'exobiologiste. Il est clair que l'impulsion initiale a dû être donnée à Rama par un quelconque dispositif de lancement, mais cela pourrait aussi bien être une fusée externe. S'il doit s'avérer qu'il possède un système de propulsion, nous n'en avons pas trouvé trace. Nous avons la certitude que l'enveloppe extérieure ne porte aucune tuyère de fusée ou quoi que ce soit de semblable.

– Elles pourraient être dissimulées.

– Certes. Mais alors, quelle serait leur efficacité? Et où sont les réservoirs de propergols, les sources d'énergie? L'enveloppe principale est pleine – nous l'avons sondée au séismomètre. Tous les vides de l'hémisphère Nord sont le fait des seuls systèmes de sas.

» Reste l'extrémité sud de Rama, que le commandant Norton n'a pu atteindre en raison du bras, ou plutôt de l'anneau d'eau large de dix kilomètres. Le pôle Sud porte toutes sortes de mécanismes bizarres et de structures – mais vous avez vu les photos. Quant à leur nature, personne ne l'a encore devinée.

» Ce dont je suis raisonnablement sûr est ceci. Si Rama possède un système de propulsion, il s'agit de quelque chose qui dépasse complètement nos connaissances actuelles. Pratiquement, il faudrait que ce soit le mirifique Espace Moteur dont les gens discutent depuis deux cents ans.

– Vous n'écartez donc pas cette hypothèse?

– Absolument pas. Si nous pouvons prouver que Rama fonctionne sur Espace Moteur – même si nous n'apprenons rien de son mode de fonctionnement – ce serait, en soi, une découverte de la plus haute importance. Au moins nous saurions qu'une telle chose est possible.

– *En quoi* consiste l'Espace Moteur? demanda l'ambassadeur de la Terre d'une voix affligée.

– C'est, sir Robert, n'importe quel système de propulsion qui ne fait pas appel au principe de la fusée. L'anti-gravité – si elle est possible – ferait joliment l'affaire. Pour l'instant, nous ne savons pas où chercher cette forme motrice, et la plupart des savants s'interrogent sur son existence.

– Elle n'existe pas, intervint le Pr Davidson. Newton l'a démontré. Action sans réaction, c'est impossible. Vos espaces moteurs sont des absurdités. Vous pouvez me croire.

– Vous avez peut-être raison, répliqua Perera avec une suavité inaccoutumée. Mais si Rama ne fonctionne pas sur Espace Moteur, c'est qu'il n'a pas de moteur du tout. Simplement parce que la place manque pour un système de propulsion conventionnel qui implique d'énormes réservoirs de carburant.

– Il est difficile d'imaginer qu'un monde entier a été lancé à la volée, dit Dennis Salomon. Qu'arriverait-il aux éléments qu'il contient? Tout aurait été démantelé par l'accélération. C'est un inconvénient majeur.

– Disons que l'accélération a pu être très faible. C'est l'eau de la mer Cylindrique qui poserait le plus gros problème. Comment l'empêcher de...

La voix de Perera s'éteignit soudain et ses yeux s'exorbitèrent. Il sembla près d'avoir une crise d'épilepsie, ou d'angine de poitrine. Ses collègues lui jetèrent des regards alarmés. Puis, aussi soudainement, il reprit son aspect habituel, frappa du poing sur la table et hurla :

— Bien sûr! Voilà qui explique tout! La falaise de l'hémisphère Sud, je la comprends, *maintenant!*

— Moi pas, grommela l'ambassadeur de la Lune, résumant l'opinion de tous les diplomates présents.

— Regardez cette coupe longitudinale de Rama, poursuivit passionnément Perera en dépliant sa carte. Vous en avez tous un exemplaire? La mer Cylindrique est fermée par deux falaises qui encerclent tout l'intérieur de Rama. Celle du nord n'est haute que de cinquante mètres. Celle du sud, par contre, est haute de près d'un demi-kilomètre. Pourquoi une telle différence? Personne n'a été capable de l'expliquer valablement.

» Mais supposez que Rama *soit* capable de se propulser lui-même, accélérant le nord, si je puis dire, en avant. L'eau de la mer tendra à reculer par rapport à ce mouvement. Le niveau, au sud, s'élèverait, peut-être de plusieurs centaines de mètres. D'où cette falaise. Voyons...

Perera se mit à griffonner furieusement. Après un moment invraisemblablement bref — vingt secondes, tout au plus —, il leva les yeux d'un air de triomphe.

— Connaissant la hauteur de ces falaises, nous pouvons calculer l'accélération maximale que peut se permettre Rama. Si elle excédait deux centièmes de la gravité terrestre, la mer se déverserait sur tout le continent sud.

— Un cinquantième de G? Ce n'est pas considérable.

— Si — pour une masse de dix millions de mégatonnes. Il n'en faut pas plus pour des manœuvres à l'échelle astronomique.

— Soyez vivement remercié, docteur Perera, dit l'ambassadeur de Mercure. Vous nous avez donné d'abondants sujets de réflexion. Monsieur le président, pouvons-nous instamment demander au commandant Norton d'examiner la région du pôle Sud?

— Il fait de son mieux. Bien entendu, il se heurte à

l'obstacle de la mer. Ils essaient de construire une sorte de radeau, pour atteindre au moins New York.

– Le pôle Sud est peut-être encore plus important. J'ai l'intention, entre-temps, de porter l'affaire à la connaissance de l'assemblée générale. Ai-je votre accord?

Il n'y eut pas d'objections, pas même du Dr Taylor. Mais au moment précis où les membres de la Commission allaient couper la communication, sir Lewis leva la main.

Le vieil historien parlait rarement, et lorsque cela arrivait, tout le monde écoutait.

– Supposez que Rama se révèle... actif, et soit doté de ces possibilités. Selon un vieux dicton du monde militaire, la capacité n'implique pas nécessairement l'intention.

– Combien de temps devrons-nous attendre pour être éclairés sur ces intentions? demanda l'Hermien. Lorsque nous le serons, il risque d'être beaucoup trop tard.

– Il est déjà trop tard. Nous ne pouvons plus rien tenter pour faire obstacle à Rama. Et je me demande si nous l'avons jamais pu.

– Je n'admets pas ce raisonnement, sir Lewis. Nous pouvons faire bien des choses encore, si cela devient nécessaire. Mais il nous reste terriblement peu de temps. Rama est un œuf cosmique que les rayons du soleil commencent à réchauffer. Il peut éclore d'un moment à l'autre.

Le président de la Commission regarda l'ambassadeur de Mercure avec un étonnement non simulé. Rarement il avait été aussi surpris au cours de sa carrière diplomatique.

Même dans un moment de délire, il n'aurait jamais cru un Hermien capable d'une telle flambée d'imagination poétique.

LE LIVRE DE LA RÉVÉLATION

Quand un de ses hommes l'appelait « mon commandant » ou, pire encore, « *monsieur* Norton », il y avait toujours quelque chose de grave à la clé. Il ne se rappelait pas que Boris Rodrigo se fût déjà adressé à lui de cette manière : ce devait donc être doublement grave. Même en temps normal, le lieutenant de vaisseau Rodrigo était un homme extrêmement grave et posé.

— Quel est le problème, Boris? demanda-t-il lorsque la porte de la cabine se fut refermée derrière eux.

— J'aimerais avoir l'autorisation, mon commandant, de me servir du canal prioritaire du vaisseau pour envoyer un message en direct à la Terre.

Bien que non sans exemple, cette démarche était inhabituelle. Les communications de routine passaient par le plus proche relais planétaire – Mercure pour l'instant –, et bien que le retard à la transmission ne fût que de quelques minutes, il fallait fréquemment cinq ou six heures pour que le message arrivât sur le bureau de son destinataire. Dans quatre-vingt-dix-neuf pour cent des cas, cela suffisait amplement; mais, lorsque les circonstances l'exigeaient, il était laissé à la discrétion du capitaine d'employer des canaux plus directs, et donc plus coûteux.

— Vous savez, bien sûr, que vous devez me donner une raison valable. Tout notre potentiel radio est déjà embouteillé par la transmission des données. Est-ce un problème personnel urgent?

— Non, mon commandant. C'est bien plus important que *cela*. Je veux envoyer un message à l'Eglise mère.

Bigre, se dit Norton, comment dois-je le prendre?

— Je serais heureux que vous vous expliquiez.

La demande de Norton n'était pas suscitée par la seule curiosité, encore qu'elle en fût indubitablement une des causes. S'il donnait à Boris la priorité qu'il demandait, il aurait, lui, à justifier sa décision.

Les yeux bleus et sereins étaient rivés aux siens. Il n'avait jamais vu Boris se défaire de sa maîtrise de soi ni paraître autrement que parfaitement assuré. Tous les cosmochrétiens étaient ainsi. C'était un des bénéfices qu'ils tiraient de leur foi, et cela contribuait à en faire de bons cosmonautes. Il arrivait parfois que leur certitude aveugle fût précisément peu supportable pour les malheureux à qui n'avait pas été apportée la révélation.

— C'est au sujet de la destination de Rama, mon commandant. Je pense l'avoir découverte.

— Continuez.

— Vous connaissez la situation. Voilà un monde complètement vide et dépourvu de vie, *et* pourtant propre à la vie humaine. Il y a de l'eau, et une atmosphère que nous pouvons respirer. Venant d'un point très éloigné de l'espace, il s'est dirigé droit sur le système solaire, ce qui, si c'est un simple hasard, est tout à fait incroyable. Et non seulement il semble être neuf, mais *comme s'il n'avait jamais servi.*

Nous avons ressassé ce raisonnement des dizaines de fois, se dit Norton. Qu'est-ce que Boris pourrait y ajouter?

— Notre foi nous enseigne d'attendre une telle visite, bien que nous ne sachions pas exactement quelle forme elle revêtira. La Bible donne des indications. Si ce n'est pas le retour du Christ sur Terre, ce peut être le Jugement dernier, le premier étant celui qui relate l'histoire de Noé. Je crois que Rama est une arche cosmique, envoyée à nous pour sauver... ceux qui sont dignes de l'être.

Dans la cabine du capitaine, le silence s'éternisa. Ce n'était pas que Norton fût en peine de mots, mais plutôt que les questions se pressaient dans sa tête : il ne savait lesquelles poser sans être indélicat.

Pour finir, il fit remarquer, d'une voix aussi douce et neutre que possible :

— C'est une vision des choses intéressante, et, bien que

je ne partage pas vos convictions, elle me semble très séduisante.

Ce n'était, de sa part, ni hypocrisie ni flatterie; débarrassée de ses oripeaux mystiques, la théorie de Rodrigo était au moins aussi convaincante que les dizaines d'autres qu'il avait entendu échafauder. Supposons que quelque catastrophe soit sur le point d'accabler l'espèce humaine, et qu'une intelligence supérieure en soit consciente? Cela expliquerait tout, impeccablement. Il n'en resterait pas moins quelques points à élucider...

– Permettez-moi quelques questions, Boris. Dans trois semaines, Rama se trouvera à la périhélie; puis il contournera le soleil et quittera le système solaire aussi vite qu'il y est entré. Cela ne laisse guère de temps pour un Jugement dernier, ou pour le transbordement de ceux qui sont... élus, de quelque façon que *cela* se passera.

– C'est vrai. Aussi, lorsqu'il atteindra la périhélie, Rama devra-t-il décélérer et se placer sur une orbite d'attente, dont l'aphélie sera probablement tangente à celle de la Terre. Puis il pourrait encore modifier sa vitesse, et opérer un rendez-vous avec la Terre.

L'argument avait de quoi ébranler. Effectivement, si Rama avait voulu rester dans le système solaire, il ne s'y serait pas pris autrement. Le meilleur moyen de décélérer était d'approcher autant que possible le soleil, et, là, d'effecteur la manœuvre de freinage. S'il y avait du vrai dans la théorie de Rodrigo, ou une variante de celle-ci, on le saurait bientôt.

– Autre chose. Boris. Qui est aux commandes de Rama?

– Aucune doctrine ne se prononce à ce sujet. Ce pourrait n'être qu'un robot. Ou bien... un esprit. Cela expliquerait l'absence de toute vie biologique.

L'Astéroïde hanté : Pourquoi cette phrase avait-elle surgi des profondeurs de sa mémoire? Puis il se rappela une histoire idiote, lue des années auparavant. Il pensa que mieux valait ne pas demander à Boris s'il ne la connaissait pas aussi. Il était douteux que ses goûts le portassent vers ce genre de lectures.

– Je vais vous dire ce que nous allons faire, Boris, dit Norton qui, soudain, trancha.

Il voulait en finir avec cet entretien avant qu'il devînt épineux, et pensa qu'il était tombé sur un compromis avantageux.

– Pourriez-vous résumer vos vues en moins de, disons, un millier de bits?

– Oui, je le pense.

– Et si vous arrivez à lui donner l'aspect d'une stricte théorie scientifique, je l'enverrai, par le canal prioritaire, à la Commission Rama. Simultanément, un exemplaire sera transmis à votre Eglise, et tout le monde sera content.

– Merci, mon commandant, je suis sensible à votre geste.

– Oh, je ne fais pas cela pour me donner bonne conscience. J'aimerais simplement voir comment la Commission prendra cette théorie. Même si je ne suis pas d'accord avec vos conclusions, vous avez peut-être mis le doigt sur quelque chose d'important.

– Eh bien, le passage à la périhélie nous renseignera.

– Oui, nous serons renseignés.

Lorsque Rodrigo fut parti, Norton appela la passerelle de commandement et donna les autorisations nécessaires. Il pensait avoir assez adroitement réglé le problème. Et après tout, si Boris avait raison...

Il venait peut-être d'augmenter ses chances de figurer parmi les élus.

APRÈS LA TEMPÊTE

Alors que les hommes parcouraient la filière désormais familière du système de sas Alpha, Norton se demanda s'ils n'avaient pas laissé la prudence céder devant l'impatience. Pendant quarante-huit heures – deux précieuses journées –, ils avaient attendu à bord de l'*Endeavour*, prêts à partir immédiatement si les circonstances l'exigeaient. Mais il ne s'était rien passé; les appareils laissés dans Rama n'avaient rien détecté d'inhabituel. Et, comble de frustration, la caméra de télévision en action sur le Moyeu avait été aveuglée par un brouillard dense qui avait réduit la visibilité à quelques mètres et commençait tout juste à se dissiper.

Lorsqu'ils actionnèrent la dernière porte de sas, et qu'ils se retrouvèrent flottant dans le réseau de câbles de guidage qui entourait le Moyeu, Norton fut d'emblée frappé par la différence de lumière. Ce n'était plus ce bleu dur et cru, mais une clarté plus veloutée, plus douce, qui lui rappela le grand beau temps voilé de brume sur Terre.

Du regard, il longea l'axe du monde, et ne vit rien d'autre qu'un tunnel d'uniforme clarté blanche qui aboutissait aux étranges montagnes du pôle Sud. L'intérieur de Rama était complètement tapissé de nuages, et aucun accroc n'était visible dans ce capitonnage. Le sommet de la couche était nettement distinct. Il formait, dans ce monde tournant, un cylindre de moindre diamètre inscrit dans un plus grand, laissant un vide central large de cinq ou six kilomètres, parfaitement dégagé à l'exception de quelques plumetis épars de cirrus.

L'immense tube de nuages était éclairé par en dessous par les six soleils artificiels de Rama. Les emplacements des trois d'entre eux que comptait l'hémisphère Nord se voyaient nettement à leurs raies floues de lumière, mais ceux qui se trouvaient de l'autre côté de la mer Cylindrique se fondaient en une unique bande de clarté.

Que se passe-t-il sous ces nuages? se demanda Norton. Au moins, la tempête qui les avait rejetés comme par une centrifugeuse vers l'axe de Rama s'était apaisée. Et, à moins d'autres surprises, la descente ne devait présenter aucun danger.

Il semblait pertinent, pour ce retour sur les lieux, d'y employer la même équipe que lors de la première exploration en profondeur. Le sergent Myron, comme tous les autres membres de l'équipage de l'*Endeavour*, était maintenant dans une condition physique conforme à ce qu'exigeait le médecin-commandant Ernst. Il soutenait même, avec une convaincante sincérité, qu'il en était au point de ne jamais pouvoir remettre ses vieux uniformes.

Tout en regardant Mercer, Calvert et Myron descendre rapidement et avec assurance, l'échelle à la « brasse », Norton se rappela comme tout avait changé. Il y avait eu cette première descente dans le froid et l'obscurité; et maintenant celle-ci, dans la chaleur et la lumière. Et, lors de toutes leurs précédentes visites, Rama, pour eux, était mort, à n'en pas douter. Cela pouvait rester vrai, au sens biologique du terme. Mais une force agissait. Ce qu'en disait Rodrigo valait bien tout le reste : l'esprit de Rama s'était éveillé.

Lorsqu'ils eurent atteint la plate-forme au pied de l'échelle, et qu'ils furent prêts à entreprendre la descente de l'escalier, Mercer procéda à son habituel contrôle de routine de l'atmosphère. Il y avait de ces choses qu'il ne tenait jamais pour définitivement acquises. Même lorsque les gens, autour de lui, respiraient sans gêne aucune et sans appareils, il était capable de tout arrêter pour faire un bilan gazeux avant d'ouvrir son casque. Et, le jour où on lui avait demandé les raisons de cet excès de prudence, il avait répondu : « Parce que les sens de l'homme ne suffisent pas. Voilà pourquoi. Vous pouvez vous sentir parfaitement bien, et, après avoir encore respiré un bon coup, vous retrouver le nez par terre. »

Il regarda son instrument.

— Bon Dieu! s'exclama-t-il.

— Que se passe-t-il? demanda Calvert.

— Il est détraqué; la mesure est trop élevée. C'est bizarre, ce genre d'incident n'a jamais été signalé. Je vais le vérifier sur mon appareil respiratoire.

Il brancha le petit analyseur sur la soupape de contrôle de son alimentation en oxygène, puis resta un moment sans rien dire, perdu dans ses pensées. Ses compagnons le regardaient avec anxiété, car tout ce qui troublait Karl devait être pris très au sérieux.

Il débrancha l'instrument et procéda de nouveau à l'analyse de l'atmosphère de Rama avant d'appeler la base du Moyeu.

— Capitaine! Vous pourriez faire un contrôle d'oxygène?

Le silence fut inhabituellement long pour une telle opération. Puis Norton lui répondit par radio :

— J'ai l'impression que mon analyseur est détraqué.

Un sourire s'élargit lentement sur le visage de Mercer.

— La valeur a monté de cinquante pour cent, non?

— Oui, qu'est-ce que cela veut dire?

— Cela veut dire que nous pouvons tous enlever nos casques. Vous ne pensez pas que ce serait bien?

— Je n'en suis pas sûr, répondit Norton dont le ton fit écho au sarcasme contenu dans la voix de Mercer. Cela semble trop beau pour être vrai.

Il était inutile d'en dire plus. Comme tous les hommes de l'espace, Norton éprouvait une méfiance extrême pour tout ce qui était trop beau pour être vrai.

Mercer entrouvrit son casque et aspira une bouffée prudente. Pour la première fois à cette altitude, l'air était parfaitement respirable. Les remugles confinés avaient disparu, de même que l'excessive sécheresse qui avait, par le passé, provoqué plusieurs intolérances respiratoires.

L'humidité atteignait maintenant le taux étonnant de quatre-vingts pour cent; le dégel de la mer en était à coup sûr responsable. L'air était chargé d'une senteur marécageuse, mais point désagréable. C'était un soir d'été, se dit Mercer, sur quelque littoral tropical. Le climat, à l'intérieur de Rama, s'était spectaculairement adouci durant les derniers jours...

Mais pourquoi? L'augmentation de l'humidité ne faisait pas de problème; en revanche, l'effarante hausse du taux d'oxygène était plus malaisée à expliquer. Tandis qu'il donnait le signal de la descente, Mercer se livra à toute une série de calculs mentaux. Et ce fut sans qu'il eût obtenu de résultat satisfaisant qu'ils pénétrèrent dans la couche de nuages.

C'était une expérience assez stupéfiante, car la transition était abrupte. Ils se laissaient glisser dans l'air limpide, les poings refermés sur le métal lisse de la main courante afin de contrôler l'accélération, que le quart de gravité terrestre rendait rapide. D'un coup, ils furent dans le blanc. Le brouillard laiteux réduisait la visibilité à quelques mètres. Mercer freina si promptement que Calvert faillit le tamponner, et que Myron, lui, tamponna Calvert, manquant de peu de le désarçonner.

– Doucement, dit Mercer. Espaçons-nous le plus possible sans nous perdre de vue. Et ne vous laissez pas entraîner par la vitesse, au cas où il faudrait stopper immédiatement.

Dans un silence irréel, ils poursuivirent leur glissade dans le brouillard. Pour Calvert, Mercer n'était qu'une forme vague, dix mètres devant lui. Et, lorsqu'il se retourna, Myron était à la même distance, derrière lui. D'une certaine façon, c'était encore plus impressionnant que de descendre dans l'obscurité opaque de la nuit raméenne. Alors, au moins, les faisceaux du projecteur leur ouvraient le chemin. Mais là, c'était comme plonger à l'aveuglette dans l'épaisseur d'un océan.

Dire quelle distance ils avaient parcourue leur était impossible, et Calvert pensait qu'ils étaient près d'atteindre le quatrième niveau, lorsque Mercer, de nouveau, freina brutalement. Quand les deux autres furent tout contre lui, il murmura :

– Ecoutez! Vous n'entendez rien?

– Si, dit Myron après une minute d'attention. On dirait que c'est le vent.

Calvert n'en était pas certain. Il tourna la tête de droite et de gauche pour tenter de localiser d'où venait le bruissement ténu qui leur parvenait à travers le brouil, puis, n'y réussissant pas, abandonna.

Ils reprirent la glissade, atteignirent le quatrième niveau et repartirent vers le cinquième. Et à mesure qu'ils progressaient, le bruit se faisait plus fort, opiniâtrement familier. A peine avaient-ils parcouru la moitié du quatrième escalier que Myron s'exclama :

– Et maintenant, vous le reconnaissez?

Si ce bruit n'avait pas été lié, dans leur esprit, à la seule Terre, ils l'auraient reconnu depuis longtemps. Sortant d'un point dont la distance ne pouvait être déterminée, c'était le tonnerre immobile d'une chute d'eau.

Quelques minutes plus tard, le plafond de nuages cessa, aussi abruptement qu'il avait commencé. Ils débouchèrent dans l'éclat aveuglant du jour raméen rendu plus brillant encore par la réflection de la lumière contre les nuages bas. La plaine curviligne était là, plus acceptable pour l'esprit et les sens car la totalité de sa courbure n'était plus visible. Il ne leur fut pas trop difficile de se persuader qu'ils avaient devant les yeux une large vallée, et que le double essor de la mer n'était que la divergence de deux points de fuite.

Ils firent halte à la cinquième et avant-dernière plate-forme pour annoncer qu'ils avaient traversé la couverture de nuages, et observer soigneusement ce qui les entourait. Ils en conclurent que, sur la plaine, rien n'avait changé; mais sur le dôme de l'hémisphère Nord, Rama déployait une autre de ses merveilles.

C'était donc là l'origine du bruit qu'ils avaient entendu. Une chute d'eau descendait d'une source cachée dans les nuages, à trois ou quatre kilomètres de distance, et ils restèrent de longues minutes à la contempler en silence, incapables ou presque d'en croire leurs yeux. La logique leur avait enseigné que, sur ce monde tournant, aucun objet ne pouvait, en tombant, décrire une droite, mais c'était une vision par trop contre nature que cette chute d'eau qui, déjà naturellement courbe, n'en finissait pas de se cambrer de côté pour se jeter à plusieurs kilomètres du point situé à l'aplomb de sa source...

— Si Galilée était né sur ce monde, finit par dire Mercer, il se serait rendu fou à calculer les lois de la dynamique.

— Je pensais les connaître, dit Calvert, et cela ne me protège pas de la folie. Et vous, professeur, ça ne vous fait rien?

— Pourquoi donc? dit le sergent Myron. C'est la très exacte illustration de la force de Coriolis. Je souhaiterais pouvoir la montrer à certains de mes étudiants.

Mercer contemplait d'un air absorbé la bande de révolution qu'était la mer Cylindrique.

— Vous avez remarqué ce qu'est devenue l'eau? finit-il par dire.

— Tiens — mais elle n'est plus si bleue. Je dirais même qu'elle est vert pomme. Qu'est-ce que cela signifie?

— Peut-être la même chose que sur Terre. Laura disait que la mer était un bouillon organique qui attendait d'être éveillé à la vie. C'est peut-être ce qui vient précisément de se passer.

— En quelques jours! Quand je pense que sur Terre, il a fallu des millions d'années.

— Trois cent soixante-quinze millions, selon les dernières estimations. C'est donc de *là* que vient l'oxygène. Rama vient de quitter d'un coup le stade anaérobie pour celui de la photosynthèse végétale — et en quarante-huit heures de temps. Je me demande ce que cela nous réserve pour demain.

SUR LES FLOTS DE LA MER CYLINDRIQUE

Une autre surprise les attendait au pied de l'escalier. Au premier abord, il semblait que quelque chose avait sillonné le camp, mettant sens dessus dessous les équipements et rassemblant les objets de moindres dimensions pour les emporter plus loin. Leur alarme fut de courte durée. Une rapide inspection n'en laissa subsister qu'embarras et contrariété.

Seul le vent était coupable. Bien que, avant de partir, ils eussent arrimé tous les objets mobiles, quelques câbles avaient dû se rompre sous l'assaut d'une violence extrême des rafales. Il leur fallut plusieurs jours avant de remettre la main sur leurs biens dispersés.

Hormis cela, rien n'avait notablement changé. Le silence même de Rama était revenu, passé l'accès tempétueux du printemps. Là-bas, au bord de la Plaine, une mer calme attendait de connaître son premier vaisseau depuis un million d'années.

– Ne doit-on pas baptiser un bateau neuf avec une bouteille de champagne?

– Même si nous en avions à bord, je n'autoriserais pas un gâchis aussi criminel. De toute façon, il est trop tard. Le machin est déjà lancé.

– La preuve est faite qu'au moins, ça flotte. Tu as gagné ton pari, Jimmy. Je te réglerai ça quand nous serons de retour sur Terre.

– Il lui faut un nom. Tu as une idée?

L'objet de ces commentaires mitigés se laissait bercer par la houle à côté de l'escalier qui pénétrait dans la mer Cylindrique. C'était un petit radeau fait de six barils vides et maintenus par une légère armature de métal. Sa construction, son assemblage au camp Alpha et son acheminement au moyen de chariots démontables sur plus de dix kilomètres de plaine avaient mobilisé pendant plusieurs jours toutes les énergies de l'équipage. Le jeu avait intérêt à valoir la chandelle.

Le résultat était à la mesure du risque. Les énigmatiques tours de New York, scintillantes, à plus de cinq kilomètres de distance dans la lumière sans ombre, les provoquaient depuis leur arrivée dans Rama. Personne ne doutait que la cité – ou quoi que ce fût d'autre – constituât réellement le cœur de ce monde. Quitte à ne rien faire d'autre, ils iraient à New York.

– Nous n'avons toujours pas de nom, capitaine... Qu'en pensez-vous?

Norton éclata de rire, et soudain sérieux, dit :

– Je vous en ai trouvé un. Appelez-le *Resolution*.

– Pourquoi?

– C'était un des vaisseaux de Cook. C'est un bon nom. Pourvu que votre embarcation en soit digne.

Il y eut un silence méditatif, puis le sergent Barnes, sur qui avait reposé, en grande partie, la conception du radeau, demanda trois volontaires. Tous ceux qui étaient présents levèrent la main.

– Désolé, nous n'avons que quatre gilets de sauvetage. Boris, Jimmy, Pieter, vous avez tous un peu navigué. Nous allons faire un essai.

Personne ne trouva extraordinaire qu'un simple sous-officier prît la direction des opérations. Ruby Barnes était la seule à bord à posséder un brevet supérieur de navigation, ce qui réglait le problème. Elle avait sillonné le Pacifique en trimaran de compétition, et il semblait peu vraisemblable que quelques kilomètres d'une mer d'huile fussent un défi sérieux à ses compétences.

Au premier regard qu'elle avait jeté sur cette mer, elle s'était promis d'en faire la traversée. Rien, dans l'histoire plusieurs fois millénaire des rapports de l'homme et de la mer, n'approchait l'étrangeté de cette expérience. Depuis quelques jours, une petite phrase bête et butée parasitait ses pensées et ne décrochait pas : « Si l'on naviguait sur la mer Cylindrique... » Et c'était, précisément, ce qu'elle allait faire.

Ses passagers se placèrent sur leurs sièges baquets improvisés, et Ruby ouvrit les gaz. Les vingt kilowatts du moteur se mirent à ronronner. Les chaînes du système de démultiplication ne furent plus que de minces traits de brouillard, et la *Resolution* fendit les flots sous les vivats des spectateurs.

Ruby avait espéré atteindre, compte tenu de sa charge, les quinze kilomètres à l'heure, mais elle s'estimerait satisfaite si la vitesse ne tombait pas en dessous de dix à l'heure. Un trajet d'un demi-kilomètre avait été mesuré le long de la falaise et elle avait parcouru l'aller et retour en cinq minutes et demie. Compte tenu du retard dû au demi-tour, cela donnait douze kilomètres à l'heure; elle s'en estimait parfaitement heureuse.

Sans moteur, mais avec trois énergiques rameurs qui soutiendraient son coup d'aviron plus expert, Ruby pouvait obtenir encore une vitesse quatre fois moindre. Donc, même si le moteur lâchait, elle pouvait rejoindre le rivage en quelques heures. Les piles à haut rendement pouvaient fournir une énergie suffisante pour faire le tour de ce monde. Et, pour plus de sûreté, elle emportait deux éléments de rechange. Le brouillard s'était complètement évaporé et Ruby, malgré sa prudence de vieux loup de mer, s'apprêtait à prendre la mer sans même une boussole.

Elle salua vivement en posant le pied à terre :

– La *Resolution* vient de réussir son premier voyage en mer. Nous attendons vos ordres, monsieur.

– Très bien, amiral. Quand serez-vous prêts pour la traversée?

– Dès que les vivres seront embarqués, et que l'officier de port nous donnera le signal du départ.

– Soit, nous partirons à l'aube.

– Bien, capitaine.

Sur une carte, cinq kilomètres d'eau n'ont l'air de rien; autre chose est de s'y trouver réellement. Alors qu'ils ne voguaient que depuis dix minutes, les cinquante mètres d'escarpement de la falaise du continent Nord semblaient déjà extraordinairement loin. Mais, non moins mystérieusement, New York semblait à peine plus proche que tout à l'heure...

La plupart du temps, cependant, leur attention n'allait pas à la terre, absorbés qu'ils étaient par le spectacle fascinant de la mer. C'en était fini des plaisanteries crispées qui avaient ponctué le début de la traversée. Cette expérience, ils la ressentaient dans sa stupéfiante nouveauté.

Chaque fois qu'il avait l'impression de s'être fait à Rama, pensa Norton, quelque miracle inédit se produisait. La *Resolution* poursuivait son avance bourdonnante, et il leur semblait maintenant être pris dans le creux d'une vague gigantesque, une vague qui, de chaque côté, recourbait ses parois jusqu'à la verticale, en un surplomb que rejoignait, à seize kilomètres au-dessus de leurs têtes, une arche liquide. En dépit de tout ce dont la raison, la logique pouvaient les persuader, aucun des passagers ne pouvait se défaire longtemps de la sensation que, d'un instant à l'autre, ces millions de tonnes d'eau s'abattraient du ciel.

Malgré cela, l'humeur d'ensemble était à l'euphorie; c'était le sentiment du danger, mais sans réel danger. A moins, bien sûr, que la mer ne leur offre d'autres surprises.

Ce qui était parfaitement possible puisque, comme Mercer l'avait deviné, l'eau s'était éveillée à la vie. Chaque centilitre contenait des milliers de micro-organismes sphériques et unicellulaires, semblables aux formes les plus archaïques de plancton qui avaient existé dans les océans de la Terre.

A cette différence près que, chose étonnante, ils n'avaient pas de noyau ni même nombre des autres caractéristiques minimales des formes de vie terrestres les plus frustres. Et bien que Laura Ernst – cumulant les rôles de chercheur et de médecin – eût prouvé que les micro-organismes produisaient indubitablement de l'oxygène, ils étaient de loin trop peu nombreux pour être responsables de l'accroissement du taux de ce gaz dans l'atmosphère de Rama. Ils auraient dû se compter non par milliers, mais par milliards.

Puis elle avait découvert que leur nombre, qui décroissait rapidement, devait avoir été bien plus considérable aux premières heures de l'aube raméenne. Comme si s'était produite une brève explosion de vie résumant, en un milliard de milliardième de sa durée, l'histoire ancienne de la Terre. Cette vie s'était peut-être épuisée; les micro-organismes à la dérive se désintégraient, restituant à la mer leur matériel chimique.

Le Dr Laura Ernst avait averti les navigateurs que, s'ils étaient obligés de recourir à la nage, ils devraient garder leur bouche fermée : « Quelques gouttes n'auront aucun effet, si vous les recrachez immédiatement. Mais cette affolante mixture de sels organo-métalliques en fait un ensemble passablement toxique, et je ne me vois pas en train de concocter un antidote. »

Par bonheur, ce danger paraissait très peu vraisemblable. La *Resolution* ne pouvait couler, même si deux de ses flotteurs étaient crevés. (Joe Calvert, à qui l'on rapportait cet avantage, avait murmuré d'un air sombre : « Qu'on se rappelle le *Titanic*. ».) Et même s'il sombrait, les gilets de sauvetage, efficaces quoique grossiers, leur maintiendraient la tête hors de l'eau. Laura, bien qu'elle se fût refusée à donner là-dessus un avis définitif, ne pensait pas qu'une immersion de quelques heures dans la mer Cylindrique serait fatale. Simplement, elle la déconseillait.

Après vingt minutes d'une avance régulière, New York n'était plus une terre lointaine. Elle gagnait en réalité, et des détails qu'ils n'avaient vus que par l'intermédiaire de télescopes et d'agrandissements photographiques se révélaient dans leurs formes pleines et massives. L'évidence devenait frappante : la « ville », comme tant de choses dans Rama, était de structure ternaire. Elle consistait en trois complexes ou superstructures circulaires, identiques, qui se dressaient sur un socle ovale et allongé. Les photographies prises du Moyeu indiquaient également que chaque complexe était *lui-même* divisé en trois éléments égaux, comme une tarte découpée en trois tranches de cent vingt degrés chacune. Cela simplifierait considérablement le travail d'exploration; ils n'auraient sans doute qu'à étudier un neuvième de New York pour se faire une image de l'ensemble. Cela même serait une entreprise formidable : il allait s'agir d'examiner au moins un kilomètre carré de bâtiments et de mécanismes dont certains se dressaient à des centaines de mètres.

Les Raméens, semblait-il, avaient poussé l'art de la triple redondance à un haut degré de perfection, comme le démontraient le système de sas, les escaliers du Moyeu et les soleils artificiels. Et, chose remarquable, ils avaient franchi là une étape : New York se révélait être un exemple de la triple répétition triplée.

Ruby avait mis le cap sur le complexe central, où une volée de marches menait du niveau de l'eau au faîte d'un mur ou jetée qui ceignait l'île. Il y avait même une bitte bien placée à laquelle pouvaient être amarrés des bateaux. Ayant vu cela, Ruby eut de la peine à se contenir. Elle n'aurait pas de cesse qu'elle eût trouvé une des embarcations sur lesquelles les Raméens sillonnaient leur étonnante mer.

Norton fut le premier à poser le pied à terre.

— Attendez sur le bateau que je sois arrivé au sommet du mur, dit-il, se retournant vers ses compagnons. A mon signal, Pieter et Boris me rejoindront. Ruby, vous restez à la barre pour que nous puissions démarrer sans délai. S'il m'arrive quelque chose, informez-en Karl et suivez ses consignes. Je vous laisse juges de la situation, mais attention, pas d'héroïsme. Compris?

— Compris, capitaine. Bonne chance!

Le commandant Norton ne croyait guère en la chance. Il ne se mêlait jamais à une situation sans en avoir analysé les paramètres ni s'être assuré un chemin de repli. Mais une fois encore, Rama le contraignait d'enfreindre ses règles favorites. Chaque élément, ou presque, de la situation, ici, était inconnu, aussi inconnu que l'avaient été trois cent cinquante ans auparavant, le Pacifique et la

Grande Barrière pour son héros... Oui, il allait pouvoir tirer parti de toutes les chances qui se présenteraient.

L'escalier était pratiquement la réplique de celui qu'ils avaient descendu de l'autre côté de la mer; nul doute que, là-bas, ses compagnons le maintenaient dans la ligne de mire de leurs lunettes; cette ligne droite virtuelle était pour une fois réalisée, car dans cette direction, et celle-là seulement, parallèle à l'axe de Rama, la mer était d'une planitude absolue. Après tout, c'était peut-être la seule étendue d'eau de tout l'univers pour laquelle ce terme fût exact, car sur tous les autres mondes, les mers, le moindre lac devaient épouser une surface sphérique, d'une courbure égale dans toutes les directions.

— J'approche du sommet, annonça-t-il à l'intention de l'enregistrement de mission et de son second qui, à cinq kilomètres de là, l'écoutait intensément. Rien encore à signaler, la radiation est normale. Je tiens le détecteur au-dessus de ma tête, au cas où ce mur servirait de bouclier contre je ne sais quoi. Et s'il y a des êtres hostiles de l'autre côté, c'est là-dessus qu'ils tireront en premier.

Bien sûr, il plaisantait. Et pourtant... Pourquoi, en effet, prendre des risques puisqu'il était si facile de les éviter?

Lorsqu'il gravit la dernière marche, il vit que le sommet de la digue était large d'une dizaine de mètres, et plat. De l'autre côté, des séries alternées de rampes et d'escaliers qui rejoignaient le niveau de la ville, vingt mètres plus bas. Il se tenait, en effet sur une haute muraille qui ceignait complètement New York et lui permettait d'en avoir une vue totale.

Totale, mais vertigineuse de complexité, et son premier geste fut de la détailler par un lent panoramique de sa caméra. Puis il fit le signal convenu à ses compagnons et annonça par radio à l'autre rive de la mer :

— Aucun signe d'activité, et pas un bruit. Vous pouvez monter, vous autres, nous allons commencer l'exploration.

Une ville, non, mais une machine. En dix minutes, Norton en était arrivé à cette conclusion, et il n'éprouva pas le besoin de changer d'avis lorsqu'ils eurent traversé l'île de part en part. Une ville – quelle que fût la nature de ses occupants – devant bien évidemment fournir une forme quelconque d'installations, d'équipements. Rien de tel ici, du moins en surface. Si tout se trouvait sous terre, où étaient les entrées, les escaliers, les ascenseurs? Il n'avait rien trouvé qui méritât même le nom de porte...

Le rapprochement le plus direct qu'il pouvait faire avec une réalité terrienne était une immense usine de produits chimiques. Cependant, il n'y avait ici ni gros tas de matières premières ni trace d'un système de transport pour les acheminer. Norton ne pouvait imaginer non plus d'où pouvait sortir le produit fini, et encore moins quel pouvait être ce produit. C'était proprement confondant et plus qu'assez contrariant.

– Qui veut jouer aux devinettes? dit-il finalement à la cantonade. Si ceci est une usine, que fabrique-t-elle? Et d'où tire-t-elle sa matière première.

– J'ai une idée, capitaine, dit Mercer depuis l'autre rive. On peut supposer qu'elle tire son matériau de la mer. Celle-ci, selon Laura, contient tout ce qu'on peut imaginer.

La réponse était pertinente, et Norton y avait déjà pensé. Il pouvait très bien y avoir des conduites souterraines menant à la mer. Et même, il *devait* y en avoir, car il était difficile de concevoir une usine chimique qui pût se passer de grandes quantités d'eau. Mais il se méfiait toujours des réponses pertinentes. Elles étaient souvent, très souvent erronées.

– C'est une bonne idée, Karl, mais que *fait* New York de son eau de mer?

Un long moment passa, sans que personne, du bateau,

du Moyeu ou de la plaine du Nord, répondît. Puis une voix inattendue s'éleva :

– C'est simple, capitaine. Mais vous allez tous vous moquer de moi.

– Pas du tout, Ravi. Allez-y.

Le sergent Ravi MacAndrews, steward en chef et tuteur des singes, était bien la dernière personne à se mêler en temps normal aux discussions techniques. Son Q.I. était modeste, et son bagage scientifique peu encombrant, mais ce n'était pas un imbécile, et chacun respectait sa sagacité.

– C'est une usine, c'est sûr, capitaine, et peut-être que la mer fournit la matière première... Après tout, c'est bien comme ça que ça a commencé sur Terre... Avec quand même des différences... Je crois que New York est une usine à fabriquer les Raméens.

Quelque part, quelqu'un ricana, mais brièvement, et ne se fit pas connaître.

– Vous savez, Ravi, dit finalement le commandant, votre théorie est assez folle pour être vraie. Et j'ai peur de ne pas avoir grande envie de la voir vérifier... du moins, pas avant que je retourne à terre.

La New York céleste était d'une largeur sensiblement égale à celle de l'île de Manhattan, mais sa géométrie différait du tout au tout. Les artères rectilignes étaient peu nombreuses; c'était un labyrinthe de brefs arcs concentriques reliés par des traverses radiales. Par bonheur, il était impossible de se perdre, à l'intérieur de Rama. D'un simple coup d'œil au ciel, on retrouvait l'axe nord-sud de ce monde.

Ils s'arrêtèrent à presque chaque carrefour pour en prendre une vue panoramique. Lorsque ces centaines d'images seraient classées, ce serait un travail fastidieux mais décisif que de construire une maquette rigoureusement exacte de la ville. Norton avait dans l'idée que le puzzle géant dont ils accumulaient les pièces tiendrait occupées des générations de savants.

Il était même, ici, plus difficile de s'accoutumer au silence que ça ne l'avait été sur la plaine de Rama. Une ville-machine aurait dû faire du bruit, n'importe quel bruit. Mais pas le moindre bourdonnement électrique ni le plus léger murmure de mouvement mécanique. A plusieurs reprises, Norton colla son oreille au sol ou contre la paroi d'un bâtiment, et écouta attentivement. Il n'entendit rien, rien si ce n'est la pulsation de son propre sang.

Les machines étaient assoupies : elles ne tournaient même pas au ralenti. Se réveilleraient-elles jamais, et pour quoi faire? Tout était en parfait état, comme d'habitude. Il était tentant de croire que la fermeture d'un seul circuit dans les entrailles d'un ordinateur patient et caché rendrait la vie à ce labyrinthe.

Lorsqu'ils eurent enfin atteint l'autre bord de la ville, ils grimpèrent sur la chaussée de la digue d'enceinte. Du regard, ils traversèrent le bras Sud de la mer. Norton resta un long moment les yeux fixés sur l'escarpement de cinq cents mètres qui leur interdisait près de la moitié de Rama, la plus complexe et la plus variée d'après leurs observations télescopiques. De ce point de vue, la falaise se présentait comme un obstacle impénétrable et gros de menaces cachées qui faisait inévitablement penser à un mur de prison enserrant tout un continent. Il n'y avait, tout au long de sa circonférence, ni escaliers ni toute autre voie d'accès.

Il se demanda comment les Raméens pouvaient rejoindre, depuis New York, la partie sud de leur monde. Il y avait sans doute, courant sous le fond de la mer, un système de transport souterrain, ce qui n'excluait pas l'hypothèse d'un transport aérien. De nombreux espaces découverts, dans la ville, pouvaient servir aux atterrissages. La découverte d'un véhicule raméen serait un succès décisif, surtout s'ils parvenaient à le faire fonctionner. (Mais pouvait-on imaginer une quelconque source d'énergie utilisable après plusieurs centaines de milliers d'années?) L'aspect d'un certain nombre de structures laissait penser qu'elles servaient de hangars ou de garages, mais leurs parois étaient aussi dépourvues d'aspérités et d'ouvertures que si on les avait enduites d'un produit obturateur. Avec amertume, Norton se dit que, tôt ou tard, ils devraient faire appel aux explosifs et aux lasers. Il avait décidé de repousser cette décision jusqu'à l'extrême limite.

Sa répugnance à utiliser la force brutale reposait d'une part sur l'amour-propre, d'autre part sur la crainte. Il ne souhaitait pas se comporter comme un barbare technologique qui casse ce qu'il ne peut comprendre. Et, visiteur inconvié sur ce monde, il devait agir en conséquence.

Quant à sa peur, le mot était peut-être trop fort; appréhension conviendrait mieux. Les Raméens semblaient n'avoir rien laissé au hasard; il n'était pas pressé de découvrir quelles précautions ils avaient prises pour protéger leurs biens. Il aurait donc les mains vides lorsque le bateau le ramènerait sur le continent.

UNE LIBELLULE

Le lieutenant James Pak était le benjamin des officiers de l'*Endeavour*, et ce n'était que sa quatrième mission dans le grand espace. Ambitieux et appelé à faire une brillante carrière, il venait également d'enfreindre gravement le règlement. Rien d'anormal, donc, à ce qu'il eût mis longtemps à prendre sa décision.

C'était un coup de poker. S'il perdait, il risquait les pires ennuis, c'est-à-dire non seulement sa carrière, mais sa peau. S'il réussissait, il serait un héros. Ce ne fut ni l'une ni l'autre de ces considérations qui le décida, mais la conviction que, s'il ne faisait rien, il passerait le reste de sa vie rongé par le remords d'une occasion perdue. Néanmoins, il balançait encore quand il demanda à être reçu en privé par le capitaine.

De quoi va-t-il s'agir, cette fois, se demanda Norton qui tentait de déchiffrer l'expression indécise du jeune officier. Il se rappela son entretien épineux avec Boris Rodrigo; non, ce devait être tout différent. Jimmy n'était pas du genre religieux. Les seules choses pour lesquelles il paraissait montrer de l'intérêt en dehors de son travail étaient le sport et le sexe, de préférence combinés.

Le premier sujet étant vraisemblablement à écarter. Norton espéra qu'il ne s'agissait pas du second. Il avait déjà affronté la plupart des problèmes qu'un commandant de bord pouvait rencontrer dans ce domaine, sauf celui, très classique, de la naissance inopinée en cours de mission. Bien que cette situation fît l'objet d'innombrables plaisanteries, cela n'était encore jamais arrivé; avec le temps, cette grossière lacune serait comblée.

– Alors, Jimmy, qu'y a-t-il?

– J'ai une idée, commandant. Je connais le moyen d'atteindre le continent Sud et même le pôle Sud.

– Je vous écoute. Quelle méthode suggérez-vous?

– Euh... c'est-à-dire, y aller en volant.

– Jimmy, on m'a déjà fait cinq propositions dans ce sens, et même plus si je tiens compte des suggestions insensées qu'on me fait depuis la Terre. Nous avons examiné la possibilité d'adapter les réacteurs de nos scaphandres, mais la résistance de l'air absorberait la presque totalité de leur rendement. Ils seraient à bout de carburant en moins de dix kilomètres.

– Je le sais. Mais j'ai une solution.

L'attitude du lieutenant Pak était un curieux mélange d'aplomb et de nervosité à peine maîtrisée. Norton était totalement dérouté, ne comprenant pas ce qui pouvait inquiéter ce jeune type. Il connaissait pourtant assez son commandant pour savoir que toute proposition sensée ne butait pas contre le sarcasme.

– Eh bien, allez-y. Si c'est praticable, comptez sur moi pour que votre promotion soit rétroactive.

Cette promesse voilée d'ironie ne passa pas si bien qu'il l'avait espéré. Jimmy eut un sourire plutôt contraint, ouvrit plusieurs fois la bouche pour parler et se décida pour une approche latérale du sujet.

– Vous savez, commandant, que, l'an dernier, j'ai participé aux Jeux olympiques lunaires.

– Parfaitement. Navré que vous n'ayez pas gagné.

– Parce que mon équipement était défectueux. Je sais ce qui n'a pas marché. Sur Mars, j'ai des amis qui se sont attelés en secret à ce problème. Nous voulons faire une surprise à tout le monde.

– Sur Mars? Mais je ne savais pas...

– Peu de gens le savent. Le sport est encore nouveau, là-bas. Il n'a été expérimenté que sous le dôme du palais des Sports de Xanthe. Mais les meilleurs aérodynamiciens du système solaire sont sur Mars. Si on peut voler dans cette atmosphère, on peut voler partout.

» Mon idée, c'est donc que, si les Martiens, avec tout leur savoir-faire, pouvaient construire un bon appareil, il serait capable de faire un malheur sur la Lune, où la gravité est moitié plus faible.

– C'est apparemment juste, mais en quoi cela nous concerne-t-il?

Norton commençait à deviner, mais il voulait savoir par quel chemin Jimmy en viendrait au fait.

– ... C'est-à-dire que j'ai formé une association avec quelques amis à Lowell City. Ils ont construit un vélociptère de compétition doté de perfectionnements absolument inédits. Sous le dôme olympique avec la gravité lunaire, il devrait faire sensation.

– Et vous faire gagner la médaille d'or?

– Je l'espère.

– Voyons si j'ai bien suivi le fil de votre pensée. Un vélo qui pourrait prendre part aux olympiades lunaires, où règne un sixième de gravité, accomplirait une performance encore plus extraordinaire dans Rama, où la gravité est nulle. Vous pourriez voler sans vous écarter de l'axe, du pôle Nord au pôle Sud, et retour.

– Oui, facilement. L'aller prendrait trois heures, d'une traite. Mais on pourrait bien sûr s'arrêter n'importe où, du moment qu'on ne s'écarterait pas de l'axe.

– C'est ingénieux, et je vous en félicite. Quel dommage que les vélociptères ne fassent pas partie de l'équipement réglementaire du Contrôle spatial.

Jimmy sembla avoir quelque difficulté à trouver ses mots. A plusieurs reprises, il ouvrit sa bouche, dont il ne sortit rien.

– Très bien, Jimmy. A titre de curiosité malsaine, et entre nous soit dit, j'aimerais savoir comment vous avez introduit cet appareil à bord.

– Euh... Avec les « Jeux et Loisirs ».

– Au moins, vous n'avez pas menti. Quel est son poids?

– Vingt kilos seulement.

– *Seulement!* Toujours est-il que c'est moins que ce que je croyais. Ce qui m'étonne, même, c'est que vous ayez pu construire un vélo de ce poids.

– Il y a eu des modèles de quinze kilos, mais ils étaient trop fragiles, et ils pliaient au premier virage. Il n'y a pas de danger que *Libellule* en fasse autant. Comme je vous l'ai dit, c'est un appareil de compétition.

– *Libellule?* C'est un joli nom. Dites-moi ce que vous projetez avec elle. Après quoi, je pourrai choisir entre la promotion et la cour martiale. Ou les deux.

BAPTÊME DE L'AIR

Libellule était sans conteste le nom qui convenait. Les longues ailes effilées étaient presque invisibles, sauf quand la lumière, les frappant sous certains angles, s'y décomposait en irisations. On eût dit une bulle de savon tendue sur un délicat réseau de nervures profilées; le revêtement du petit appareil était une pellicule organique épaisse de quelques molécules seulement, mais assez solide pour contrôler et diriger les mouvements d'un écoulement d'air de cinquante kilomètres à l'heure.

Le pilote, qui était à la fois source d'énergie et système de navigation, était assis, sur un minuscule siège situé sur le centre de gravité, dans une position semi-allongée pour offrir moins de résistance à l'air. La navigation se faisait au moyen d'un unique manche qu'on pouvait incliner d'avant en arrière, et de gauche à droite; le seul « instrument » était un morceau de ruban plombé, attaché sur le bord d'attaque de l'aile, et qui indiquait la direction relative du vent.

Sitôt que le vélociptère fut assemblé sur le Moyeu, Jimmy Pak interdit à quiconque d'y toucher. La moindre manipulation maladroite pouvait casser net un segment des armatures monofibre, et ces ailes, qui n'existaient que par leurs reflets, étaient une tentation trop forte pour les doigts des touche-à-tout : il n'était pas facile de *croire* en leur matérialité.

En regardant Jimmy monter dans l'appareil, le commandant Norton sentit poindre le remords. Si la libellule cassait une de ses filiformes traverses d'aile de l'autre côté de la mer Cylindrique, Jimmy n'aurait aucun moyen de revenir, même s'il pouvait alors atterrir sain et sauf. Par la même occasion, ils enfreignaient une des plus sacro-saintes règles de l'explora-spatiale; un homme allait s'aventurer *seul* en territoire inconnu, hors d'atteinte de tout secours. Circonstance atténuante, il resterait constamment en contact visuel et radio; si jamais le pire arrivait, on saurait exactement pourquoi et comment.

Mais l'occasion était trop belle; si l'on croyait en son étoile, bonne ou mauvaise, c'eût été tenter les dieux eux-mêmes que de laisser passer une chance peut-être unique de rallier l'autre extrémité de Rama pour examiner de plus près les mystères du pôle Sud. Jimmy, mieux que n'aurait pu le dire aucun autre membre de l'équipage, savait à quoi il allait s'attaquer. C'était précisément ce genre de risque qu'il fallait prendre. L'échec faisait partie des aléas du jeu. Il fallait accepter de ne pas toujours gagner.

– Ecoutez bien ce que je vais vous dire, dit le médecin-commandant Ernst. Il est essentiel que vous n'alliez pas au delà de vos forces. Rappelez-vous que le taux d'oxygène, dans la région de l'axe, est très bas. Si jamais vous vous sentez essoufflé, arrêtez-vous pour trente secondes d'hyperventilation, mais pas plus.

Jimmy hocha la tête d'un air absent tout en vérifiant le fonctionnement des commandes. L'ensemble des gouvernes de direction et d'altitude, porté par un unique longeron, cinq mètres derrière le cockpit rudimentaire, se mit à tourner de côté et d'autre; puis les ailerons, semblables à des volets, à mi-chemin de l'aile, se redressèrent et s'abaissèrent alternativement.

– Veux-tu que je lance l'hélice? demanda Joe Calvert, incapable de refouler ses souvenirs de films de guerre vieux de deux siècles. Allumage, contact.

Il était vraisemblable que personne, sauf Jimmy, ne savait de quoi il parlait, mais cela contribua à détendre l'atmosphère.

Avec lenteur, Jimmy commença à actionner les pédales. Les larges pales sans épaisseur de l'hélice, qui, comme les ailes, n'étaient qu'une pellicule irisée sur un squelette ténu, commencèrent à tourner. Après une centaine de mètres, Jimmy cessa de pédaler. Ainsi suspendu entre deux airs, cet appareil si évidemment aérodynamique offrait un spectacle étrange. Pareille chose ne s'était encore jamais vue, sauf peut-être, à un degré bien moindre, dans les plus vastes stations spatiales.

– Comment se comporte-t-elle? demanda Norton.

– Elle répond bien, mais la stabilité est mauvaise. Mais

je sais pourquoi. C'est le manque de pesanteur. Un kilomètre plus bas, ce devrait être meilleur.

– Attendez un instant. N'est-ce pas risqué?

En perdant de l'altitude, Jimmy sacrifierait son principal avantage. Aussi longtemps qu'il ne s'écarterait pas de l'axe, son poids et celui de l'appareil seraient nuls. Il volerait sans effort, et pourrait même dormir, si cela lui disait. Mais dès qu'il divergerait de cette ligne centrale autour de laquelle tournait Rama, la pseudo-pesanteur de la force centrifuge se manifesterait.

Et donc, à moins de pouvoir se maintenir à cette altitude, il continuerait à perdre de la hauteur, et, simultanément, à prendre du poids. L'accélération, constante, pourrait le précipiter à la catastrophe. Au niveau de la plaine de Rama, la pesanteur était double de celle où la *Libellule* devait initialement évoluer. Jimmy pourrait peut-être atterrir sans casse, mais il ne pourrait plus décoller.

Mais il y avait déjà réfléchi, et ce fut avec assurance qu'il répondit :

– Je peux supporter sans peine un dixième de G. La *Libellule* sera plus maniable dans un air plus dense.

Par une longue spirale nonchalante, la *Libellule* se déporta dans le ciel, suivant grossièrement la courbe de l'escalier Alpha vers la plaine. Sous certains angles, le petit vélociptère était presque invisible. Jimmy paraissait suspendu dans l'air, assis et pédalant comme un forcené. Il faisait parfois une pointe à trente kilomètres à l'heure avant de laisser son appareil perdre de la vitesse jusqu'à s'arrêter; puis il s'assurait que les commandes répondaient avant d'accélérer de nouveau. Et il veillait toujours soigneusement à garder ses distances par rapport aux parois du gigantesque dôme.

Il parut bientôt évident que la *Libellule* se comportait bien mieux aux basses altitudes. Le roulis autour de son centre de gravité avait cessé. L'appareil était si stable que ses ailes restaient parallèles à la plaine, sept kilomètres plus bas. Jimmy parcourut ainsi plusieurs larges orbites avant de reprendre son altitude initiale. Il finit par s'arrêter à quelques mètres au-dessus de ses collègues, et s'aperçut, un peu trop tard, qu'il n'était absolument pas certain de savoir poser son arachnéen aéroplane.

– Faut-il vous lancer une corde? demanda, mi-figue, mi-raisin, Norton.

– Non, capitaine, il faut que j'y arrive tout seul. De l'autre côté, je n'aurai personne, pour m'aider.

Il resta un moment à réfléchir, puis, par de brusques et brefs efforts, il approcha en douceur la *Libellule* du Moyeu. Elle perdait, entre chaque poussée, un peu de son élan que stoppait la résistance de l'air. Arrivé à cinq mètre du Moyeu et alors que le vélociptère était presque immobilisé, Jimmy sauta par-dessus bord. Il se laissa lentement couler jusqu'au plus proche câble de sécurité de la toile d'araignée du Moyeu, l'empoigna puis fit à temps une volte-face pour se cramponner des deux mains au vélo qui continuait à dériver. La précision de la manœuvre souleva une salve d'applaudissements.

– Dans une prochaine scène..., dit Joe Calvert.

Jimmy fut prompt à repousser les éloges.

– C'était fait n'importe comment, dit-il. Mais maintenant, je sais comment m'y prendre. Je vais fixer une fusée-ventouse à vingt mètres du câble. Avec cela, je pourrai me hisser où je voudrai.

– Donnez-moi votre poignet, ordonna le docteur, et soufflez dans ce sac. Il me faudra aussi une prise de sang. Avez-vous éprouvé des difficultés à respirer?

– Uniquement à cette altitude-ci. Au fait, pourquoi faire voulez-vous le sang?

– Votre taux de sucre, pour savoir combien d'énergie vous avez dépensé. Nous devons être sûrs que vous aurez assez de carburant pour cette mission. A propos, quel est le record d'endurance de ptérisme?

– Deux heures vingt-cinq minutes trois secondes six

dixièmes. Mais sur la Lune, bien sûr, et sur le parcours de deux kilomètres du dôme olympique.

– Et vous, vous pensez pouvoir tenir six heures?

– Facilement, puisque je peux m'arrêter quand je veux. Sur la Lune, le sport est au moins deux fois plus fatigant qu'ici.

– O.K.; Jimmy, retournons au labo. Je vous donnerai, ou non, le feu vert quand j'aurai les résultats des analyses. Je ne veux pas vous donner de faux espoirs, mais... je crois que vous êtes bon pour ce service.

Un large sourire de satisfaction illumina le visage ivoirin de Jimmy Pak. Tandis qu'il emboîtait le pas au médecin-commandant Ernst, il lança par-dessus son épaule à ses compagnons :

– Bas les pattes, *s'il vous plaît!* Je ne voudrais pas que des mains crèvent les ailes.

– J'y veillerai, Jimmy, promit le commandant. La *Libellule* est interdite à tout le monde, même à moi.

LA VOIX DE RAMA

Jimmy ne fut frappé de l'ampleur de son entreprise que lorsqu'il atteignit la côte de la mer Cylindrique. Jusque-là, il avait survolé un terrain connu; sauf en cas de désastreux accident de voilure, il pouvait toujours se poser et regagner la base par ses propres moyens en quelques heures.

Cette possibilité lui était désormais ôtée. S'il s'abattait sur la mer, il était condamné à la plus sinistre des noyades dans ses eaux empoisonnées. Et même s'il atterrissait sans dommage sur le continent austral, son sauvetage ne serait peut-être pas envisageable avant que l'*Endeavour* ne s'arrachât de l'orbite, tangente au soleil, de Rama.

Il avait également la conscience claire que les désastres les plus prévisibles étaient aussi les plus improbables. La contrée totalement inconnue qu'il survolait pouvait lui réserver un nombre incalculable de surprises. Et si des créatures volantes venaient s'opposer à son intrusion? Il se voyait mal dans un combat l'opposant à des volatiles – quels qu'ils fussent – plus gros que des pigeons. Quelques coups de bec bien placés suffiraient à anéantir la portance de la *Libellule*.

Mais voilà : sans aléas, pas d'exploit, donc pas d'aventure. Ceux qui auraient volontiers échangé leur place contre la sienne étaient légion. Il allait non seulement là où personne n'avait jamais été, mais aussi là où personne n'irait plus jamais. Il serait le premier et le dernier humain de l'Histoire à visiter les régions australes de Rama. Il pourrait toujours se raccrocher à cette pensée quand il sentirait la peur s'insinuer en lui.

Il s'était peu à peu accoutumé à flotter dans le vide d'un monde qui se refermait sur lui. Du fait qu'il s'était écarté de deux kilomètres de l'axe, il avait acquis une notion précise du haut et du bas. Le sol n'était que six kilomètres plus bas, mais la voûte du ciel le diminuait de dix kilomètres. La « Ville » de Londres était suspendue près du zénith, tandis que New York était sur son chemin, droit devant.

– *Libellule*, lui indiqua la base du Moyeu, vous êtes un peu trop bas, à deux mille deux cents mètres de l'axe.

– Merci, répondit-il, je vais remonter. Vous me direz quand je serai revenu à deux mille.

Il aurait donc à surveiller son altitude. La tendance naturelle était d'en perdre, et il n'avait pas d'instruments qui le renseignassent exactement sur sa position. S'il s'éloignait trop de la pesanteur nulle de l'axe, il lui serait peut-être impossible de la regagner. La marge d'erreur était heureusement large, et, sur le Moyeu, il y avait toujours, derrière un télescope, un œil qui veillait sur lui.

Pédalant à la vitesse constante de vingt kilomètres à l'heure, il avait bien entamé la traversée de la mer. Dans cinq minutes, il serait au-dessus de New York, et déjà l'île lui apparaissait comme une sorte de bateau condamné à faire sans fin le tour de la mer Cylindrique.

Arrivé à New York, il décrivit au-dessus d'elle une large boucle qu'il interrompit plusieurs fois pour que sa petite caméra de télévision pût retransmettre des images stables et exemptes de vibrations. La vue plongeante sur les bâtiments, tours, usines ou centrales, peu importe, était fascinante mais totalement incompréhensible. Il n'apprendrait rien à en contempler la complexité, aussi longtemps que ce fût. La caméra enregistrerait plus de détails qu'il n'en appréhenderait jamais; et un jour, dans des années peut-être, un chercheur y trouverait la clé des secrets de Rama.

Ayant quitté New York, il ne mit qu'un quart d'heure à traverser l'autre bras de mer. Il avait, sans s'en apercevoir, volé plus vite au-dessus de l'eau; mais une fois passée la côte sud, il relâcha inconsciemment son effort, et sa vitesse diminua de plusieurs kilomètres à l'heure. Il était peut-être en territoire complètement étranger, mais au moins il survolait la terre ferme.

Dès qu'il eut franchi la grande falaise qui limitait au sud la mer, il fit enregistrer à la caméra un panoramique de trois cent soixante degrés perpendiculaire à l'axe du monde.

— Joli! lui lança la base du Moyeu. Voilà qui va faire des heureux chez les cartographes. Comment vous sentez-vous?

— Bien. Un peu de fatigue, mais pas plus que prévu. Quelle est ma distance au pôle?

— Quinze virgule six kilomètres.

— Prévenez-moi quand j'en sera à dix, je ferai une halte. Veillez surtout à ce que je ne redescende pas. Je remonterai quand je n'aurai plus que cinq kilomètres à faire.

Vingt minutes plus tard, le monde se resserra autour de lui. Arrivé à l'extrémité de la section cylindrique, il pénétrait dans le dôme du pôle Sud.

Depuis l'autre extrémité de Rama, il l'avait étudié pendant des heures au télescope, et avait appris par cœur sa géographie. Mais tout cela ne l'avait guère préparé au spectacle qui l'entourait de toutes parts.

Le pôle Sud différait du pôle Nord en tout ou presque. Ici, pas de triple escalier, pas de succession de minces plateaux concentriques, pas de glissade vertigineusement courbe d'un moyeu à une plaine, mais un immense pic central qui s'allongeait le long de l'axe sur plus de cinq kilomètres. Six autres pics, moitié moins grands, l'entouraient, également espacés autour de sa base. L'ensemble ressemblait à un groupe de stalactites remarquablement symétriques tombant du plafond d'une caverne. Ou bien, d'un point de vue inverse, aux flèches de quelque temple cambodgien, s'élevant du fond d'un cratère...

Reliant ces mêmes tours effilées dont ils s'écartaient par une courbe plongeante pour aller finir dans la plaine cylindrique, des arcs-boutants paraissaient assez massifs pour soutenir le poids d'un monde. Et telle était peut-être leur fonction, s'ils étaient véritablement les éléments de quelque unité propulsive inconnue, comme certains l'avaient avancé.

Le lieutenant Pak manœuvra prudemment en direction du pic central, et cessa de pédaler alors qu'il était distant d'une centaine de mètres encore, laissant la *Libellule* consommer son élan. Il vérifia le taux de radiations, et ne détecta que le très faible bruit de fond énergétique propre à Rama. Mais peut-être les forces qui s'exerçaient ici échappaient-elles à la sensibilité des instruments humains : encore un risque inévitable.

— Que voyez-vous? demanda une voix anxieuse depuis le Moyeu.

— La Corne de la Licorne en personne. Elle est absolument lisse, sans la moindre marque ou aspérité, rien; et la pointe est si aiguë qu'elle pourrait servir d'aiguille. Je ne suis pas très assuré de m'en approcher.

Il ne plaisantait pas vraiment. Qu'un objet aussi massif s'effilât avec cette absolue précision géométrique semblait difficile à admettre. Jimmy, qui avait vu des collections d'insectes au corps transpercé d'une aiguille, n'avait aucune envie de voir sa *Libellule* subir le même sort.

Il pédala doucement en avant, jusqu'à ce que le diamètre du pic, qui allait s'évasant, eût atteint plusieurs mètres, et stoppa de nouveau. Ayant ouvert un petit coffre, il en sortit non sans précaution une sphère à peine plus grosse qu'une balle de base-ball, qu'il lança en direction du pic. En s'éloignant, la balle laissait déployer derrière elle un fil à peine visible.

La balle-ventouse frappa doucement la surface courbe et ne rebondit pas. Il éprouva la solidité du fil d'abord par une petite secousse, puis en tirant franchement. Comme un pêcheur ramenant sa prise, il hala la *Libellule* vers l'extrémité de ce qu'il avait fort justement baptisé la Corne de Licorne, jusqu'à ce qu'il pût toucher cette dernière de la main.

— Je suppose que c'est ça, marquer un essai, annonça-t-il au Moyeu. Au toucher, cela ressemble à du verre, très glissant et légèrement chaud. La balle-ventouse a bien fonctionné. Je vais essayer le micro... Voyons si la semelle adhésive tient toujours aussi bien... Je branche les câbles... Vous recevez quelque chose?

Pendant un long moment, le Moyeu resta silencieux. Puis de la base parvint une voix dégoûtée :

— Rien, toujours rien, sauf les craquements thermiques. Vous pouvez frapper la Corne avec un objet métallique? Au moins, on saura si elle est creuse.

— O.K. Et maintenant?

— Nous aimerions que vous longiez le pic, et que, tous les cinq cents mètres, vous fassiez un tour d'horizon complet pour déceler quoi que ce soit d'anormal. Au cas où vous êtes sûr de l'absence de danger, vous pouvez vous diriger vers l'une des petites Cornes. Mais seulement si vous êtes sûr de pouvoir regagner sans encombre la zone de pesanteur nulle.

— A trois kilomètres de l'axe, la pesanteur est sensiblement la même que sur la Lune, et c'est pour celle-là que la *Libellule* a été conçue. Je n'aurai qu'à pédaler plus fort.

— Jimmy, ici le capitaine. Je préfère revenir sur la consigne. D'après vos prises de vues, les petits pics sont exactement pareils au grand. Détaillez-les du mieux que vous pourrez au zoom. Je ne veux pas que vous quittiez la région de faible pesanteur, à moins que vous ne voyiez quelque chose d'apparemment important. A ce moment-là, nous en discuterons.

— O.K., capitaine, dit Jimmy, et il y avait peut-être un soupçon de soulagement dans sa voix. Je ne m'éloignerai pas de la Corne de Licorne. Allez, j'y retourne.

Il eut l'impression de piquer droit dans une étroite vallée encaissée dans un groupe de montagnes incroyablement fines et élevées. La Corne le dominait maintenant d'un bon kilomètre, et les six pointes des petites Cornes s'avançaient depuis le lointain. L'intrication d'arcs-boutants et de contreforts qui entourait leurs bases se rapprochait rapidement. Jimmy se demanda s'il pourrait se poser sans dommage au milieu de ces architectures cyclopéennes. Se poser sur la grande Corne était désormais impossible car, sur ses pentes qui s'évasaient toujours, la pesanteur était maintenant trop forte pour que la faible puissance d'une balle-ventouse pût la neutraliser.

A mesure qu'il approchait du pôle Sud, il se sentait toujours plus comme un moineau voletant sous les voûtes d'une gigantesque cathédrale – bien qu'aucune cathédrale n'eût jamais égalé en gigantisme le centième de ce qu'il avait devant les yeux. Il se demanda si, en fait, ce n'était pas un sanctuaire, un temple ou quelque chose d'analogue, mais écarta bientôt cette idée. Toute forme d'expression artistique était absente de Rama; tout y était purement fonctionnel. Peut-être les Raméens se sentaient-ils en possession des ultimes secrets de l'univers, et par là délivrés des passions et des aspirations qui menaient l'humanité.

C'était une pensée glaçante, très étrangère à la philosophie plutôt superficielle de Jimmy. Il ressentit vivement le besoin de reprendre contact avec ses lointains compagnons. Il leur indiqua donc sa position.

— Répétez, *Libellule*, répondit la base du Moyeu. Nous vous recevons mal, la transmission est mauvaise.

— Je répète. Je suis près de la base de la petite Corne numéro six, et j'accoste à l'aide de la balle-ventouse.

— Partiellement reçu. Vous m'entendez?

— Oui, parfaitement. Je répète : parfaitement.

— Comptez.

— Un, deux, trois, quatre...

— J'en ai reçu une partie. Envoyez la balise pendant quinze secondes, et recommencez à parler.

— Voilà.

Jimmy alluma la balise émettrice à basse tension qui le ferait repérer en n'importe quel point de Rama, et compta les secondes. Au moment de reprendre la communication, il demanda plaintivement :

— Que se passe-t-il? Vous m'entendez, maintenant?

Vraisemblablement non, car l'opérateur du Moyeu lui demanda alors quinze secondes d'images télévisées. Il lui fallut répéter deux fois la question avant que ne passe la communication.

— Content de vous entendre correctement, Jimmy. Mais ce qui se passe de votre côté est très étrange. Écoutez.

La radio lui renvoya le sifflement familier de sa propre balise. Tout était normal, mais une extravagante distorsion s'y mêla bientôt. Le sifflement de mille cycles par seconde fut modulé par le vrombissement d'une pulsation grave, si basse qu'elle se trouvait presque en deçà du seuil auditif; c'était une sorte de basse profonde et frémissante dont chaque vibration pouvait être perçue isolément. Et cette modulation était elle-même modulée; elle montait et descendait régulièrement selon une période de cinq secondes environ.

Jimmy ne pensa pas un instant que sa radio pouvait être détraquée. Non, cela venait de l'extérieur. Quant à la nature et à la signification du phénomène, cela dépassait son imagination.

La base du Moyeu n'était guère plus avancée, mais au moins, elle avait sa théorie :

– A notre avis, vous vous trouvez dans un champ d'une intensité considérable – vraisemblablement magnétique – dont la fréquence est d'une dizaine de cycles. Il est peut-être assez fort pour être dangereux. Je vous conseille de partir immédiatement. Il se peut que ce soit purement local. Allumez de nouveau votre balise, nous allons vous la retransmettre. Ainsi vous saurez quand vous serez débarrassé de l'interférence.

D'une secousse, Jimmy libéra promptement la balle-ventouse et laissa là sa tentative d'accoster. Il fit décrire à la *Libellule* un vaste cercle tout en écoutant le son qui chevrotait dans ses écouteurs. Après quelques mètres seulement de vol, il eut la certitude que son intensité déclinait rapidement. Ce qui confirmait l'étroite localisation avancée par le Moyeu.

Il fit halte lorsqu'il eut atteint la limite d'audibilité du son qui n'était plus qu'une faible pulsation enfouie dans son cerveau. Un sauvage n'aurait pas écouté autrement, du fond de son ignorance terrorisée, le grave bourdonnement d'une centrale électrique géante. Et peut-être même ce sauvage aurait-il deviné que ce son n'était qu'un mince flux parasitaire perdu par de colossales énergies, parfaitement maîtrisées mais attendant leur heure...

Quelle que fût la signification de ce bruit, Jimmy était content d'en être débarrassé. L'architecture écrasante du pôle Sud n'était pas propice à l'écoute solitaire de la voix de Rama.

LE VENT ÉLECTRIQUE

Faisant demi-tour, Jimmy se vit terriblement loin du pôle Nord de Rama. Même les trois titanesques escaliers étaient à peine identifiables comme un Y superficiellement gravé sur le dôme qui fermait cette extrémité du monde. L'anneau de la mer Cylindrique apparaissait comme un obstacle d'une largeur menaçante qui n'attendait qu'un accident de voiture pour engloutir la fragile *Libellule* et son passager.

Mais il avait fait tout ce chemin sans encombre, et, malgré une légère fatigue, il avait le sentiment de ne plus devoir s'inquiéter de rien. Il n'avait pas même touché à ses rations d'eau et de nourriture, et son exaltation lui avait fait oublier le repos. Il se détendrait lors d'un retour sans hâte. Il se réjouissait également à la pensée que le retour pourrait être de vingt kilomètres plus court que l'aller, car dès qu'il aurait laissé derrière lui la mer, il pourrait, si besoin était, atterrir en catastrophe en n'importe quel point du continent Nord. Cet événement aurait l'inconvénient de le contraindre à une longue marche, et, pire encore, à abandonner la *Libellule* ; mais c'était aussi une très confortable marge de sécurité.

Il prenait de l'altitude en remontant vers le pic central. le sommet de la Corne de Licorne, qui s'effilait toujours plus devant lui, se trouvait à un kilomètre de là, et il avait le sentiment que c'était le pivot autour duquel tournait ce monde.

Il atteignait presque la pointe de la Corne lorsqu'il fut pris d'un sentiment étrange. Une sorte de pressentiment, une gêne à la fois physique et psychique s'étaient emparés de lui. Il se rappela brusquement – et cela n'arrangea rien – une phrase qui lui avait traversé l'esprit : « *Quelqu'un marche sur ta tombe.* »

Il pensa pouvoir l'écarter d'un haussement d'épaules, et

continua à pédaler régulièrement. Son intention n'était certes pas de faire part au Moyeu d'un malaise aussi vague; mais devant son aggravation, il fut tenté de changer d'avis. Ce ne pouvait être purement psychologique; ou alors, son esprit possédait une puissance insoupçonnée de lui-même. Car il sentait littéralement ses poils se hérisser sur sa peau...

Sérieusement inquiété, il s'arrêta dans le vide et résolut de faire le point. Le plus étrange était que ce sentiment accablant ne lui était pas complètement inconnu. Il l'avait déjà éprouvé. Mais où? Il ne savait plus.

Il regarda autour de lui. Rien n'avait changé. La gigantesque aiguille de la grande Corne le surplombait de quelques centaines de mètres. Avec, au delà, l'étendue du ciel courbe de Rama. Huit kilomètres plus bas s'étendait la complexe marqueterie du continent austral, chargée des merveilles qu'il ne serait plus jamais donné à quiconque de voir. Il ne parvenait pas à trouver la cause de son malaise dans ce paysage qui, d'étranger, lui était devenu familier.

Quelque chose lui chatouilla le dos de la main. Il pensa un instant qu'un insecte s'y était posé, et ce fut sans même regarder qu'il fit le geste de le chasser. Alors que son mouvement réflexe s'achevait, il se rendit compte de ce qu'il faisait. Il se reprit, avec le sentiment d'être vaguement ridicule. Personne, bien sûr, n'avait jamais vu d'insecte dans Rama...

Il leva sa main pour l'examiner, doucement stupéfait par la persistance du chatouillis. Il remarqua alors que chaque poil était dressé : dressés ceux de son avant-bras, dressés les cheveux sur sa tête, comme sa main le lui confirma.

C'était donc ça. Il se trouvait dans un champ électrique d'une puissance monstrueuse. La pesante sensation d'accablement de tout à l'heure n'était autre que celle qui, parfois, annonce un orage sur Terre. L'irruption soudaine du péril faillit mener Jimmy au bord de la panique. Il se trouvait, pour la première fois de sa vie, confronté à un réel danger physique. Comme tous les astronautes, il avait connu des moments désagréables du fait d'un équipement volumineux, et, parfois, son erreur ou son inexpérience lui avait fait imaginer le pire. Mais cela n'avait jamais duré plus de quelques minutes, et il parvenait habituellement à en rire aussitôt, ou presque.

Cette fois, pas d'issue à portée de la main. Il se sentit nu et seul dans un ciel brusquement hostile, environné de forces titanesques qui pouvaient déchaîner leur furie d'un moment à l'autre. La *Libellule*, déjà fragile en temps normal, semblait encore plus impalpable. A la première détonation de la tempête qui se préparait, elle volerait en lambeaux.

— Base de Moyeu! appela-t-il d'une voix tendue, une charge d'électricité statique s'amorce autour de moi. Je crois qu'un orage va éclater d'un moment à l'autre.

A peine avait-il fini de parler qu'une lumière vacilla derrière lui. Avant qu'il eût achevé de compter jusqu'à dix, le premier roulement de tonnerre lui parvint. Trois kilomètres : cela venait donc de la région des petites Cornes de licorne. Il regarda dans cette direction. Chacune des six aiguilles semblait être en feu. Des aigrettes longues de plusieurs centaines de mètres dansaient depuis leur pointe, comme sur des paratonnerres géants.

Ce qui arrivait là-bas pouvait se produire à une échelle bien supérieure au voisinage de la pointe effilée de la grande Corne. Le mieux serait donc de s'éloigner le plus possible de cette dangereuse structure et de gagner un ciel moins chargé. Il se remit à pédaler, avec toute la vélocité que lui permettait la faible résistance des matériaux de la *Libellule*. Simultanément, il descendit. Il pénétrerait donc dans la zone de plus forte pesanteur, mais il était maintenant prêt à accepter ce risque. Huit kilomètres, c'était trop loin du sol pour pouvoir le rassurer.

Bien que menaçante, la pointe noire de la grande Corne était toujours libre de décharges, mais il savait bien que des potentiels ahurissants s'y amassaient. Il entendait de temps en temps la réverbération prolongée du tonnerre dans son dos, grondement qui tournait sans fin contre la circonférence du monde. Et Jimmy fut soudain frappé par cette contradiction : la tempête allait éclater dans une atmosphère absolument limpide. Puis il se rendit compte qu'il ne s'agissait pas du tout d'un phénomène atmosphérique. Ce pouvait très bien n'être qu'une légère perte d'énergie s'écoulant d'une source cachée quelque part loin dans les profondeurs de la calotte Nord de Rama. Mais pourquoi était-ce *maintenant* et, surtout, *qu'allait-il advenir?*

Il avait largement dépassé la pointe de la grande Corne, et espérait être bientôt à l'abri des éclairs. Mais un autre problème surgit. L'air était agité de turbulences, et la *Libellule* devenait d'un maniement difficile. Un vent semblait s'être levé de nulle part, et si les conditions s'aggravaient, la délicate structure du vélociptère courait les plus grands dangers. Il pédala avec acharnement, tentant de compenser les bousculades du vent par des changements d'allure et l'inclination de son propre corps. La *Libellule* étant presque un prolongement de lui-même, il y réussit en partie, mais les craquements de protestation qui se firent entendre dans le longeron principal ne lui dirent rien de bon, non plus que la façon dont les ailes se tordaient à chaque rafale.

Ce qui l'inquiétait, c'était également ce bruit; un sifflement, un bruit de fuite, faible mais gagnant constamment en intensité, et qui semblait provenir du voisinage de la grande Corne. Cela ressemblait au bruit d'un gaz sous pression s'échappant d'une valve, et il se demanda si cela avait un quelconque rapport avec la turbulence contre laquelle il luttait. Quelle qu'en fût la cause, le phénomène ne pouvait qu'alimenter son inquiétude.

Sporadiquement, laconiquement et le souffle plutôt

court, il tenait la base de Moyeu au courant de la situation. Personne ne pouvait le conseiller, ni même lui indiquer l'évolution probable des événements, mais il était réconfortant d'entendre les voix des amis, bien que la crainte de ne jamais les revoir s'insinuât en lui.

La turbulence de l'air ne cessait d'augmenter. Il avait presque l'impression de se trouver dans un jet stream, ce qui lui était arrivé une fois, en haute altitude et à bord d'un planeur, sur Terre, dans une de ses courses au record. Mais quelle pouvait être la cause, dans Rama, d'un tel courant aérien?

Il venait de se poser la bonne question. A peine l'eut-il formulée qu'il connut la réponse.

Le son qu'il avait entendu était le vent électrique porteur de l'invraisemblable ionisation qui s'amorçait autour de la grande Corne de Licorne. Cet air chargé se propageait le long de l'axe de Rama, tandis que l'air neutre se ruait dans la zone de basse pression ainsi dégagée. Il se retourna pour regarder la gigantesque aiguille désormais doublement menaçante, dans l'espoir de repérer visuellement les limites de la tourmente qui en jaillissait. La meilleure tactique serait peut-être de naviguer à l'oreille; en s'éloignant le plus possible de ce sifflement de mauvais augure.

Rama lui épargna l'embarras du choix. Une nappe de flammes se déploya derrière lui, emplissant le ciel. Il eut le temps de la voir se déchirer en six rubans de feu reliant la pointe de la grande Corne à celle de chacune des petites Cornes. Puis il fut rejoint par l'onde de choc.

ICARE

Jimmy Pak eut à peine le temps d'annoncer par radio : « La voilure se tord. Je vais tomber... Je vais tomber! »

quand la *Libellule* commença à se replier gracieusement sur lui. L'aile gauche se brisa net en son milieu. La partie détachée voleta doucement comme une feuille d'automne. L'aile droite connut une fin plus complexe. Elle pivota sur sa propre jointure, et si peu perpendiculairement à son axe initial qu'elle alla se prendre par son extrémité dans la queue. Jimmy se vit assis dans un cerf-volant démantibulé, retombant lentement du ciel.

Il n'était pas encore complètement désemparé. L'hélice fonctionnait toujours, et, tant qu'il y avait propulsion, il y avait, dans une certaine mesure, contrôle de l'appareil. Un contrôle qui ne lui serait peut-être pas ravi avant cinq minutes.

Pouvait-il espérer atteindre la mer? Non, elle était beaucoup trop loin. Puis il se souvint qu'il raisonnait encore en termes terrestres : il était bon nageur, certes, mais il lui faudrait attendre les secours pendant des heures, et ce temps suffirait sans doute possible aux eaux toxiques pour le tuer. Son seul espoir était de se poser sur la terre ferme. Le problème soulevé par la falaise australe, abrupte, serait examiné après. S'il y avait un après.

Dans cette région où la pesanteur n'était que d'un dixième de G, il tombait très lentement, mais il ne tarderait pas à accélérer à mesure qu'il s'éloignerait de l'axe. La résistance de l'air viendrait toutefois compliquer le tableau, et lui éviterait d'amorcer une pente de descente trop raide. Même dénuée de propulsion, la *Libellule* se comporterait comme un parachute de fortune. Les quelques kilogrammes de poussée qu'elle pouvait encore fournir pourraient faire toute la différence entre la vie et la mort. C'était son seul espoir.

Le Moyeu s'était tu. Ses amis, qui voyaient exactement en quelle posture il se trouvait, savaient que les mots étaient impuissants. Jimmy exécutait le vol le plus audacieux de sa vie. Quel dommage, pensa-t-il, que les spectateurs fussent si peu nombreux, et ne pussent pas apprécier sa performance en détail.

154

Il descendait en décrivant une large spirale. Tant que l'angle de sa chute resterait assez plat, ses chances de s'en sortir seraient bonnes. Le fait de pédaler aidait la *Libellule* à bien tenir l'air, bien qu'il craignît qu'une poussée trop brutale n'achevât de rompre complètement les ailes brisées. Et chaque fois que la spirale le ramenait vers le sud, il pouvait apprécier l'extraordinaire spectacle que lui offrait, à lui seul, Rama.

La cascade d'éclairs continuait à se déverser du sommet de la grande Corne sur les six petits pics, mais maintenant l'ensemble tournait. La couronne de feu à dix pointes tournait dans le sens inverse de la rotation de Rama, à raison d'une révolution toutes les deux ou trois secondes. Jimmy eut l'impression d'assister à la mise en marche d'un gigantesque moteur électrique, et peut-être n'était-il pas irrémédiablement loin de la vérité.

Il était à mi-chemin du sol, décrivant toujours une spirale très légèrement gauchie, quand le feu d'artifice cessa brusquement. Il sentit la tension se relâcher dans l'atmosphère et n'eut pas besoin de vérifier du regard que les poils de ses bras n'étaient plus hérissés. En ces quelques minutes qui lui restaient pour sauver sa vie, rien ne ferait plus obstacle, rien ne viendrait plus détourner son attention.

Maintenant qu'il pouvait tabler sur une zone d'atterrissage largement définie, il se mit à l'examiner soigneusement. La majeure partie de cette région était un damier de milieux totalement contradictoires, comme si on avait donné à un jardinier fou l'ordre et le loisir d'y débrider son imagination. Les carrés du damier avaient presque un kilomètre de côté et, bien que la plupart d'entre eux fussent plats, il ne pouvait, en raison de l'invraisemblable variété de leurs couleurs et textures, être sûr de leur ferme consistance. Il décida de retarder jusqu'au dernier moment le choix du point de contact – s'il en avait le choix.

Arrivé à quelques centaines de mètres du sol, il appela une dernière fois le Moyeu :

– J'ai toujours une partielle maîtrise de l'appareil. Je me pose dans trente secondes. Je vous appelle aussitôt.

C'était une vision optimiste des choses, et chacun le savait. Simplement, il refusait de dire adieu. Il voulait que ses compagnons sachent qu'il n'avait cessé, descendant, de lutter, impavide.

En fait, il n'avait pas très peur. Cela le surprit, car il ne s'était jamais considéré comme particulièrement brave. C'était presque comme s'il avait observé les efforts d'un inconnu, lui-même s'étant abstrait de la situation. Il étudiait un passionnant problème d'aérodynamisme, faisait varier différents paramètres pour voir ce qui arriverait. La seule émotion, ou presque, qu'il ressentait était le regret des occasions perdues, dont la plus importante était la prochaine olympiade lunaire. Un, au moins, des futurs possibles était avéré : la *Libellule* ne viendrait jamais montrer sur la Lune de quoi elle était capable.

Plus qu'une centaine de mètres. Sa vitesse horizontale semblait acceptable, mais qu'en était-il de la verticale? Il avait quand même la chance de survoler un terrain parfaitement plat. Il mettrait toute son énergie dans une dernière accélération. Prêt... C'était parti!

L'aile droite, ayant accompli son devoir, céda finalement à l'arrachement. La *Libellule* se mit à pencher sur le côté, et il tenta de contrebalancer l'inclinaison en lui opposant, de l'autre côté, le poids de son corps. Il avait devant les yeux la voûte du paysage à seize kilomètres de distance lorsqu'il toucha terre.

Il semblait terriblement injuste et insensé que le ciel fût si dur.

PREMIER CONTACT

Lorsque Jimmy Pak reprit conscience, le contenu de celle-ci fut qu'il avait le crâne fendu par la migraine. Il l'accueillit comme la preuve qu'il était encore en vie.

Puis il tenta de bouger. Aussitôt un vaste échantillon de douleurs et de maux se signala à son attention. Mais, à première vue, il n'avait rien de cassé.

Après quoi, il se risqua à ouvrir les yeux, qu'il referma immédiatement. Ils venaient de rencontrer le ruban lumineux au plafond du monde. Comme remède à la migraine, cette vue ne valait rien.

Il était toujours étendu, occupé à récupérer et à se demander quand il pourrait sans dommage rouvrir ses yeux lorsqu'un concert de craquements – de croquements, presque – éclata non loin de ses oreilles. Tournant très lentement la tête dans la direction du bruit, il risqua un regard, et faillit de nouveau perdre conscience.

A cinq mètres de lui au plus, une énorme créature aux allures de crabe se repaissait apparemment de l'épave de la pauvre *Libellule*. Lorsque Jimmy recouvra ses esprits, il roula sur lui-même, lentement et sans bruit, pour mettre de la distance entre lui et le monstre, s'attendant à être saisi à tout moment dans ses pinces quand il découvrirait qu'une chère autrement appétissante lui était offerte. Le monstre, toutefois, ne lui prêta pas la moindre attention. Lorsque Jimmy eut mis dix mètres entre eux, il s'assit prudemment, appuyé sur ses coudes.

Avec le recul, la chose ne semblait plus aussi terrible. Elle avait un corps bas et plat, large d'un mètre et long de deux, porté par six pattes triplement articulées. Jimmy s'aperçut qu'elle ne mangeait pas la *Libellule*, comme il l'avait cru, car rien qui pût ressembler à une bouche n'était visible. En fait, la créature se livrait à un travail soigné de dépeçage au moyen de pinces semblables à des sécateurs, qui débitaient en menus fragments le vélociptère. Toute une rangée de palpes qui avait l'aspect troublant de minuscules mains humaines faisaient passer les miettes ainsi obtenues sur le dos de l'animal, en un tas sans cesse grossi.

Mais était-ce un animal? Ç'avait été la réaction première de Jimmy qui, maintenant, se posait des questions. La cohérence de son comportement indiquait une intelligence passablement développée. Il ne voyait pas la raison pour laquelle une créature, douée de son seul instinct, recueillerait soigneusement les morceaux de son vélociptère. A moins, peut-être, qu'elle ne rassemblât de quoi faire un nid.

Tout en gardant un œil méfiant sur le crabe qui ne lui prêtait toujours aucune attention, il se mit péniblement debout. Quelques pas chancelants lui prouvèrent qu'il pouvait marcher, mais non, bien sûr, qu'il pouvait vaincre à la course les six pattes de l'autre. Puis il alluma sa radio, ne doutant pas un seul instant qu'elle serait en état de marche. Un atterrissage forcé dont il sortait meurtri mais vivant ne ferait ni chaud ni froid aux circuits électroniques intégrés.

— Base du Moyeu, appela-t-il à voix basse, vous m'entendez?

— Dieu soit loué! Comment vous sentez-vous?

— Un peu secoué, c'est tout. Regardez ça.

Et il braqua sa caméra sur le crabe, juste à temps pour filmer le dépeçage final de l'aile de la *Libellule*.

— Mais... Qu'est-ce que c'est? Et qu'est-ce qu'il lui prend, de brouter votre vélo?

— J'aimerais le savoir. La *Libellule* vient d'y passer. Je m'éloigne au cas où ça voudrait m'entamer.

Jimmy battit lentement en retraite, sans jamais quitter le crabe des yeux. Celui-ci tournait en rond, décrivant une spirale plus large à chaque tour comme s'il cherchait les miettes qui lui auraient échappé, ce qui permit à Jimmy de le voir pour la première fois sous toutes les coutures.

L'effet de surprise étant maintenant passé, il jugea que c'était vraiment une belle bête. Le nom de « crabe », qui lui était spontanément donné, était légèrement trompeur. N'eût-ce été sa taille invraisemblable, il aurait pu l'appeler scarabée; sa carapace avait un extraordinaire lustre métallique. En fait, il aurait presque parié que *c'était* du métal.

L'idée était intéressante. Peut-être était-ce un robot, et non un animal? Il examina attentivement le crabe sous ce nouvel éclairage, passant en revue tous les détails de son anatomie. Là où aurait dû s'ouvrir la bouche, il n'y avait qu'une série de palpes qui rappelèrent à Jimmy ces couteaux à plusieurs lames qui font la joie des garçons dignes de ce nom. Il y avait des tenailles, des poinçons, des limes, et même quelque chose qui ressemblait à un tournevis. Mais rien de tout cela n'était déterminant. Sur Terre, les insectes avaient tous ces outils, et bien d'autres, à leur disposition. Animal ou robot? Les deux termes de la question s'équilibraient parfaitement dans son esprit.

Les yeux, qui auraient pu faire toute la différence, étaient encore plus ambigus. Ils étaient si profondément enfoncés dans des membranes protectrices qu'il était impossible de dire si leur optique était de cristal ou de tissu. Ils étaient parfaitement dénués d'expression, et d'un bleu vif surprenant. Jamais la moindre lueur d'intérêt n'y avait brillé lorsqu'à plusieurs reprises ils s'étaient dirigés sur Jimmy. De son point de vue peut-être partisan, cela déterminait le niveau d'intelligence de la créature : une entité – animal ou robot – capable de passer près d'un homme sans le remarquer ne pouvait être bien brillante.

Celle-ci, qui avait cessé de tourner en rond, resta quelques secondes immobile, comme à l'écoute de quelque message inaudible. Puis elle se mit en marche, d'un pas curieusement balancé, dans la direction générale de la mer. Elle se déplaçait de quatre à cinq kilomètres à l'heure, et elle avait déjà parcouru quelques centaines de mètres quand Jimmy enregistra, à travers la légère obnubilation de son esprit, qu'elle emportait du même coup les dernières pauvres reliques de sa chère *Libellule.* L'indignation le lança à sa poursuite.

Son mouvement n'était pas complètement irrationnel. Le crabe se dirigeait vers la mer, là d'où viendraient nécessairement les secours, quels qu'ils fussent. De plus, il désirait savoir ce que la créature allait faire de ses trophées; cela le renseignerait sur ses motivations et son intelligence.

Toujours contusionné et un peu raide, Jimmy ne rattrapa le crabe très affairé que quelques minutes plus tard. Il le suivit alors à distance respectueuse, jusqu'à ce qu'il fût certain qu'il ne détectait pas sa présence. Ce fut alors qu'il repéra sa gourde et ses rations de secours parmi les débris de la *Libellule.* Il eut instantanément faim et soif.

La seule nourriture, la seule boisson disponibles dans cette moitié du monde déguerpissaient impitoyablement devant lui à cinq kilomètres à l'heure. Il devait, à tout prix, s'en emparer.

Il se rapprocha prudemment, par-derrière, du crabe. Et, tandis qu'il réglait sur lui son allure, il étudia son pas complexe, jusqu'à ce qu'il pût prévoir où ses pattes toucheraient le sol. Quand il fut prêt, il grommela un bref « Excuse-*moi* » entre ses dents et se lança vivement en avant pour récupérer son bien. Jimmy, qui jamais n'avait imaginé devoir, un jour, jouer les pickpockets, fut ravi de son succès. En moins d'une seconde, il s'était retiré. Le crabe n'avait pas bronché.

Il se laissa distancer d'une dizaine de mètres, humecta ses lèvres à la gourde et se mit à mâcher un bâton de concentré de viande. Cette petite victoire l'avait remis de bonne humeur. Ses pensées pouvaient même s'aventurer vers un avenir moins sombre.

Tant qu'il y avait de la vie, il y avait de l'espoir. Il ne parvenait cependant pas à imaginer les conditions de son sauvetage. Même si ses collègues traversaient la mer, comment pourrait-il les atteindre, du haut de ses cinq cents mètres? « Nous allons trouver un *quelconque* moyen de descendre, avait promis la base du Moyeu. Cette falaise ne peut pas faire le tour du monde sans le moindre accident de terrain. » Il avait failli répondre « Pourquoi pas? » mais il s'était retenu.

Une des plus étranges particularités des déplacements au sol dans Rama était que la destination était toujours en vue. Ici, la courbure du monde ne cachait rien, elle *donnait à voir*. Depuis quelque temps, Jimmy avait compris quel était le but du crabe. Il y avait, sur cette étendue qui semblait se redresser devant lui, un puits large d'un demi-kilomètre. C'était l'un des trois qui s'ouvraient dans le continent austral. Depuis le Moyeu, il avait été impossible de déterminer leur profondeur. Ils avaient tous trois été baptisés d'après les célèbres cratères lunaires, et celui dont il approchait était Copernic. Le nom était très mal choisi : il manquait l'anneau de montagnes et le pic central. Ce Copernic n'était, avec ses parois parfaitement verticales, qu'un puits, une fosse.

Lorsqu'il en fut suffisamment proche pour le sonder du regard, Jimmy ne vit qu'une sinistre mare d'un vert plombé, cinq cents mètres plus bas, ce qui la mettait au même niveau que la mer. Il se demanda si elles communiquaient.

Une rampe s'enroulait comme un pas de vis à l'intérieur du puits, mais si profondément creusée dans la paroi qu'on eût dit plutôt la rayure d'un canon de fusil gigantesque. La rampe semblait faire un nombre assez extraordinaire de tours; et ce fut seulement lorsque Jimmy eut essayé d'en suivre plusieurs révolutions sans autre résultat qu'une croissante perplexité, qu'il comprit qu'il n'avait pas devant lui une seule rampe, mais *trois*, totalement indépendantes et séparées par un intervalle de cent vingt degrés. Dans un contexte autre que celui de Rama, la conception de l'ensemble aurait été un impressionnant tour de force architectural.

Les trois rampes menaient directement à la mare et se perdaient sous ses eaux opaques. Jimmy aperçut non loin de la surface plusieurs entrées de tunnels ou de cavernes, d'un aspect plutôt sinistre, et il se demanda si elles étaient habitées. Peut-être les Raméens étaient-ils amphibies...

Le crabe s'approchait toujours du bord du puits, et Jimmy supposa qu'il allait descendre par l'une des rampes – menant peut-être l'épave de la *Libellule* à une autre entité, capable, celle-là, d'en tirer des conclusions. Mais au contraire, la créature alla droit jusqu'à l'extrême rebord, projeta, sans la moindre apparente hésitation, près de la moitié de son corps au-dessus du gouffre – alors qu'une erreur de quelques centimètres aurait été catastrophique – et donna une vive secousse. Les morceau de la *Libellule* tournoyèrent lentement vers le fond de l'abîme. Ce fut avec des yeux mouillés de larmes que Jimmy les regarda disparaître. Et voilà, pensa-t-il sombrement, pour l'intelligence de *cette* créature.

Ayant donc vidé les ordures, le crabe pivota sur lui-même et avança à la rencontre de Jimmy qui se tenait à dix pauvres mètres de là. Vais-je subir le même sort? se demanda-t-il. Il espéra que la caméra, qui enregistrait à l'intention du Moyeu l'approche rapide du monstre, ne tremblait pas trop.

– Que conseillez-vous? demanda-t-il dans un souffle, bien que sans illusions sur l'utilité de la réponse.

Il était en train de faire l'Histoire, et c'était une bien mince consolation, pensa-t-il pendant que son esprit feuilletait fébrilement le catalogue d'attitudes convenables à ce genre de rencontre. Ces consignes, jusqu'ici, n'avaient jamais dépassé la stricte théorie. Il serait le premier homme à les éprouver dans la pratique.

– Ne courez pas tant que vous n'aurez pas établi qu'il est hostile, lui répondit, également dans un murmure, la base du Moyeu.

Où courir? se demanda Jimmy. Un sprint d'une centaine de mètres pouvait le faire triompher de la chose qui, par contre, l'épuiserait à la course de fond.

Lentement, Jimmy leva ses mains ouvertes. Voilà deux cents ans que les hommes discutaient de ce geste; toutes les créatures de l'univers lui donneraient-elles le sens de : « Vous voyez? Pas d'armes. » Mais jusque-là personne n'avait rien trouvé de mieux.

Quant au crabe, il resta parfaitement sans réaction, et ne ralentit même pas son pas. Se désintéressant complètement de Jimmy, il passa devant lui et, toujours aussi déterminé, se dirigea vers le sud. Le digne représentant de l'*Homo Sapiens* dans l'exercice de ses fonctions se sentit très bête et regarda son Premier Contact s'éloigner à grands pas sur la plaine raméenne, absolument indifférent à sa présence.

De toute sa vie, Jimmy avait rarement été aussi humilié. Ce fut son sens de l'humour qui le tira de ce mauvais pas. Après tout, quelle importance d'avoir été snobé par un robot-éboueur? Il aurait été plus vexant encore d'être salué par lui comme un frère de race...

Il retourna près du bord de Copernic et laissa plonger son regard dans les eaux opaques. Il remarqua pour la première fois que des formes vagues – certaines d'entre elles d'une taille appréciable – allaient et venaient sous la surface. L'une d'elles, justement, se dirigeait vers la plus proche rampe en spirale, et quelque chose qui ressemblait à un blindé polypode entreprit la longue ascension. Au train auquel il allait, conclut Jimmy, il lui faudrait presque une heure pour arriver en haut. Si c'était une menace, elle se donnait le temps de menacer.

A ce moment, il remarqua la palpitation d'un mouvement autrement rapide, près de ces entrées de cavernes au voisinage de la surface. Quelque chose se déplaçait très rapidement le long de la rampe, mais il ne put ni le capter précisément dans son regard, ni l'identifier sous une forme nette. C'était comme un tourbillon de vent chargé de poussière, approximativement de la taille d'un homme...

Il cligna des yeux, secoua la tête, et garda plusieurs secondes ses paupières fermées. Lorsqu'il les rouvrit, l'apparition avait disparu.

Peut-être le choc l'avait-il secoué plus qu'il n'avait cru. C'était bien la première fois qu'il était sujet à des hallucinations visuelles. Il se garderait d'en faire part au Moyeu.

Pas plus qu'il ne se donnerait la peine d'explorer ces rampes, ainsi qu'il en avait eu l'idée. Ce serait, de toute évidence, une perte sèche d'énergie.

Le fantôme qu'il avait vu dans sa seule imagination n'entrait pour rien dans sa décision.

Pour rien du tout, même. Car Jimmy ne croyait pas aux fantômes.

LA FLEUR

Tous ces efforts avaient donné soif à Jimmy et il était cruellement conscient que pas une goutte d'eau n'était potable dans tout ce pays. Le contenu de sa gourde lui permettrait de tenir une semaine. Mais dans quel but? Les plus brillants cerveaux de la Terre se pencheraient bientôt sur son problème, et le commandant Norton serait assurément la cible d'un déluge de suggestions. Mais ce qu'il ne pouvait imaginer, c'était comment, lui, franchirait les cinq cents mètres de dénivellation de la falaise. Même s'il disposait d'une corde assez longue, il n'y avait rien à quoi l'attacher.

Néanmoins, il serait stupide – et indigne d'un homme – d'abandonner sans combat. Les secours viendraient nécessairement de la mer, et, tout en marchant vers son bord, il pourrait poursuivre sa mission comme si de rien n'était. Il serait le seul, et le dernier, à pouvoir observer et photographier le terrain changeant qu'il devait traverser, et cela garantirait son immortalité posthume. Bien qu'il eût préféré d'autres honneurs, c'était mieux que rien.

Lors de la chute de la pauvre *Libellule*, il n'était qu'à trois kilomètres, à vol d'oiseau, de la mer. Mais l'atteindre en ligne droite semblait illusoire. Quelque accident infranchissable du terrain pourrait lui barrer la route. C'était cependant un problème mineur, car les itinéraires de remplacement ne manquaient pas. Jimmy les voyait tous clairement inscrits sur la grande carte courbe qui se redressait de part et d'autre de lui.

Il avait tout son temps. Il commencerait par le plus intéressant, fût-ce au prix d'un détour. A un kilomètre de là s'étendait à sa droite un carré qui scintillait comme du verre brisé – ou comme un gigantesque étalage de joaillerie. Ce fut probablement cette pensée qui orienta ses pas. On pouvait admettre, même de la part d'un condamné à mort, qu'il montrât de l'intérêt pour quelques milliers de mètres carrés de pierres précieuses.

Il ne fut pas spécialement déçu quand elles se révélèrent être des cristaux de quartz, enchâssés par millions dans du sable. Le carré du damier jouxtant celui-ci était encore plus intéressant, car couvert, selon un dessin apparemment laissé au hasard, de colonnes de métal creuses, très rapprochées les unes des autres, et dont les hauteurs s'échelonnaient entre moins d'un mètre et plus de cinq. Là, impossible de passer. Seul un tank, écrasant ce taillis de tubes, aurait pu s'y frayer un chemin.

Jimmy, après avoir longé la frontière des cristaux et des colonnes, déboucha sur un premier carrefour. A sa droite, c'était un colossal tapis, ou tapisserie, fait de câble tissé. Il essaya d'en arracher un brin, mais fut incapable de le briser. A sa gauche, c'était une mosaïque de tomettes hexagonales si rigoureusement disposées qu'il était impossible de distinguer leurs jointures. Leur surface aurait pu paraître unie, si les carreaux n'avaient pas eu toutes les nuances de l'arc-en-ciel. Jimmy passa plusieurs minutes à rechercher deux tomettes voisines et de même couleur, pour voir si alors leur jointure serait apparente, mais il ne rencontra jamais pareille configuration.

Tout en enregistrant un lent panoramique du carrefour, il demanda d'une voix misérable à la base du Moyeu :

– De quoi s'agit-il, à votre avis? J'ai l'impression d'être prisonnier dans un puzzle géant. A moins que ça ne soit le musée d'Art raméen?

– Nous sommes aussi épatés que vous, Jimmy. Mais rien n'indique que les Raméens sont des fervents de l'art. Attendons d'avoir vu d'autres échantillons avant de conclure.

Les deux échantillons qui l'attendaient au carrefour suivant ne furent pas d'une grande aide. L'un était complètement vide, c'est-à-dire lisse, d'un gris neutre, dur mais glissant au toucher. L'autre était tendrement spongieux, troué de milliards et de milliards de minuscules cavités. Du pied, il en éprouva la surface qui fut alors tout entière parcourue d'une ondulation suspecte, comme un sable mouvant.

Au carrefour suivant, il se trouva devant ce qui ressemblait étonnamment à un champ labouré, à ceci près que les sillons avaient une profondeur de un mètre, et étaient tracés dans un matériau dont l'aspect rappelait la surface d'une lime ou d'une râpe. Mais il n'y fit pas autrement attention, car le carré adjacent était, de loin, le plus troublant qu'il eût vu jusqu'ici. Le plus compréhensible, aussi, ce qui expliquait le malaise de Jimmy.

Le carré était entièrement entouré d'une clôture si normale, si conventionnelle que, sur terre, il ne lui aurait accordé qu'un regard distrait. Des piquets, apparemment de métal, étaient espacés de cinq mètres chacun, reliés par six fils de fer fortement tendus.

A l'intérieur de cette clôture s'en trouvait une deuxième et, derrière celle-ci, une troisième, autre exem-

166

ple de la triple répétition caractéristique de Rama. Ce qui se trouvait parqué dans cet enclos n'avait aucune chance de s'en échapper. Là, pas d'entrée, aucun segment de la clôture ne paraissant pouvoir être rabattu pour laisser passer la bête, ou le bétail, qu'on y gardait probablement. Rien de tout cela, mais, au centre du carré, une réplique réduite de Copernic, un simple trou.

Dans un contexte différent, Jimmy n'aurait certainement pas hésité; mais là, il n'avait rien à perdre. Il escalada promptement les trois clôtures, alla jusqu'au bord du trou et se pencha.

A la différence de Copernic, celui-ci n'était profond que de cinquante mètres. Trois entrées de tunnel s'ouvraient au fond, chacune assez large pour accueillir un éléphant. Et c'était tout.

Après être resté un bon moment à regarder l'ensemble, Jimmy conclut qu'il n'était compréhensible qu'à condition de voir dans le fond le plancher d'un monte-charge. Mais ce qu'il montait, il ne le saurait jamais. Il pouvait tout au plus deviner que c'était gros, et vraisemblablement très dangereux.

Pendant les quelques heures suivantes, il parcourut plus de dix kilomètres le long de la rive de la mer. Les carrés du damier commencèrent à s'estomper dans son souvenir. Certains qu'il avait vus étaient enfermés dans des chapiteaux de fin grillage, comme d'immenses cages à oiseaux. D'autres semblaient des mares d'un liquide congelé à la surface moirée de volutes; sous la prudente pression de son pied, ils s'étaient révélés tout à fait solides. Un autre encore était d'un noir si parfaitement mat et opaque qu'il n'était pas même sûr de bien le voir. Seul le sens du toucher pouvait y vérifier la présence d'une matière.

Mais à présent, cela se présentait de façon moins abrupte à la compréhension. Ce qui s'étendait en rangs serrés vers le sud, c'étaient – aucun autre mot ne pouvait convenir – des *champs*. En termes de réalité terrestre, il aurait longé une exploitation agricole expérimentale. Chaque carré était une étendue de terre soigneusement nivelée, la première qu'il eût jamais vue dans les paysages métalliques de Rama.

Les grands champs étaient nus, et sans vie. Jimmy se demanda à quoi ils étaient destinés, puisqu'il semblait inconcevable que des êtres aussi évolués que les Raméens s'occupassent d'une quelconque forme d'agriculture. Sur Terre même, cela n'était plus qu'un passe-temps populaire et une source exceptionnelle d'aliments de luxe. Mais il aurait juré que c'étaient bien là des champs, impeccablement préparés. Il n'avait jamais vu de terre si propre d'aspect. Chaque carré était recouvert d'une pellicule de plastique solide et transparent. Il essaya de l'entailler pour prélever un échantillon, mais son couteau raya à peine la surface.

Vers l'intérieur des terres s'étendaient d'autres champs. Nombre d'entre eux portaient de complexes constructions de tiges et de câbles, sans doute destinées à supporter des rames de plantes grimpantes : mornes structures vides pareilles à des arbres nus au plus fort de l'hiver. L'hiver qu'elles avaient connu avait dû être long et terrible. Ces quelques semaines de clarté et de chaleur pouvaient n'être qu'un bref entracte précédant son retour.

Jimmy ne sut jamais ce qui le poussa à s'arrêter pour aller voir de plus près, vers le sud, dans l'entrelacs métallique. Il avait dû, inconsciemment, percevoir tous les détails qui l'entouraient, et il avait isolé, dans ce paysage d'une fantastique et totale étrangeté, quelque chose d'encore plus anormal.

A deux cent cinquante mètres de là, environ, au milieu d'un taillis de câbles et de tuteurs, brillait une unique touche de couleur. Sa petitesse, sa modestie, la reléguaient à la limite du visible. Sur Terre, personne n'y aurait fait attention. Une des raisons de la remarquer à ce moment était qu'elle lui rappelait la Terre...

168

Il ne dit rien au Moyeu avant d'être sûr de ne pas s'être trompé, et qu'une soudaine nostalgie ne l'avait pas abusé. Puis, s'étant suffisamment approché – quelques mètres – de la tache colorée, il put avoir cette certitude : la vie, telle qu'il la connaissait, avait fait son apparition dans le monde stérile et aseptique de Rama. Car ce qui venait ici d'éclore dans sa splendeur solitaire, au bord du continent austral, c'était une fleur.

S'approchant encore, Jimmy perçut comme une évidence qu'il s'était produit un phénomène anormal. Il y avait un trou dans la pellicule qui, probablement, protégeait cette étendue de terre de la contamination par des formes indésirables de vie. Par cette entaille avait jailli une tige verte, de l'épaisseur d'un petit doigt, qui avait grimpé le long du treillis. A un mètre du sol, elle se couvrait d'un foisonnement de feuilles bleuâtres dont le limbe ressemblait plus à des plumes qu'à toutes autres formes végétales connues de Jimmy. La tige se terminait, à hauteur des yeux, par ce qu'il avait d'abord pris pour une seule fleur. Car il vit, sans surprise aucune, que c'étaient en fait trois fleurs étroitement accolées l'une à l'autre.

Les pétales étaient des tubes brillamment colorés longs approximativement de cinq centimètres. Chaque fleur en comptait au moins cinquante, et elles scintillaient de tels bleus, violets et verts métalliques qu'elles ressemblaient plus à des ailes de papillons qu'à des représentants du règne végétal. Jimmy ignorait presque tout de la botanique mais l'absence de pistils et d'étamines le rendit perplexe. Il se demanda si la ressemblance avec les fleurs terrestres n'était pas une pure coïncidence. Il s'agissait peut-être plutôt d'un lointain parent des coraux. Dans l'un ou l'autre cas, cela impliquait l'existence de petites créatures aériennes, qu'elles servissent d'agent fécondant ou de nourriture.

Cela n'avait pas grande importance. Jimmy, délaissant la discussion scientifique, décréta que c'était une fleur.

L'étrange miracle – accident si peu conforme à Rama – de son existence lui rappela tout ce qu'il ne verrait sans doute jamais plus. Il la prendrait donc, pour l'avoir à lui.

Ce ne serait pas facile. La fleur se trouvait à dix mètres de là, séparée de lui par un treillis de fines baguettes dressées en tonnelle parallélépipédique dont le modèle se répétait à l'infini, et dont la largeur ne dépassait pas quarante centimètres. Jimmy n'aurait jamais pratiqué le vélociptère s'il n'avait été mince et nerveux : il se savait donc capable de se glisser par les interstices de la grille. Mais en sortir serait une autre affaire. Puisqu'il lui serait impossible de se retourner, il devrait se retirer à reculons.

La base du Moyeu fut enchantée de sa découverte. Il la lui avait décrite et filmée sous tous les angles possibles. Il n'y eut pas d'objections lorsqu'il déclara qu'il allait la chercher. D'ailleurs, objections ou pas, sa vie, désormais, ne dépendait que de lui, et il en ferait ce que bon lui semblait.

Il ôta tous ses vêtements, empoigna les tiges de métal lisse et entreprit de se faufiler dans la tonnelle. C'était un peu juste; il se sentit dans la peau d'un prisonnier qui s'échappe à travers les barreaux de sa cellule. Lorsqu'il se fut complètement introduit dans le treillis, il essaya de rebrousser chemin, simplement pour se faire une idée du problème. C'était autrement plus difficile, puisqu'il devait pousser avec ses bras tendus au lieu de tirer, mais il ne voyait pas ce qui pourrait l'empêcher de se dégager du piège.

Jimmy était un actif et un impulsif peu porté à l'introspection. Il ne perdit pas de temps, tout en se contorsionnant péniblement le long de l'étroit corridor de treillis, à s'interroger sur les raisons d'un exploit aussi chevaleresque. Jamais les fleurs, jusqu'ici, ne l'avaient intéressé, mais voilà qu'il engageait toute l'énergie qui lui restait pour en cueillir une.

Ce spécimen était unique, certes, et d'une inestimable valeur scientifique. Mais il la voulait, en fait, parce que c'était le dernier lien qui le rattachait au monde de la vie et à la planète où il était né.

Cependant, lorsque la fleur fut à portée de sa main, il eut un doute subit. C'était peut-être la seule fleur qui pût pousser sur toute l'étendue de Rama. Avait-il le droit de la cueillir ?

S'il avait besoin d'une excuse, il n'aurait qu'à se consoler en pensant que les Raméens eux-mêmes ne l'avaient pas prévue dans leurs plans. Elle était de toute évidence une anomalie, éclose des siècles trop tard, ou trop tôt. Mais cette excuse, ou une autre, ne lui était pas vraiment nécessaire. Son hésitation ne dura pas. Il tendit la main, saisit la tige, et tira un coup sec.

La fleur n'offrit guère de résistance. Il ramassa également deux de ses feuilles et revint en arrière à travers le treillis. S'aidant de sa seule main libre, il reculait très difficilement, péniblement, même, et il dut bientôt s'arrêter pour reprendre son souffle. Ce fut alors qu'il remarqua que les feuilles-plumes se refermaient, et que la tige décapitée se dégageait lentement de ses tuteurs. Comme il l'observait avec un mélange de fascination, il vit que la plante tout entière se rétractait dans le sol, comme un serpent blessé à mort qui rentre dans son trou.

J'ai assassiné une belle chose, se dit Jimmy. Mais Rama était en train de le tuer. Il n'avait fait que prendre ce qui lui était dû.

VITESSE LIMITÉE

Le commandant Norton n'avait jamais perdu d'homme. Il n'avait pas l'intention de commencer. Même avant le départ de Jimmy pour le pôle Sud, il avait réfléchi aux moyens de le sauver en cas d'accident. Le problème, toutefois, s'était révélé si difficile qu'il n'avait pu lui trouver de solution. Il n'avait réussi qu'à éliminer les unes après les autres celles qui paraissaient évidentes.

Comment gravir les cinq cents mètres de paroi verticale d'une falaise? Avec l'équipement – et l'entraînement – approprié, ce serait assez simple. Il n'y avait pas, à bord de l'*Endeavour*, de pistolet pitonneur et on imaginait mal comment enfoncer autrement les centaines de pointes nécessaires dans cette surface aussi dure et lisse qu'un miroir.

Il avait, brièvement, envisagé des solutions plus excentriques ou même franchement insensées. Peut-être un chimpanzé équipé de ventouses pourrait-il réussir l'ascension. Et même si ce stratagème était praticable, combien faudrait-il de temps pour fabriquer et tester un tel matériel – et initier un chimpanzé à son usage? Il doutait qu'un homme eût la force requise pour cet exploit.

Ou bien, on pouvait recourir aux techniques de pointe. Les unités de propulsion dans l'espace étaient tentantes, mais leur poussée, conçue pour une pesanteur nulle, était trop faible. Elles ne pourraient jamais lever le poids d'un homme, même par la gravité minime de Rama.

Téléguider un propulseur de sortie remorquant un simple câble de secours? Il avait soumis cette idée au sergent Myron, qui l'avait sans délai descendue en flammes. L'objection du technicien portait sur le problème de la stabilité; il pouvait être résolu, mais pas du jour au lendemain, et c'était plus qu'ils ne pouvaient attendre.

Des ballons? C'était une solution envisageable, si toutefois ils pouvaient assembler une enveloppe de fortune et trouver une source de chaleur suffisamment peu encombrante. C'était la seule méthode que Norton n'eût pas écartée, lorsque le problème, de théorique, devint une question de vie ou de mort saturant les ondes de tous les mondes habités.

Pendant que Jimmy accomplissait sa longue marche le

long de la rive de la mer, la moitié des têtes fêlées du système solaire essayaient de le sauver. Au quartier général de la Flotte, toutes les suggestions étaient examinées, et une sur mille environ était répercutée sur l'*Endeavour*. Celle du Dr Carlisle Perera arriva deux fois. Une fois par le propre réseau de la Sûreté, et une seconde fois par l'abonnement prioritaire de Rama à la PLANETCOM. Préludant à cet appel, il n'y avait que cinq minutes de réflexion d'un savant et une milliseconde de temps d'ordinateur.

Le commandant pensa d'abord à une plaisanterie de très mauvais goût. Puis il vit le nom de l'expéditeur, les calculs joints au message, et fit un rapide rétablissement.

Il tendit le message à Karl Mercer.

– Que pensez-vous de ceci? demanda-t-il d'une voix aussi détachée qu'il le put.

Karl le lut d'un trait.

– Pauvre de nous! dit-il. Il a raison, bien sûr!

– Vous en êtes *certain?*

– Et pour la tempête, il s'est trompé? Non. Nous aurions dû y penser; je me sens un peu ridicule.

– Vous n'êtes pas seul dans ce cas. Le problème annexe est celui-ci : comment l'annoncer à Jimmy?

– Je pense que nous devrions... au dernier moment. C'est ce que je préférerais si j'étais à sa place. Annoncez-lui simplement que nous nous mettons en route.

Bien qu'il pût, du regard, traverser la mer Cylindrique, et qu'il sût de quelle direction approximative viendrait la *Resolution,* Jimmy ne la repéra qu'une fois qu'elle eut passé New York. Il semblait incroyable qu'elle pût embarquer six hommes *et* tout l'équipement nécessaire à son sauvetage.

Quand le bateau fut à un kilomètre de la côte, il reconnut le commandant Norton et se signala par de grands gestes des bras. Peu après, le capitaine le repéra à son tour et lui renvoya ses signaux.

– Content de vous voir en bonne forme, Jimmy, lui dit-il par radio. J'avais promis de ne pas vous laisser tomber. Vous me croyez, maintenant?

Pas complètement, pensa Jimmy. Jusqu'à présent, il avait cru que tout cela n'était qu'une manœuvre destinée à lui faire garder le moral. Mais le commandant n'aurait pas traversé la mer pour lui dire simplement au revoir; il avait dû combiner *quelque chose*.

– Je vous croirai, capitaine, dit-il, quand je serai à bord. *Maintenant*, dites-moi, s'il vous plait, comment je vais m'y prendre.

A cent mètres du pied de la falaise, la *Resolution* ralentissait, et, comme Jimmy pouvait se rendre compte, elle n'amenait aucun équipement particulier, encore qu'il n'eût pas eu, à ce sujet, d'idées préconçues.

– Ecoutez, Jimmy, j'en suis navré, mais nous ne voulions pas vous surcharger de soucis.

Voilà qui ne présageait rien de bon; que diable voulait-il dire?

La *Resolution* stoppa à cinquante mètres des cinq cents mètres d'abrupt de la falaise. Jimmy avait une vue terriblement plongeante du capitaine parlant dans son micro.

– Je m'explique, Jimmy. Vous n'aurez strictement rien à craindre, mais il vous faudra du sang-froid. Nous savons que vous en avez à revendre. *Vous allez sauter.*

– De cinq cents mètres!

– Oui, mais par une demi-gravité seulement.

– Et alors, vous êtes déjà tombé de deux cent cinquante mètres, sur Terre?

– Ne discutez pas, sinon c'est votre prochaine permission que je fais sauter. Vous auriez dû y penser vous-même... C'est uniquement une question de vitesse d'arrivée. Dans cette atmosphère, vous ne pouvez pas dépasser les quatre-vingt-dix kilomètres à l'heure, que vous tombiez de deux cents ou de deux mille mètres. Quatre-vingt-dix à l'heure, c'est un peu beaucoup, mais nous pouvons gagner un peu là-dessus. Voilà ce que vous devrez faire, écoutez-moi attentivement.

– Je vous écoute, dit-il. Il vaut mieux que ce soit sérieux.

Il n'interrompit plus le commandant et s'abstint de tout commentaire quand Norton eut fini de parler. Oui, c'était raisonnable, et si simple, si bête, que seul un génie aurait pu y penser. Un génie ou quelqu'un qui n'aurait pas eu à le faire soi-même...

Jimmy n'avait jamais pratiqué le plongeon de haut vol ni la chute libre avant ouverture du parachute, ce qui l'aurait préparé psychologiquement à son exploit. On pouvait toujours dire à quelqu'un qu'il ne craindrait rien à traverser un gouffre sur une simple planche, et même si le coup était impeccablement calculé, rien ne disait qu'il s'y résoudrait. Maintenant, Jimmy comprenait pourquoi le commandant avait été aussi avare de détails sur les moyens de son sauvetage. Il ne lui avait pas laissé le temps de se faire des idées, ou d'opposer des objections.

– Je ne veux pas vous bousculer, poursuivit, à cinq cents mètres en contrebas, la voix persuasive de Norton, mais le plus tôt sera le mieux.

Jimmy regarda son précieux souvenir, la seule fleur de Rama. Il l'enveloppa avec un soin jaloux dans son mouchoir crasseux, noua l'étoffe et jeta le tout par-dessus le bord de la falaise.

Elle s'enfonça avec une lenteur rassurante, mais interminablement, aussi, s'amenuisant toujours et encore jusqu'à disparaître. Mais, à ce moment, la *Résolution* fit un bond en avant, et Jimmy sut que son envoi avait été repéré.

– Magnifique! s'écria la voix enthousiaste du commandant. Je suis sûr qu'on la baptisera de votre nom. O-K., nous vous attendons...

Jimmy se défit de sa chemise, seul vêtement – au-dessus de la ceinture – que chacun gardât par ce climat désormais tropical, et la déploya pensivement. Plusieurs fois, au cours de son périple, il avait failli s'en débarrasser, et voilà qu'elle allait peut-être contribuer à lui sauver la vie.

Une dernière fois, il contempla ce monde creux que lui seul avait exploré, puis les cimes menaçantes de la grande et des petites Cornes. Puis, le poing droit fermement serré sur sa chemise, il se projeta aussi loin qu'il put du bord de la falaise.

Rien ne pressait plus, puisqu'il avait vingt secondes devant lui pour apprécier cette expérience nouvelle. Mais autour de lui le vent se durcissait, et dans son champ visuel la *Resolution* grossissait; il ne perdit pas de temps. Tenant sa chemise à deux mains, il leva les deux bras au-dessus de sa tête afin que le vent de sa chute, emplissant le vêtement, le gonflât comme une manche à air.

Comme parachute, ce n'était pas brillant. Les quelques kilomètres à l'heure qu'elle lui faisait perdre n'étaient ni négligeables ni vitaux. Son effet était autrement important : elle maintenait son corps à la verticale, lui permettant d'entrer droit comme une flèche dans la mer.

N'eût été l'eau qui se ruait à sa rencontre, il aurait gardé l'impression d'être immobile. Depuis qu'il s'était, comme on dit, jeté à l'eau, la peur l'avait quitté. En fait, il en voulait un peu au capitaine de l'avoir laissé dans l'ignorance. Celui-ci croyait-il *vraiment* qu'il aurait eu peur de sauter s'il avait eu le temps d'y penser?

Au tout dernier moment, il lâcha sa chemise, inspira profondément, et se pinça la bouche et le nez.

Comme on le lui avait recommandé, il banda tous les muscles de son corps et bloqua ses pieds l'un contre l'autre. Il entrerait dans l'eau comme un harpon...

– Ce ne sera pas différent, avait promis le capitaine que de sauter d'un plongeoir. Rien d'autre, si vous faites une bonne entrée dans l'eau.

– Et sinon? avait-il demandé.

– Sinon, vous remontez et vous recommencez.

Quelque chose lui frappa la plante des pieds, durement, mais franchement. Un million de mains visqueuses s'acharnèrent sur son corps. Un mugissement lui emplissait les oreilles, la pression montait, et, bien qu'il eût les yeux fermés, il percevait l'épaississement de l'obscurité à mesure qu'il se logeait plus profondément, comme un obus, dans les profondeurs de la mer Cylindrique.

De toutes ses forces, il se mit à nager vers la lumière qui s'estompait... Il ne put ouvrir ses yeux que pour les refermer aussitôt, irrités par la sensation acide de l'eau empoisonnée. Il avait l'impression de se débattre depuis des siècles, et plus d'une fois il eut la peur cauchemardesque d'avoir perdu le sens de l'orientation et de nager vers le bas. Il risquait alors un bref regard, et chaque fois la lumière était plus présente.

Lorsqu'il creva la surface de l'eau, ses paupières étaient toujours contractées. Il aspira une délicieuse bouffée d'air, roula sur lui-même pour faire la planche et regarda autour de lui.

La *Resolution* fonçait sur lui à pleins gaz. En quelques secondes, des mains impatientes l'agrippaient et le hissaient à bord.

– Avez-vous avalé de l'eau? questionna la voix angoissée du commandant.

– Je ne pense pas.

– Rincez-vous quand même avec cela. C'est bien. Comment vous sentez-vous?

– Je n'en sais trop rien. Je vous le dirai dans une minute. Au fait... Merci, tout le monde.

La minute ne s'était pas encore écoulée quand Jimmy eut la conscience très nette de son état.

– Je vais être malade, avoua-t-il d'un ton misérable à ses sauveteurs incrédules.

– Sur une mer calme, et complètement plate? s'insurgea le sergent Barnes qui semblait considérer le malaise de Jimmy comme une atteinte directe à ses dons maritimes.

– Je ne dirais pas qu'elle est plate, dit le commandant avec un geste circulaire du bras pour désigner l'anneau liquide qui cerclait le monde. Mais n'ayez pas honte, vous avez dû ingurgiter de cette eau. Rejetez-la le plus vite possible.

Dans une attitude aussi indigne d'un héros qu'infructueuse, Jimmy s'évertuait toujours, quand un éclat de lumière vacilla derrière eux. Tous les regards se tournèrent vers le pôle Sud et Jimmy oublia sur-le-champ son malaise. Les feux d'artifice s'étaient rallumés sur les Cornes.

Des langues de feu longues d'un kilomètre coulaient en dansant du grand pic à ses six petits compagnons et reprirent leur imposante rotation, comme des danseurs invisibles enroulant leurs rubans autour d'un arbre de mai électrique. Mais ils accéléraient, à présent, tournant de plus en plus vite jusqu'à se fondre en un cône étincelant de lumière.

Le spectacle dépassait en grandeur tout ce qu'ils avaient vu jusque-là, et le fracas distant qui l'accompagnait ajoutait à l'impression de puissance écrasante. Le phénomène dura cinq minutes environ, puis cessa aussi subitement que si quelqu'un avait tourné un bouton.

– J'aimerais savoir ce que la Commission Rama voit là-dedans, grommela Norton à la cantonade. Quelqu'un a une théorie?

Le temps de la réponse fut soufflé par un appel frénétique de la base du Moyeu.

– *Resolution!* Tout va bien? Vous avez senti?

– Senti *quoi*?

– Nous pensons que c'était un tremblement de terre. Il a dû se déclencher au moment où le feu d'artifice s'est arrêté.

– Des dégâts?

– Je ne pense pas. Ce n'était pas très violent, mais ça nous a un peu secoués.

– Nous n'avons absolument rien senti. Mais sur la mer, cela n'a rien d'étonnant.

– Bien sûr, ce que je suis bête. En tout cas, tout semble calme, à présent. Jusqu'à la prochaine...

– C'est ça, à la prochaine, répéta Norton.

Le mystère de Rama ne cessait de croître. Et leur incompréhension se creusait à mesure que s'additionnaient leurs découvertes.

Un cri soudain retentit à l'arrière de l'esquif :

– Capitaine, regardez! Là-haut, dans le ciel!

Norton leva les yeux et balaya du regard l'anneau de la mer. Il ne vit rien avant d'avoir atteint le zénith, à l'antipode.

Et il murmura lentement « Mon Dieu » quand il comprit que la « prochaine fois » serait bientôt cette fois-ci.

Une gigantesque lame de fond dévalait vers eux la courbe éternelle de la mer Cylindrique.

LA VAGUE

Malgré la gravité de l'instant, la première pensée de Norton fut pour son vaisseau.

– J'appelle l'*Endeavour!* Le point de la situation, s'il vous plaît!

– Tout va bien, capitaine, répondit, d'un ton rassurant, la voix de l'officier de pont. Nous avons détecté une légère secousse, mais rien qui puisse causer des dégâts. L'axe a sensiblement basculé, dans les deux degrés d'après la passerelle. Ils pensent aussi que le rythme des révolutions s'est légèrement modifié; nous en aurons la mesure exacte dans quelques minutes.

Nous y voilà, se dit Norton, et beaucoup plus tôt que prévu; nous sommes encore loin de la périhélie et du moment où il serait logique de changer d'orbite. Mais il s'opérait sans aucun doute un changement d'assiette, et il fallait s'attendre à d'autres secousses.

En attendant, les effets de la première n'étaient que trop évidents sur la nappe d'eau courbe qui semblait perpétuellement tomber du ciel. La vague était encore à dix kilomètres environ, barrant la mer dans toute sa largeur, de la rive sud à la rive nord. Mur d'écume blanche à l'approche des terres, elle n'était, en eau profonde, qu'une ligne bleue dont la vitesse était très supérieure à celle des brisants qui la flanquaient de part et d'autre. La résistance des bas-fonds côtiers la courbait déjà en un arc dont la partie centrale prenait toujours plus d'avance.

– Sergent, dit Norton d'une voix pressante, ceci est *votre* affaire. Que pouvons-nous faire?

Le sergent Barnes, qui avait arrêté le radeau, se concentrait sur l'examen de la situation. Son visage, comme Norton le constata avec soulagement, ne montrait aucun affolement, mais reflétait au contraire une sorte de jubilation passionnée, comme un athlète au meilleur de sa forme s'apprêtant à relever un défi.

– Il aurait été bon d'effectuer quelques sondages, dit-elle. Si nous sommes en eau profonde, il n'y a rien à craindre.

– Nous sommes encore à quatre kilomètres de la côte, donc tout va bien.

– Je l'espère, mais je veux examiner la situation.

Elle remit le moteur en marche et fit virer la *Resolution* pour la placer la proue face à la vague. Norton estima que la partie centrale les atteindrait en moins de cinq minutes, mais vit également que le danger était minime. Ce n'était qu'une onde de choc solitaire, haute de moins d'un mètre qui ferait à peine tanguer le bateau. La réelle menace venait des deux murailles d'écume qu'elle traînait après elle.

Soudain, en plein milieu de la mer, apparut une ligne

de brisants. Il était clair que la vague avait rencontré un mur submergé, long de plusieurs kilomètres et dont le faîte n'était pas loin de la surface. Simultanément, les deux rouleaux déferlant sur les côtés s'effondrèrent au passage en eau profonde. Des chicanes antiremous, se dit Norton, exactement comme dans les réservoirs à propergols de l'*Endeavour*, mais agrandis mille fois. Ils devaient dessiner un réseau complexe tout autour de la mer, pour prévenir le plus rapidement possible la formation de houle. La seule chose qui compte maintenant est celle-ci : sommes-nous au-dessus d'un de ces murs?

Le sergent Barnes l'avait devancé en pensée. Elle fit complètement stopper la *Resolution* et jeta l'ancre. Elle toucha le fond cinq mètres plus bas.

– Remontez-la! cria-t-elle à ses coéquipiers. Il faut partir d'ici!

Norton approuva vigoureusement; mais dans quelle direction? Le sergent venait de lancer le bateau au maximum de sa puissance vers la vague, qui n'était plus qu'à cinq kilomètres. Et, pour la première fois, il l'entendait : un mugissement lointain mais caractéristique qu'il n'aurait jamais cru devoir entendre dans Rama. Puis le grondement changea d'intensité; la partie centrale s'effondrait à son tour tandis que s'élevaient de nouveau les brisants latéraux.

Il tenta d'évaluer la distance séparant les chicanes immergées. En supposant que les intervalles étaient réguliers, la vague devait en rencontrer une autre. S'ils pouvaient immobiliser le radeau dans les eaux profondes intermédiaires, ils n'auraient strictement rien à craindre.

Le sergent Barnes coupa le moteur, et, de nouveau, jeta l'ancre. Elle fila à trente mètres sans rencontrer le fond.

– Tout va bien, dit-elle avec un soupir de soulagement, mais je laisse tourner le moteur.

Seules subsistaient les deux murailles d'écume près des côtes. La haute mer avait retrouvé son calme à peine ridé par l'imperceptible onde bleue qui fonçait toujours sur eux. Le sergent se contentait de garder le cap vers la turbulence, prête à emballer le moteur à la première alerte.

Alors, à deux kilomètres d'eux seulement, la mer se couvrit d'un nouveau panache d'écume. Avec un rugissement qui parut emplir le monde, elle se redressait, furie à la crinière blanche. Ce n'était qu'une onde qui parcourait en filigrane la vague haute de seize kilomètres de la mer Cylindrique, mais cette onde était de taille à les tuer.

Le sergent Barnes avait dû voir changer le visage de ses compagnons, car elle cria : « De quoi avez-vous peur? J'en ai affronté de plus hautes. » Ce n'était pas tout à fait vrai, et elle ne disait pas, non plus, que c'était à bord d'une pirogue conçue pour le passage des barres, et non sur un radeau de fortune.

– Si nous *devons* sauter, attendez que je vous le dise. Vérifiez vos gilets de sauvetage.

Elle est superbe, pensa le commandant : elle exulte comme un Viking se rendant au combat. Et elle a probablement raison, à moins que nous ne nous soyons grossièrement trompés dans nos calculs.

La vague se dressait toujours plus haut, concave maintenant, d'une taille sans doute exagérée par la pente. Peu importe, elle semblait énorme, force irrésistible de la nature, qui engloutirait tout sur son passage.

Puis, en quelques secondes, elle s'effondra, comme si ses fondations s'étaient dérobées sous elle. Elle avait dépassé le récif artificiel, retrouvant la haute mer. Lorsque, une minute plus tard, elle les eut rejoints, la *Resolution* se contenta de tanguer avant que le sergent Barnes, ayant viré de bord, mît le cap, à pleins gaz, vers le nord.

– Merci, Ruby, c'était très beau. Mais serons-nous rentrés avant qu'elle ne revienne?

– J'en doute. Elle sera de retour dans vingt minutes. A

ce moment, elle aura perdu toute sa force et nous ne la remarquerons même pas.

Maintenant que la vague était passée, ils pouvaient se détendre et apprécier la traversée, quoique tant qu'ils n'auraient pas touché la côte aucun d'eux ne serait parfaitement à l'aise. La grande perturbation avait semé derrière elle de multiples remous et retours de courant d'où s'élevait une très caractéristique odeur acide. « Comme de fourmis écrasées », avait remarqué Jimmy fort à propos. L'odeur, bien que désagréable, n'avait pas provoqué les accès de mal de mer redoutés. C'était quelque chose de si radicalement étranger que la physiologie humaine restait sans réaction.

Une minute plus tard, les ayant dépassés et grimpant à l'assaut du ciel, la vague rencontra la barrière sous-marine suivante. Vu de derrière, le spectacle était banal, et les passagers eurent un peu honte de leur terreur passée. Ils commençaient à se sentir maîtres de la mer Cylindrique.

Le choc fut d'autant plus violent quand, à guère plus de cent mètres d'eux, quelque chose, qui avait l'aspect d'une roue tournant lentement, affleura à la surface. Des rayons de métal étincelant, longs de cinq mètres, s'élevèrent hors de l'eau dans une pluie de gouttelettes, tournèrent un moment dans la dure lumière raméenne avant de retomber dans l'eau. Comme si une gigantesque étoile de mer aux bras tubulaires venait de crever la surface.

A première vue, il était impossible de dire si c'était un animal ou une machine. Puis cela refit surface et resta à fleur d'eau, doucement ballotté dans les remous laissés par la vague.

Ils apercevaient maintenant les neuf bras, apparemment articulés, qui rayonnaient à partir d'un disque central. Deux des bras étaient cassés, privés de leur dernier article. Les autres se terminaient par une complexe série de palpes qui rappelèrent très précisément à Jimmy le crabe qu'il avait rencontré. Les deux créatures étaient issues de la même lignée phylogénétique, ou du même bureau d'études.

Une petite tourelle portant trois grands yeux s'élevait au milieu du disque. Deux d'entre eux étaient fermés, le troisième était ouvert et malgré cela paraissait vide, aveugle. Sur le radeau, chacun pensa sans hésitation qu'il assistait aux derniers soubresauts d'agonie d'un étrange monstre projeté vers la surface par la lame de fond qui venait de passer.

Puis ils virent que la créature n'était pas seule. Deux autres bêtes, semblables à des homards démesurés, s'acharnaient à coups de pinces sur ses membres qui bougeaient faiblement. Ils taillaient proprement le monstre en pièces, et celui-ci ne leur opposait aucune résistance malgré ses pinces capables de rivaliser avec celles de ses adversaires.

Cela rappela une fois encore à Jimmy le crabe qui avait détruit la *Libellule*. A mesure qu'il observait attentivement cet affrontement unilatéral, son impression première fut confirmée.

– Regardez, capitaine, murmura-t-il. Vous voyez? Ils ne le mangent pas. Ils n'ont même pas de bouche. Ils le mettent en morceaux, c'est tout. Exactement comme la *Libellule*.

– Vous avez raison, ils le démontent... comme... comme une machine hors d'usage. (Norton fronça le nez.) Mais elle a une drôle d'odeur, pour une machine morte!

A ce moment, un autre fait le frappa :

– Mon Dieu... Mais imaginez qu'ils s'y mettent sur nous! Ruby, ramenez-nous à la côte le plus rapidement que vous pourrez!

La *Resolution* bondit, au grand mépris de la longévité de ses accus. Derrière eux, les neuf rayons de la grande étoile de mer – ils n'imaginaient pas de l'appeler autrement – étaient taillés de plus en plus court et bientôt cette scène de boucherie retourna aux profondeurs de la mer.

Il n'y eut pas de poursuite, mais ils ne furent rassérénés que lorsque la *Resolution*, ayant accosté à l'embarcadère, les eut déposés, reconnaissants, à terre. En se retournant sur cette étendue d'eau dont le mystère s'était mué en menace, le commandant Norton avait un visage lugubre. Il venait de décider que personne ne fendrait plus jamais ses eaux. Elle était habitée de trop d'inconnu, de trop de dangers...

Son regard s'arrêta sur les tours et les remparts de New York, et poursuivit jusqu'à la ligne sombre des falaises du continent austral. Ils n'avaient plus rien à craindre de la curiosité de l'homme.

Plus jamais il ne tenterait les dieux de Rama.

L'ARAIGNÉE

Norton avait décrété qu'à partir de maintenant, trois hommes au moins resteraient en permanence au camp Alpha, et qu'un tour de garde serait assuré par chacun d'eux. De plus, ces mesures valaient pour tous les groupes d'exploration. Des créatures potentiellement dangereuses opéraient à l'intérieur de Rama, et, malgré l'absence de manifestations hostiles de leur part, un commandant responsable ne prenait pas de risques.

Et, précaution extraordinaire, il y aurait toujours, sur le Moyeu, un homme de guet derrière un puissant télescope. Tout l'intérieur de Rama pouvait être surveillé depuis cette position stratégique, et la distance apparente du pôle Sud s'y réduisait à quelques centaines de mètres. La zone de déplacement de tout groupe d'explorateurs devait être soumise à une surveillance continuelle. Toute mauvaise surprise devait être ainsi écartée. C'était un bon plan. Il échoua complètement.

C'était juste après le dernier repas de la journée,

immédiatement avant la période de repos de 22 heures. Norton, Rodrigo, Calvert et Laura Ernst regardaient l'émission d'informations télévisées spécialement et régulièrement retransmises à leur intention par le relais d'Inferno, sur Mercure. On avait été particulièrement intéressé par le film rapporté par Jimmy du continent austral, et par la traversée de la mer Cylindrique, épisode qui avait passionné tous les spectateurs. Savants, chroniqueurs et membres de la Commission Rama avaient donné leurs avis, pour la plupart contradictoires. On n'arrivait pas à s'accorder sur la nature du crabe rencontré par Jimmy : animal, machine, authentique Raméen, ou tout autre chose ne répondant à aucune de ces définitions.

Bref, les quatre compagnons venaient d'assister, avec un réel soulèvement de cœur, à la curée des prédateurs sur l'étoile de mer géante, quand ils s'aperçurent qu'ils n'étaient plus seuls. Un intrus avait pénétré dans le camp.

Laura Ernst le remarqua en premier. Figée sous l'effet du choc, elle balbutia :

– Ne bougez pas, Bill. Et maintenant tournez doucement la tête vers la droite.

Norton obéit. A dix mètres, il y avait un grand tabouret à trois pattes dont le siège était une sphère guère plus grosse qu'un ballon de football. Trois grands yeux dénués d'expression étaient répartis, apparemment pour donner une vision panoramique totale, autour de ce corps d'où pendaient des appendices en forme de flagelles. La créature, de taille inférieure à celle d'un homme, semblait beaucoup trop fragile pour être dangereuse, mais cela n'excusait pas la négligence qui venait de les faire surprendre. Norton l'identifia aussitôt à une araignée, ou plutôt un faucheux, à trois pattes, et se demanda comment elle avait résolu le problème – éludé par toutes les espèces terrestres – de la locomotion tripède.

– Qu'en dites-vous, docteur? murmura-t-il en faisant taire la retransmission télévisée.

– Symétrie ternaire habituelle à Rama. Je ne vois pas comment il pourrait nous faire du mal. Mais il faudrait peut-être se méfier des flagelles susceptibles d'être urticantes, comme celles des cœlentérés. Surtout restez assis et observez ce qu'il fait.

Après les avoir considérés, impassible, pendant plusieurs minutes, la créature se mit en mouvement. Ils comprirent alors pourquoi son arrivée leur avait échappé. Elle était d'une rapidité stupéfiante. La façon qu'elle avait de se déplacer sur le sol, ce mouvement giratoire défiaient l'œil et l'esprit humains.

Pour autant que Norton pouvait en juger, seule une caméra ultra-rapide pourrait fixer ce mouvement où chaque patte jouait alternativement le rôle d'axe autour duquel la créature faisait pivoter son corps. Bien qu'il n'en fût pas sûr, il lui sembla que, tous les deux ou trois « pas », le sens de la giration s'inversait et les trois flagelles flamboyaient brièvement au-dessus du sol. Sa vitesse de pointe, difficile à évaluer, devait être au moins de trente kilomètres à l'heure.

Elle parcourut rapidement le camp, examinant chaque instrument, chaque appareil, touchant délicatement les lits improvisés, les tables, les chaises, le matériel de communications, les boîtes de nourriture, les électrosanitaires, les caméras, les réservoirs d'eau, les outils : rien ne semblait devoir lui échapper, à l'exception des quatre observateurs. De toute évidence, la créature était assez intelligente pour distinguer les humains de leurs biens inanimés : ses actes donnaient l'impression indubitable d'une curiosité, et même d'une indiscrétion parfaitement méthodiques.

– J'aimerais pouvoir l'examiner! s'exclama Laura qui voyait avec regret la créature poursuivre ses pirouettes. Si on l'attrapait?

– Comment? demanda, assez logiquement, Calvert.

– Vous savez bien, de la façon dont les chasseurs primitifs capturent les animaux rapides, avec quelques poids qui tournoient au bout d'une corde. Cela ne les blesse même pas.

– Je doute que ce soit la bonne méthode, dit Norton. Même en cas contraire, nous ne pouvons prendre ce risque. Nous ne connaissons pas le niveau d'intelligence de cette créature et, d'autre part, c'est un coup à lui casser les pattes. C'est alors que nous aurions des ennuis, de la part de Rama, de la Terre et de tous les autres.

– Mais il me faut un spécimen!

– Vous vous contenterez de la fleur de Jimmy, à moins qu'une de ces créatures ne veuille se prêter à vos expériences. La force est exclue. Vous aimeriez que quelque chose débarque sur Terre et décide que *vous*, vous faites un bon spécimen à disséquer?

– Je ne veux pas le disséquer, dit Laura d'un ton peu convaincu. Ce que je veux, c'est l'examiner.

– Cela autoriserait des visiteurs extra-terrestres à avoir la même attitude à votre égard. Vous auriez le temps de vous faire beaucoup d'idées avant d'être convaincue de la pureté de leurs intentions. Nous ne devons rien faire qui puisse être interprété comme une menace.

Il citait le Règlement, et Laura le savait. Les impératifs de la science s'inclinaient devant ceux de la diplomatie spatiale.

En fait, il n'était pas indispensable de porter si haut le débat : ce n'était qu'une question de bonnes manières. Ils n'étaient tous ici que des visiteurs qui n'avaient pas demandé la permission d'entrer.

La créature parut avoir achevé sa revue de détail. Elle décrivit encore un cercle, à grande vitesse, autour du camp, dont elle prit – littéralement – la tangente vers l'escalier.

– Je me demande comment elle va s'y prendre avec les marches, murmura Laura d'un ton rêveur.

En réponse à sa question, l'araignée, sans se préoccuper des marches, se mit à gravir la large courbe de la rampe sans ralentir son allure.

188

– J'appelle la base du Moyeu, dit Norton. Vous risquez d'avoir de la visite sous peu; jetez donc un coup d'œil sur l'escalier Alpha, section six. Et, à propos, merci de nous tenir sous bonne garde.

Le sarcasme fit long feu, car il fallut attendre une minute avant que le guetteur du Moyeu ne fît entendre des sons excusatoires :

– Euh, oui... Je vois bien *quelque chose*, capitaine, maintenant que vous le dites. Mais qu'est-ce que c'est?

– Je vois que vous en savez autant que moi, dit Norton en appuyant sur le bouton du signal d'alerte générale.

– Camp Alpha à tous postes et bases. Nous venons d'avoir la visite d'une créature qui ressemble à une araignée à trois pattes, haute d'environ deux mètres, petit corps sphérique, se déplace très vite en tournant sur elle-même. Apparemment inoffensive mais très curieuse. Elle peut arriver à l'improviste sans que vous ayez rien remarqué. Accusez réception s'il vous plaît.

La première réponse parvint de Londres, à quinze kilomètres vers l'est.

– Ici, rien d'anormal, capitaine.

De la même distance vers l'ouest, Rome répondit, et d'une voix chargée de langueurs suspectes :

– Même chose ici, capitaine. Euh... Une minute, s'il vous plaît...

– Qu'y a-t-il?

– J'ai posé mon crayon il y a un instant; et il a disparu! Tiens, mais... Oh!

– Exprimez-vous clairement!

– Vous ne me croirez pas, capitaine. J'étais en train de prendre quelques notes – vous savez que j'aime écrire, ça ne fait de tort à personne – avec mon stylobille préféré, il a près de deux cents ans, et voilà que je le retrouve par terre, à cinq mètres de moi! Ça y est, je l'ai récupéré – Dieu merci – il n'est pas abîmé.

– Et à votre avis, comment a-t-il parcouru cette distance?

– Euh, eh bien, il est possible que je me sois assoupi une petite minute. La journée a été dure.

Norton soupira, mais s'abstint de tout commentaire. Ils étaient trop peu nombreux et disposaient de si peu de temps pour explorer un monde... L'enthousiasme ne pouvait toujours avoir raison de la fatigue, et il se demanda s'ils n'étaient pas en train de prendre des risques inutiles. Peut-être ne devrait-il pas disperser ses hommes en petits groupes sur de telles étendues de terrain à reconnaître. Mais la conscience du temps qui passait et des énigmes indéchiffrées l'aiguillonnait. En lui s'ancrait toujours plus la certitude que quelque chose allait arriver, qui les obligerait à abandonner Rama avant même son passage à la périhélie, moment de vérité où devrait avoir lieu tout changement d'orbite.

– Moyeu, Rome, Londres, et vous tous, écoutez-moi, dit-il. Je veux un rapport toutes les trente minutes jusqu'à la fin de la nuit. Nous devons dorénavant vivre dans l'attente, à tout moment, d'autres visiteurs. Certains d'entre eux peuvent être dangereux, mais nous devrons à tout prix éviter tout incident. Vous connaissez tous les consignes à ce sujet.

Ce n'était que la vérité, car ces principes faisaient partie de leur formation, même si aucun des astronautes n'avait sérieusement envisagé que la rencontre abondamment théorisée avec « une espèce étrangère intelligente » se produirait de son vivant – et encore moins qu'il y jouerait un rôle.

La formation, l'entraînement étaient une chose; la réalité en était une autre, et nul n'aurait pu dire que les vieux instincts de conservation, ancrés dans le paléocerveau de l'homme, ne se réveilleraient pas brutalement devant le danger. Et pourtant, toute créature rencontrée sur Rama devrait – jusqu'à la dernière minute et même au-delà – bénéficier du doute.

190

Le commandant Norton ne voulait pas être aux yeux de l'histoire l'homme qui aurait déclenché la première guerre interplanétaire.

En quelques heures, il y eut des centaines d'araignées, parcourant la plaine en tous sens. Le télescope montrait que le continent austral en était également infesté, mais pas, semblait-il, l'île de New York.

Elles ne faisaient toujours aucun cas des explorateurs qui, au bout d'un moment, le leur rendirent bien, si l'on exceptait la lueur prédatrice que Norton surprenait dans les yeux du médecin-commandant. Comme elle aimerait, pensait-il, qu'il arrive un accident malheureux à une de ces araignées. Et il la croyait bien capable, non peut-être d'en provoquer un, mais au moins de le *laisser* se produire dans l'intérêt de la science.

La certitude était pratiquement acquise que les araignées ne possédaient pas d'intelligence. Leur corps était beaucoup trop réduit pour contenir quantité de tissus cérébraux, et il était en fait bien difficile de déceler où elles emmagasinaient toute l'énergie dépensée à se mouvoir. Leur comportement était toutefois curieusement cohérent et bien coordonné. Elles semblaient être partout, mais ne passaient jamais deux fois au même endroit. Norton eut à plusieurs reprises l'impression qu'elles *cherchaient* quelque chose. Quoi que ce fût, elles ne paraissaient pas l'avoir découvert.

Elles allèrent jusqu'au Moyeu central sans se soucier des trois grands escaliers. On s'expliquait mal comment elles pouvaient gravir les sections verticales, même par une gravité quasi nulle : Laura émit l'hypothèse qu'elles étaient équipées de ventouses.

Puis, pour sa plus grande joie, bien sûr, le spécimen tant désiré lui fut offert. La base du Moyeu annonça qu'une araignée avait dégringolé de la paroi verticale et qu'elle gisait, morte ou incapable de mouvement, sur la première plate-forme. Pour s'y rendre, Laura établit un record de montée d'escalier qui n'était pas près d'être battu.

Arrivée à la plate-forme, elle constata que, malgré la relative hauteur de la chute, la créature s'y était brisée toutes ses pattes. Ses yeux étaient encore ouverts, mais elle ne répondait plus aux stimulations de l'extérieur. Un cadavre humain encore tiède aurait été plus vivant, selon Laura. A peine arrivée à bord de l'*Endeavour* avec sa prise, elle en commença la dissection.

L'araignée était si fragile qu'elle faillit se briser en morceaux sans attendre le chirurgien. Elle désarticula les pattes, puis elle s'attaqua à la carapace qui céda au long de trois grands cercles et s'ouvrit comme une orange épluchée.

Après quelques instants de totale incrédulité, car elle ne pouvait rien identifier ni reconnaître, Laura Ernst prit une série de photographies minutieuses. Alors seulement elle se saisit de son scalpel.

Par où commencer? Pour un peu, elle aurait fermé les yeux et planté la lame au hasard, ce qui, évidemment, aurait été peu scientifique.

Le scalpel pénétra sans rencontrer de vraie résistance. Une seconde plus tard, le moins féminin des cris, poussé par le médecin-commandant Ernst, retentit du haut en bas de l'*Endeavour*.

Il fallut bien vingt minutes à la soucieuse sollicitude du sergent Mac Andrews pour ramener au calme les chimpanzés effrayés.

AU GRAND REGRET DE SON EXCELLENCE...

— Vous n'êtes pas sans savoir, messieurs, dit l'ambassadeur de Mars, qu'un grand nombre d'événements s'est produit depuis notre dernière réunion. Egalement nombreux sont les sujets à débattre, et les décisions à prendre. Je suis d'autant plus désolé de l'absence de notre distingué collègue de Mercure.

Cette dernière affirmation n'était pas absolument exacte. Le Dr Bose n'était pas particulièrement désolé de l'absence de Son Excellence l'ambassadeur hermien. Il aurait été plus sincère de se déclarer préoccupé. Son flair diplomatique lui disait qu'il se préparait quelque chose, et malgré la qualité de ses sources d'information, il n'avait pu recueillir la moindre indication à ce sujet.

La lettre d'excuse de l'ambassadeur avait été courtoise, mais parfaitement ininformative. Son Excellence regrettait qu'une affaire urgente à laquelle il ne pouvait se dérober l'empêchât d'assister à la réunion, que ce fût en personne ou par vidéo interposée. Le Dr Bose imaginait mal qu'une affaire pût être plus urgente, ou plus importante, que Rama.

— Deux de nos membres ont des communications à nous présenter. Je donnerai donc, si vous permettez, la parole au Pr Davidson.

Un frisson d'impatience parcourut les autres savants de la Commission. La plupart d'entre eux avaient le sentiment que l'astronome, dont le point de vue purement cosmique était bien connu, n'était pas l'homme qui convenait à la présidence du Conseil consultatif de l'Espace. Il donnait parfois l'impression que les activités de la vie intelligente étaient une tare malheureuse du majestueux univers des étoiles et des galaxies, et que c'était un manque d'éducation que d'y prêter trop d'attention. Ceci ne lui attirait pas la tendresse d'exobiologistes qui, comme le Dr Perera, adoptaient le point de vue exactement inverse. Pour eux, la seule fonction de l'Univers était la production d'intelligence, et cela leur permettait de se gausser des phénomènes purement astronomiques. « Matière stérile », répétaient-ils volontiers.

— Monsieur l'ambassadeur, dit le savant en guise d'introduction, j'ai analysé l'étrange comportement de Rama au cours de ces derniers jours, et j'aimerais vous présenter mes conclusions. Certaines d'entre elles sont assez effarantes.

La surprise qui se peignit sur le visage du Dr Perera céda à la suffisance. Il approuvait inconditionnellement tout ce qui effarait le Pr Davidson.

– Tout d'abord, la remarquable suite d'événements produits lors du survol de l'hémisphère Sud par le jeune lieutenant. Bien que spectaculaires, les décharges électriques ne sont pas en elles-mêmes importantes. Il est facile de montrer qu'elles ne résultaient pas d'énergies très considérables. Mais elles coïncidaient avec une variation de la vitesse de rotation de Rama, et avec un changement d'assiette, c'est-à-dire de son orientation dans l'espace. *Ceci*, en revanche, implique une dépense considérable d'énergie. Les décharges qui ont failli coûter la vie à monsieur... euh... Pak n'en étaient que l'épiphénomène, peut-être une nuisance que devaient corriger les paratonnerres du pôle Sud.

» J'en tire deux conclusions. Lorsqu'un engin spatial – car c'est ainsi que nous devons considérer Rama malgré sa taille – opère un changement d'assiette, cela signifie généralement qu'il s'apprête à changer d'orbite. Nous devons donc prendre en considération l'opinion de ceux qui pensent que Rama se prépare à devenir un *nouveau satellite de notre soleil*, au lieu de replonger vers les étoiles.

» Si tel est le cas, l'*Endeavour* doit bien évidemment s'apprêter à prendre le large – si cela se dit des vaisseaux spatiaux – d'un moment à l'autre. Il court de graves dangers tant qu'il est physiquement solidaire de Rama. J'imagine que le commandant Norton est déjà conscient de cette éventualité, mais je pense qu'un avertissement supplémentaire ne serait pas inutile.

– Merci, professeur Davidson. Oui...? Docteur Solomon?

– J'aimerais faire un commentaire à ce sujet, dit l'historien des sciences. Rama semble avoir fait varier sa giration sans l'aide de fusées ou d'un quelconque dispositif de poussée. Cela, à mon sens, ne laisse que deux possibilités.

» La première, c'est qu'il est équipé de gyroscopes internes, ou d'un système équivalent. Il faudrait qu'ils soient énormes; où se trouvent-ils?

» La seconde possibilité, qui bouleverse toutes nos connaissances en physique, fait appel à tout autre chose que la propulsion par réaction : ce serait l'Espace Moteur qui rend le Pr Davidson si sceptique. Dans ce cas, Rama est capable de n'importe quoi. Rien ne peut nous permettre de prévoir son comportement, même sur un plan tout bêtement physique.

Les diplomates furent quelque peu déconcertés par ce dialogue, et l'astronome ne voulut pas s'avancer plus. A chaque jour suffit sa peine.

– Si vous n'y voyez pas d'inconvénients, je m'en tiendrai aux lois de la physique tant que je ne serai pas contraint de les abandonner. Si nous n'avons pas trouvé de gyroscopes dans Rama, c'est que nous avons mal regardé, ou pas au bon endroit.

L'ambassadeur de Mars vit que le Dr Perera s'impatientait. En temps normal, l'exobiologiste était aussi heureux que les autres de se livrer aux envolées spéculatives. Mais justement, pour la première fois, il était en possession de faits bien concrets. Du jour au lendemain, sa science, qui avait longtemps souffert de malnutrition, se retrouvait prospère.

– Parfait – si le sujet n'appelle plus de commentaires – je crois savoir que le Dr Perera a une communication importante à nous faire.

– Merci, monsieur l'ambassadeur. Comme vous avez tous pu le voir, nous avons fini par obtenir un échantillon d'une forme de vie raméenne, et nous avons pu en observer d'autres de près. Le commandant Ernst, médecin-chef de l'*Endeavour*, nous a transmis un rapport détaillé sur l' « araignée » qu'elle a disséquée.

» J'ajoute dès maintenant que ce qui en ressort est stupéfiant, et que, en d'autres circonstances, j'aurais refusé d'y croire.

» L'araignée est nettement organique, bien que sa chimie diffère à bien des égards de la nôtre, notamment par l'abondance des métaux légers. J'hésite cependant à lui donner le nom d'animal pour plusieurs raisons essentielles.

» En premier lieu, elle semble n'avoir ni bouche, ni estomac, ni appareil digestif, bref, aucun moyen d'ingérer de la nourriture. Tout comme elle n'a ni appareil respiratoire, ni sang, ni appareil reproducteur...

» On peut donc se demander ce qu'il lui reste. Eh bien, une simple musculature qui contrôle ses trois pattes et appendices flagellés, ou antennes. Il reste aussi un cerveau, joliment complexe et presque entièrement consacré à la remarquable vision trioculaire dont est dotée la créature. Mais le corps est constitué à quatre-vingts pour cent d'un nid d'abeilles de grosses cellules qui, au grand dam du Dr Ernst, se révélèrent être des piles lorsqu'elle commença la dissection. Ce choc lui aurait été évité si elle les avait reconnues à temps, car c'est une des réalités raméennes qui a son répondant sur Terre, quoique chez certains animaux marins seulement.

» L'araignée est donc principalement une batterie, dont celle des poissons-torpille donne une bonne idée, sauf qu'ici, ce n'est pas un moyen de défense, *mais la source d'énergie de la créature.* Manger, respirer, toutes ces fonctions primitives ne lui sont pas nécessaires. Et notons à ce propos qu'elle est donc parfaitement adaptée à la vie dans le vide...

» Nous sommes ainsi en présence d'une créature qui se réduit, en tout et pour tout, à un œil mobile. Elle est dépourvue d'organes manipulateurs; les flagelles sont beaucoup trop faibles pour cela. Si l'on m'en avait fait la description, j'aurais dit que c'était simplement un instrument de reconnaissance.

» Son comportement correspond sans aucun doute à cette définition. Deux verbes suffisent à résumer son action : elle *va voir*. C'est tout ce qu'elle *peut* faire... Mais les autres animaux sont différents. Le crabe, l'étoile de mer, les requins – faute de noms mieux appropriés – sont visiblement capables d'une action sur leur environnement, et semblent avoir des fonctions spécialisées. Je suppose qu'ils tirent également leur énergie de l'électricité, puisque, comme l'araignée, ils n'ont apparemment pas de bouche.

» Je suis sûr que vous vous rendez compte de l'ampleur du problème biologique posé. Ces créatures sont-elles issues d'une évolution naturelle? Je ne le pense pas. Elles semblent avoir été conçues, comme des machines, pour des tâches spécifiques. Si j'avais à les décrire, je dirais que ce sont des robots, des robots biologiques, quelque chose dont on n'a pas l'équivalent sur Terre.

» Si Rama est un vaisseau spatial, ils font peut-être partie de son équipage. Quant à savoir comment ils ont été engendrés, ou créés, cela me dépasse. Mais j'ai l'intuition que la réponse se trouve quelque part dans New York. Si le commandant Norton et ses hommes peuvent attendre assez longtemps, ils risquent d'être mis en présence de créatures toujours plus sophistiquées et au comportement imprévisible. Au long de cette ligne de complexité croissante, ils pourraient rencontrer les Raméens eux-mêmes, les véritables créateurs de ce monde.

» Et à ce moment-là, messieurs, il n'y aura plus place pour le doute...

COURRIER EXPRÈS

Le commandant Norton dormait du sommeil du juste quand son émetteur personnel le tira de la béatitude d'un rêve. Il y passait des vacances avec sa famille sur Mars, et survolait la cime formidable et chenue de Nix Olympica, le plus imposant des volcans du système solaire. Le petit Billie allait lui dire quelque chose. Il ne saurait jamais quoi.

Le rêve s'évapora, cédant la place à la réalité qui avait les traits de son officier de pont, à bord du vaisseau.

– Navré de vous réveiller, dit le lieutenant Kirchoff. Une priorité trois-A de l'état-major.

– Allez-y, répondit Norton d'un ton brumeux.

– Impossible, c'est en code. A l'intention du seul commandant.

Instantanément, Norton fut parfaitement réveillé. Au cours de sa carrière, il n'avait reçu que trois semblables messages, qui tous avaient été porteurs de tracas.

– Bon Dieu! dit-il. Comment faire?

Son second ne prit pas la peine de répondre. Les deux hommes comprenaient parfaitement le problème tel qu'il n'avait pas été prévu par le Règlement. En temps normal, un commandant n'était jamais à plus de cinq minutes de son bureau où reposait, dans son coffre-fort personnel, le livre du code. S'il se mettait en route maintenant, Norton n'arriverait – équipé – au vaisseau que dans quatre ou cinq heures. Ce n'était pas la conduite à tenir en cas de priorité AAA.

– Jerry, finit-il par dire, qui est à la console de transmission?

– Personne, j'ai fait l'appel moi-même.

– L'enregistrement?

– Débranché, en bizarre contravention avec le règlement.

Norton sourit. Jamais il n'avait été aussi bien secondé que par Jerry. Il pensait à tout.

— O.K. Vous savez où se trouve ma clé. Rappelez-moi.

Il patienta du mieux qu'il put, s'efforçant sans grand succès, pendant dix minutes, de penser à d'autres problèmes. Il détestait se creuser la tête pour rien. Il ne pourrait pas, raisonnablement, deviner le contenu du message; il en prendrait connaissance bien assez tôt. *Alors*, il pourrait vraiment se faire du souci.

Lorsque le second rappela, sa voix refléta une tension évidente.

— Ce n'est pas vraiment *urgent*, capitaine. Ce n'est pas à une heure près. Je préfère quand même éviter la radio. Je vous l'envoie par messager.

— Mais *pourquoi* — non, rien — je me fie à votre jugement. Qui va l'amener par les sas?

— J'y vais moi-même. Je vous appelle dès que j'arrive au Moyeu.

— Ce qui laisse la charge du vaisseau à Laura.

— Pour une heure, tout au plus. Je serai de retour au vaisseau immédiatement.

Un médecin militaire n'avait pas la formation spécialisée requise pour commander un vaisseau, guère plus qu'un commandant n'en avait pour opérer. On citait des cas d'extrême urgence où les deux attributions s'étaient fort heureusement échangées, mais ce n'était pas recommandé. Bah, après tout, ce n'était pas, ce soir-là, le premier accroc au règlement...

— Pour le journal de bord, vous n'avez jamais quitté le vaisseau. Avez-vous réveillé Laura?

— Oui, elle est ravie de l'occasion.

— Heureusement que les docteurs ont l'habitude du secret professionnel. Au fait, vous avez accusé réception?

— Bien sûr, en votre nom.

— Alors, j'attends.

Il était désormais impossible d'écarter les plus noirs

pressentiments. « Pas *vraiment* urgent... Mais je préfère éviter la radio... »

Une chose était sûre. Le commandant n'allait plus guère dormir, cette nuit.

L'OBSERVATEUR DE BIOTES

Le sergent Pieter Rousseau savait pourquoi il s'était porté volontaire. A bien des égards, cette mission réalisait un rêve d'enfant. A six ou sept ans, il était déjà fasciné par les télescopes, et il avait passé une bonne partie de sa jeunesse à collectionner des lentilles de toutes tailles et de toutes formes. Il les montait dans des tubes de carton, fabriquant ainsi des instruments de plus en plus puissants, jusqu'à ce qu'il fût familier de la Lune, des planètes, des plus proches stations spatiales et de tout le paysage dans un rayon de trente kilomètres.

Le lieu de sa naissance – les montagnes du Colorado – l'avait avantagé. Où qu'il regardât, la vue était aussi grandiose qu'inépuisable. Il avait passé des heures à explorer en toute sécurité des cimes qui, chaque année, prenaient leur tribut de grimpeurs imprudents. Bien qu'ayant beaucoup vu, il avait imaginé encore plus. Il se racontait volontiers que derrière chaque crête rocheuse, hors de la portée de son télescope, s'étendaient des royaumes magiques peuplés de créatures merveilleuses. Et, pendant des années, il évita de se rendre sur les lieux qu'attirait à lui son télescope, car il savait que la réalité ne pouvait se hausser jusqu'au rêve.

A présent, depuis l'axe central de Rama, il avait vue sur des merveilles qui dépassaient les plus folles imaginations de sa jeunesse. Un monde s'étalait en entier devant ses yeux, un monde réduit, certes, mais à l'exploration duquel un homme pouvait user sa vie, même si ces quatre mille kilomètres carrés étaient morts et immuables.

Mais voilà que la vie, avec son infini de possibilités, était advenue dans Rama. Faute d'être des créatures vivantes, les robots biologiques en étaient à coup sûr d'excellentes imitations.

Personne ne sut qui avait inventé le mot « biote ». Il sembla s'imposer d'emblée à l'usage, comme par une sorte de génération spontanée. De son poste d'observation du Moyeu, Pieter n'était rien de moins qu'observateur en chef des biotes, et il commençait, croyait-il, à voir clair dans quelques-uns de leurs modèles de comportement.

Les Araignées étaient des détecteurs mobiles qui, de la vue, et probablement du toucher, examinaient tout l'intérieur de Rama. Leur grouillement frénétique n'avait eu qu'un temps. En deux jours, elles avaient disparu par centaines, et il était devenu tout à fait exceptionnel d'en voir, ne fût-ce qu'une seule.

Elles avaient été remplacées par toute une ménagerie de créatures autrement impressionnantes. Cela n'avait pas été une mince affaire que de leur trouver des noms adéquats. Il y avait les Laveurs de Vitres avec leurs grosses pattes-pelotes parcourant pour les astiquer les six soleils artificiels de Rama. Leurs ombres énormes projetées sur la paroi opposée du monde provoquaient parfois de brèves éclipses.

Le crabe qui avait démantibulé la *Libellule* semblait être un Eboueur. Une équipe de créatures semblables s'approcha du camp Alpha et fit la chaîne pour débarrasser tous les débris qui avaient déjà été proprement entassés à sa périphérie. Ils auraient tout emporté si Mercer et Norton ne leur avaient opposé une attitude ferme. L'affrontement redouté avait été bref. Après quoi, les Eboueurs semblaient avoir compris ce qu'ils avaient le droit de toucher, et survenaient à intervalles réguliers pour voir si l'on n'avait pas besoin de leurs services. Cette solution, d'une grande commodité, dénotait un degré élevé d'intelligence de la part des Eboueurs eux-mêmes

ou de celle de ces êtres qui, quelque part, les contrôlaient.

Le traitement des ordures était chose simple, dans
Rama. Tout était jeté à la mer pour y être probablement
ramené à des formes réutilisables. Le processus était
rapide. La *Resolution* avait disparu du jour au lendemain,
au grand chagrin de Ruby Barnes. Norton l'avait consolée
en soulignant que le radeau avait magnifiquement rempli
son contrat, et qu'il n'aurait plus jamais autorisé qui que
ce fût à s'en servir. Les Requins avaient peut-être moins
de discernement que les Eboueurs.

Un astronome découvrant une planète inconnue était
moins heureux que Pieter repérant un nouveau type de
biote dont il fixait l'image par une bonne photo prise au
télescope. Malheureusement, toutes les espèces intéres-
santes paraissaient se cantonner au pôle Sud, où, autour
des Cornes, elles accomplissaient de mystérieuses tâches.
Un biote semblable à un mille-pattes muni de ventouses
apparaissait par instants sur la grande Corne elle-même,
tandis que vers la base des petits pics, Pieter aperçut une
créature trapue qui tenait à la fois de l'hippopotame et du
bulldozer. Et il y avait même une girafe à deux cous qui
jouait apparemment le rôle de grue mobile.

Il était probable que Rama, comme n'importe quel
bateau, avait besoin d'examens, de révisions et de répa-
rations après son interminable traversée. L'équipage s'y
employait activement. Qu'attendaient les passagers pour
se montrer?

La tâche principale de Pieter n'était pas la classification
des biotes. Il avait pour consignes de ne pas perdre de
vue les deux ou trois groupes d'exploration perpétuellement de sortie, de veiller à leur sécurité, et de les
prévenir de toute rencontre. Il était relayé de six heures
en six heures par toute personne disponible, mais il lui
était arrivé plus d'une fois de rester douze heures d'affi-
lée à son poste. Le résultat, c'était qu'il connaissait mieux
que quiconque, présent ou à venir, la géographie de

Rama. Elle lui était devenue aussi familière que les montagnes du Colorado de son enfance.

Lorsque Jerry Kirchoff surgit du sas Alpha, Pieter devina qu'il se passait quelque chose d'anormal. Les passages de personnes étaient inconnus durant les heures de sommeil, et il était minuit passé selon le temps propre de la mission. Puis Pieter se rappela la maigreur des effectifs, et une irrégularité encore plus criante vint le frapper.

— Jerry, qui est affecté au vaisseau?

— Moi, répondit froidement le second en dégrafant son casque. J'espère que tu ne me crois pas capable de quitter la passerelle de commandement quand je suis de quart?

Il fouilla dans le fourre-tout de sa combinaison et en sortit une petite boîte métallique qui portait encore l'étiquette : CONCENTRÉ DE JUS D'ORANGE. DOSE POUR CINQ LITRES.

— Pieter, toi qui sais y faire, vas-y. Le commandant attend.

Pieter soupesa la boîte avant de dire :

— J'espère que tu l'as suffisamment lestée, parce que quelquefois, elles restent coincées sur la première terrasse.

— A toi de voir, c'est ta spécialité.

Ce n'était que vérité. Les observateurs du Moyeu avaient abondamment pratiqué l'exercice qui consistait à lancer directement les petits objets oubliés ou dont il avait un besoin pressant. L'astuce était de leur faire passer sans encombre la région de faible gravité, et ensuite de veiller à ce que l'effet de Coriolis ne les déporte pas trop loin du camp dans leur course de huit kilomètres le long de la pente.

Pieter s'assujettit solidement, saisit la boîte et la précipita vers le bas de la paroi verticale. La trajectoire ne visait pas directement le camp Alpha, mais s'en écartait d'une trentaine de degrés.

Presque immédiatement, la résistance de l'air freina la vitesse initiale de la boîte, mais pour être aussitôt relayée par la pseudo-gravité de Rama, qui imprima une accélération constante à sa chute. Elle frappa le sol une première fois près du pied de l'échelle, et un rebond gracieux lui fit passer l'obstacle de la première terrasse.

– C'est bien parti, dit Pieter. Tu veux faire un pari?

– Non, lui fut-il vivement répondu. Pour toi, c'est joué d'avance.

– Tu n'es pas sportif. Mais je vais te dire, elle atterrit dans un rayon de trois cents mètres autour du camp.

– Ça ne m'a pas l'air bien près.

– Tu devrais essayer, une fois. J'ai vu Joe manquer son but de plusieurs kilomètres.

La boîte avait cessé de rebondir. La pesanteur était devenue assez forte pour la plaquer contre la surface courbe du dôme nord. Entre la première et la deuxième terrasse, elle avait atteint la vitesse de roulement de trente kilomètres à l'heure, limite que permettait le frottement contre la paroi.

– Il ne nous reste qu'à attendre, dit Pieter en reprenant place derrière le télescope pour suivre la progression du porteur de message. La boîte arrivera à destination dans une minute. Ah, voilà le capitaine... J'ai pris l'habitude d'identifier les gens sous cet angle... Et maintenant, il lève la tête vers nous.

– J'ai l'impression que ce télescope te donne un sentiment de puissance.

– Certainement. Je suis la seule personne à savoir ce qui se passe dans Rama. Du moins, je le *croyais*, ajouta-t-il d'un ton dépité en adressant à Kirchoff un regard chargé de reproche.

– Si cela peut te rassurer, il se trouve que le commandant manquait de dentifrice.

Sur quoi la conversation fut très languissante. Mais Pieter finit par dire :

– J'aurais bien voulu que tu prennes ce pari... Tu vois, il n'aura à se déplacer que de cinquante mètres... Voilà, il l'a repérée. Mission accomplie.

– Merci, Pieter, c'est du bon travail. Maintenant, tu peux te rendormir.

– Me rendormir! Je suis de garde jusqu'à 4 heures.

– Je m'excuse, mais tu *devais* t'être endormi. Comment aurais-tu pu, sinon, rêver tout cela?

ÉTAT-MAJOR DE LA SURETÉ SPATIALE AU COMMANDANT DU VCS ENDEAVOUR, PRIORITÉ AAA. DIFFUSION NULLE. DESTINATAIRE UNIQUEMENT. NE PAS ARCHIVER.

SPACEGUARD RAPPORTE PRÉSENCE VÉHICULE ULTRA HAUTE VÉLOCITÉ APPARAISSANT LANCÉ PAR MERCURE DEPUIS DIX A DOUZE JOURS ORBITE INTERCEPTION RAMA. SI AUCUN CHANGEMENT ORBITE ARRIVÉE PRÉVUE A 322 JOURS 15 HEURES. PRÉVOIR ÉVACUATION AVANT DATE. CONSIGNES SUIVENT.

AM[te].

Norton lut le message une demi-douzaine de fois pour graver la date dans sa mémoire. Le temps était difficile à suivre, dans Rama. Il dut consulter sa montre-bracelet pour apprendre que le 315e jour commençait. Dans le cas de l'interception, il ne restait donc plus qu'une semaine...

Le message faisait froid dans le dos, non tant par son contenu que par ce qu'il sous-entendait. Les Hermiens avaient procédé à un lancement clandestin, ce qui en soi était contraire à la loi de l'Espace. La conclusion, alors, allait de soi : leur « véhicule » ne pouvait être qu'un missile.

Mais *pour quelle raison?* Il était inconcevable – enfin, presque – qu'ils fissent courir un si grand danger à l'*Endeavour*. Il ne tarderait donc pas à recevoir un avertissement plus amplement détaillé des Hermiens eux-mêmes. En cas d'urgence, il pourrait, en quelques heures, avoir quitté Rama, mais à son corps défendant et sous réserve d'ordres directs de l'amirauté.

Lentement et perdu dans ses pensées, il traversa l'ins-

205

tallation improvisée de survie et jeta le message dans une toilette électroseptique. Le halo, dû à l'éclat aveuglant de la lumière du laser, qui apparut à la jointure du siège et du couvercle, signifia qu'étaient satisfaites les exigences de sécurité. Dommage, se dit-il, qu'on ne puisse se débarrasser aussi proprement et rapidement de tous les problèmes.

MISSILE

Le missile était encore distant de cinq millions de kilomètres quand l'éclat du plasma de ses fusées de freinage fut visible dans le télescope principal de l'*Endeavour*. Entre-temps, le sceau du secret avait été brisé et Norton avait ordonné, pour la deuxième et sans doute dernière fois, l'évacuation de Rama. Mais il n'avait pas l'intention de partir avant d'y être contraint par les événements.

Au terme de sa manœuvre de freinage, l'indésirable dépêché par Mercure n'était plus qu'à cinquante kilomètres de Rama, opérant vraisemblablement une reconnaissance des lieux avec ses caméras de télévision. Celles-ci étaient clairement visibles, une à l'avant et une à l'arrière, de même que plusieurs omni-antennes et un grand réflecteur parabolique constamment orienté sur le lointain point lumineux de Mercure. Norton se demanda quelles instructions lui portaient les ondes, et quelles informations en partaient.

Pourtant les Hermiens ne pouvaient rien apprendre qu'ils ne sachent déjà : les découvertes de l'*Endeavour* avaient été largement diffusées dans le système solaire. Cet engin spatial, qui avait pulvérisé tous les records pour parvenir jusqu'ici, ne pouvait être que le prolongement de la volonté qui l'avait produit, l'instrument de leur dessein. Celui-ci serait bientôt connu, car dans trois heures, l'ambassadeur de Mercure aux Planètes unies s'adresserait à l'assemblée générale.

Officiellement, ce missile n'existait pas encore. Aucun signe extérieur ne permettait de l'identifier, et il n'émettait aucun signal sur les fréquences habituelles. Ce qui était un grave manquement à la loi. Mais SPACEGUARD n'avait pas encore protesté officiellement. On attendait, entre l'impatience et l'angoisse, ce que Mercure allait faire.

Trois jours s'étaient écoulés depuis que l'existence et l'origine du missile avaient été révélées, trois jours pendant lesquels les Hermiens avaient observé un silence obstiné. Ils pouvaient briller à cet exercice, lorsqu'il les servait.

Certains psychologues avaient prétendu qu'il fallait renoncer à bien comprendre la mentalité des sujets nés et grandis sur Mercure. Bannis pour toujours de la Terre par sa pesanteur trois fois plus forte, les Hermiens pouvaient, depuis la Lune, contempler par-delà le mince détroit d'espace, la planète de leurs ancêtres, ou même de leurs parents, mais ils ne pourraient jamais plus y poser le pied. Juste retour des choses, ils prétendaient n'en avoir aucun désir.

Ils affectaient de mépriser les pluies douces, les ondulations des champs, les lacs et les mers, les ciels bleus, toutes choses qu'ils ne pouvaient connaître que par des documents. Leur planète étant soumise à un flux d'énergie solaire qui pouvait faire monter la température diurne jusqu'à six cents degrés, ils arboraient une crâne rudesse qui ne résistait pas à un examen sérieux. Ils tendaient, en fait, à la débilité physique, puisqu'ils ne pouvaient survivre que totalement isolés de leur environnement. A supposer qu'il pût en supporter la pesanteur, un Hermien aurait été proprement mis sur la touche par une journée passée dans n'importe quel pays équatorial de la Terre.

Cela dit, dans les affaires sérieuses, ils étaient *durs*. La proximité oppressante d'une étoile ravageuse, les problèmes techniques posés par l'extraction, l'arrachement même à une planète rétive, de tous les produits nécessaires à la vie avaient donné naissance à une culture spartiate et à bien des égards admirable. On pouvait compter sur les Hermiens. Ce qu'ils promettaient était chose due, même si la note se révélait astronomique. Ils disaient en manière de plaisanterie que si le soleil donnait des signes de sa proche explosion en nova, ils s'engageraient par contrat à le maîtriser, une fois fixé le prix de l'opération. Hors de Mercure, on disait de la même manière que les enfants par trop attirés par l'art, la philosophie ou la spéculation mathématique étaient immédiatement *réincorporés* aux plantations hydroponiques. Dans le cas des criminels et des psychopathes c'était loin d'être une plaisanterie. Un des luxes que ne pouvait se permettre Mercure était bien le crime.

Le commandant Norton, qui s'était rendu une fois sur Mercure, avait été très impressionné, comme la plupart de visiteurs, et s'était fait plusieurs amis chez les Hermiens. Tombé amoureux d'une fille à Port Lucifer, il avait envisagé de signer un contrat de trois ans mais n'avait pu vaincre la prévention des parents pour tout ce qui était extérieur à l'orbite de Vénus. C'était aussi bien comme cela.

— Un message trois-A de la terre, capitaine, lui annonça-t-on de la passerelle du commandement. Enregistrement et texte de l'amiral. Vous prenez?

— Collationnez et classez le texte; envoyez-moi l'enregistrement parlé.

— Voici.

L'amiral Hendrix avait, pour affronter une situation unique dans l'histoire de l'espace, la voix calme et banale de ses ordres du jour à la Flotte. Il faut dire qu'il ne se trouvait pas à dix kilomètres de la bombe.

« L'amiral au commandant du VCS *Endeavour*. Voici un bref résumé de la situation telle que nous la voyons. Vous savez que l'assemblée se réunit à 14 h 00. Vous en suivrez les débats. Il est possible que vous ayez à prendre des décisions sur-le-champ, et sans en référer à moi. C'est la raison de cette note.

» Nous avons analysé les photos envoyées par vous. L'engin est une sonde spatiale d'un modèle courant mais modifié par les fortes poussées et vraisemblablement mis sur orbite par laser. La taille et le poids sont compatibles avec une bombe à fission de 500 à 1 000 mégatonnes. Les Hermiens utilisent quotidiennement des puissances de 100 mégatonnes pour leurs travaux miniers, ils n'auront donc pas eu de difficultés à réunir une telle puissance détonante.

» Nos experts estiment également que c'est la puissance minimale nécessaire à la destruction de Rama. Si la bombe explosait contre la partie la plus mince de la coque, sous la mer Cylindrique, l'enveloppe serait rompue et la giration du corps achèverait la désintégration.

» Nous supposons que les Hermiens, dans la perspective d'une telle action, vous laisseront largement le temps de vous dégager. A titre d'information, le rayonnement gamma d'une bombe de cette puissance serait dangereux dans un rayon de mille kilomètres.

» Mais le plus grave danger n'est pas là. Les éclats de Rama, pesant plusieurs tonnes et tournoyant à près de six mille kilomètres à l'heure, sont destructeurs dans un rayon illimité. Nous vous recommandons, de ce fait, de vous échapper dans le prolongement de l'axe de rotation, puisque aucun éclat ne sera projeté dans cette direction. Dix mille kilomètres seraient une marge de sécurité acceptable.

» Ce message ne peut être intercepté. Il est convoyé par canaux pseudo-aléatoires, ce qui me permet de parler en clair. Votre réponse risque d'être interceptée. Soyez discret et codez si nécessaire. Je vous rappelle immédiatement après la discussion devant l'assemblée générale. Terminé. »

ASSEMBLÉE GÉNÉRALE

A en croire – ce que personne ne faisait vraiment – les livres d'histoire, les vieilles Nations unies avaient compté jusqu'à cent soixante-douze membres. Les Planètes unies n'en avaient que sept; et cela suffisait parfois à créer des difficultés. C'étaient, par ordre de distance croissante du Soleil : Mercure, Terre, Lune, Mars, Ganymède, Titan et Triton.

Cette liste était entachée de plusieurs omissions et ambiguïtés que l'avenir ne manquerait pas de rectifier. Les critiques ne se lassaient pas de remarquer que la plupart des Planètes unies n'étaient que des satellites. Et comme il était grotesque que les quatre géants, Jupiter, Saturne, Uranus et Neptune, n'y fussent pas représentés!

Mais les géantes gazeuses n'étaient pas habitées, et ne le seraient très vraisemblablement jamais. Tel était également le cas d'une autre absente de marque, Vénus. Et même les plus enthousiastes des techniciens planétaires disaient qu'il faudrait des siècles pour apprivoiser Vénus; pendant ce temps les Hermiens la couvaient des yeux et mijotaient sans aucun doute des projets de longue haleine.

Une autre pomme de discorde avait été la représentation séparée de la Terre et de la Lune; les autres membres protestaient que cela concentrait par trop le pouvoir dans un seul secteur du système solaire. Mais la Lune était plus peuplée que tous les autres mondes ensemble, à l'exception de la Terre. De plus, elle était le siège des Planètes unies. Par-dessus le marché, la Terre et la Lune étaient en désaccord sur presque tout, ce qui ne les soudait pas en un bloc dangereux.

Mars avait la main haute sur les astéroïdes, à l'exception du groupe des Icariens qui se trouvait sous contrôle hermien, et d'une poignée d'autres aux périhélies transsaturniennes, revendiqués par Titan. Les plus gros astéroïdes, comme Pallas, Vesta, Junon et Cérès, seraient un beau jour de taille à posséder leurs propres ambassadeurs, ce qui conduirait à écrire avec deux chiffres le nombre des membres des Planètes unies.

Ganymède ne représentait pas seulement Jupiter, et donc une masse supérieure à tout le reste du système solaire, mais aussi la cinquantaine de satellites joviens, si l'on y incluait (les légistes débattaient la question) les corps de la ceinture d'astéroïdes provisoirement capturés par le champ gravitationnel de la géante. De la même façon, Titan veillait sur Saturne, ses anneaux et sa trentaine (et des poussières) de satellites.

Le cas de Triton était encore plus complexe. Cette grosse lune de Neptune était l'habitat humain permanent le plus excentrique du système solaire; résultat, son ambassadeur portait un nombre impressionnant de casquettes. En effet, il représentait Uranus et ses huit lunes, encore inoccupées; Neptune et ses trois autres satellites; Pluton et son unique lune, et la solitaire Perséphone que n'accompagnait aucun satellite. S'il y avait des planètes au delà de Perséphone, elles seraient également du ressort de Triton. Et, comme si cela ne suffisait pas, l'ambassadeur des ténèbres extérieures, comme on l'appelait parfois, avait eu, paraît-il, ce mot éploré : « Et les comètes? » On convenait généralement que la solution de ce problème pouvait être laissée au futur.

Or, ce futur venait d'accoucher d'une réalité très concrète. Rama n'était pas sans analogies avec les comètes. Elles étaient les seuls visiteurs à venir des profondeurs interstellaires, et l'orbite hyperbolique de nombre d'entre elles serrait le soleil de plus près que Rama. Le premier juriste de l'espace venu pouvait tenir là une excellente cause. L'ambassadeur de Mercure était justement un excellent juriste.

– Nous donnons la parole à Son Excellence l'ambassadeur de Mercure.

Les délégués étant rangés en sens contraire des aiguilles d'une montre dans l'ordre d'éloignement croissant par rapport au soleil, l'Hermien était assis à la droite du président. Il avait, jusqu'à la dernière minute, dialogué avec son ordinateur. Il ôta donc les lunettes à synchronisation qui lui permettaient d'être seul à pouvoir lire l'information sur l'écran de sortie, s'empara de sa liasse de notes et se mit prestement debout :

– Monsieur le président, mes chers collègues et délégués, j'aimerais commencer par un bref rappel de la situation à laquelle nous sommes confrontés.

De la part d'autres délégués, l'expression « bref rappel » aurait soulevé une vague de résignation muette chez les auditeurs. Mais chacun savait ici que les Hermiens ne faisaient pas autrement qu'ils le disaient.

– Le vaisseau spatial géant, ou astéroïde artificiel baptisé Rama, a été détecté voici plus d'un an dans l'espace transjupitérien. On le prit d'abord pour un corps naturel dont l'orbite hyperbolique le ferait virer autour du soleil pour replonger vers les étoiles.

» Lorsque fut découverte sa vraie nature, le vaisseau de la Sûreté solaire *Endeavour* fut chargé d'opérer un rendez-vous avec lui. Et nous pouvons sans aucun doute féliciter le commandant Norton et son équipe pour la façon dont ils ont accompli cette mission exceptionnelle.

» On crut d'abord que Rama était mort, gelé depuis tant de centaines de milliers d'années que toute revivescence était exclue. Ceci est peut-être encore vrai au sens biologique du terme. Ceux qui ont étudié la question semblent d'accord pour considérer qu'aucun organisme vivant tant soit peu complexe ne peut survivre à plus de

212

quelques siècles d'hibernation prolongée. Même au degré absolu, l'activité quantique résiduelle des molécules peut par trop gommer le message cellulaire pour permettre la réanimation. Il apparaissait donc que Rama, malgré son intérêt archéologique considérable, n'entraînait aucun problème astropolitique.

» Cette attitude témoignait d'une grande naïveté, bien que certains aient fait remarquer depuis le début de l'affaire que la trajectoire solaire de Rama était beaucoup trop précise pour être l'œuvre du seul hasard.

» Même dans ce cas, on aurait pu avancer – ce qui a été fait – que Rama était le résultat d'une expérience malheureuse. Il avait atteint l'objectif visé, mais les intelligences qui le contrôlaient n'avaient pas survécu. Cette opinion révèle une grande simplicité d'esprit. C'est faire peu de cas des entités avec qui nous avons affaire.

» Ce dont nous n'avons pas tenu compte était la possibilité d'une survie non biologique. Si nous acceptons la théorie, fondée à mes yeux parce qu'elle rend bien compte de faits, du Dr Perera, les créatures observées à l'intérieur de Rama n'existent que depuis peu. Leurs modèles, ou leurs matrices, étaient stockés dans une banque centrale d'information, et, au moment venu, elles ont été fabriquées à partir des matières premières disponibles, sans doute le bouillon organo-métallique de la mer Cylindrique. Un tel exploit n'est pas encore à notre portée, bien qu'il ne soulève guère de problèmes théoriques. Nous savons que des circuits intégrés, à la différence de la matière vivante, peuvent conserver, sans rien en perdre, une information pendant une durée indéterminée.

» Rama se trouve donc en parfait état de marche, prêt à servir les desseins de ses constructeurs, quels qu'ils soient. A notre avis, la question n'est pas de savoir si les Raméens eux-mêmes sont morts depuis des millions d'années, ni de savoir s'ils seront aussi régénérés pour rejoindre en temps voulu leurs serviteurs. Qu'ils soient là ou non, leur volonté est faite, et continuera de l'être.

» Rama vient de nous donner la preuve que son système de propulsion est toujours en état de marche. Dans quelques jours, il aura atteint la périhélie, où, logiquement, il devrait effectuer un autre changement d'orbite décisif. Nous risquons de nous retrouver sous peu avec une nouvelle planète se mouvant dans l'espace placé sous mandat de mon gouvernement. Ou bien, il procède à d'autres changements et se range, à une distance indéterminée du soleil, sur une orbite définitive. Il peut même devenir un satellite d'une des plus importantes planètes, la Terre par exemple...

» Nous sommes donc, chers collègues, face à une situation riche de possibilités, dont certaines sont inquiétantes. Croire que des créatures sont *a priori* bienveillantes et discrètes serait léger. Si elles viennent dans notre système solaire, c'est pour y prendre quelque chose. Même si ce n'étaient que des connaissances scientifiques, songez à l'usage qu'elles pourraient en faire...

» Nous sommes face à une technique qui a des centaines, peut-être des milliers d'années d'avance sur la nôtre, et une culture qui peut n'avoir ni point commun ni un point de contact avec la nôtre. Nous avons étudié le comportement des robots biologiques – les biotes – à l'intérieur de Rama, tel qu'il apparaît sur les films retransmis par le commandant Norton, et nous en avons tiré quelques conclusions dont nous aimerions vous faire part.

» Sur Mercure, nous n'avons pas la chance, peut-être, de pouvoir observer de formes de vie indigènes, mais au moins nous possédons une somme complète de zoologie terrienne, et nous y avons isolé un parallèle frappant avec Rama.

» Il s'agit de la termitière. Comme Rama, c'est un monde artificiel, un environnement soumis à diverses régulations. Comme Rama, son fonctionnement dépend de toute une série de machines biologiques spécialisées, ouvriers, maçons, cultivateurs, et *guerriers*. Et, bien que nous ignorions si Rama a une reine, je suis enclin à penser que l'île connue sous le nom de New York a une semblable fonction.

» Il serait évidemment absurde de pousser trop loin cette analogie qui, sur bien des points, est fallacieuse. Mais voici pourquoi je l'évoque devant vous.

» A quel degré de coopération et de compréhension faut-il s'attendre entre humains et termites? En l'absence de conflits d'intérêts, nous nous tolérons. Mais que les uns aient besoin du territoire ou des moyens de subsistance des autres, et c'est une lutte sans merci.

» Grâce à notre intelligence, à notre technique, nous pouvons toujours gagner, pour peu que notre détermination soit suffisante. Mais il arrive que ce ne soit pas si simple, si bien que certains croient que, à long terme, la victoire finale pourrait revenir aux termites...

» Pensez alors, dans cette optique, à l'épouvantable menace que Rama peut – je ne dis pas : *va* – constituer pour l'espèce humaine et sa civilisation. Quelles mesures avons-nous prises pour nous y opposer, si jamais elle se réalisait? Aucune, et d'aucune sorte. Nous n'avons produit que des mots, des envolées intellectuelles et de doctes communications.

» Or, chers collègues, Mercure ne s'est pas contenté de cela. Conformément à l'article 34 du traité de l'espace de 2057, qui nous autorise à prendre toute mesure nécessaire à la protection de l'intégrité de notre espace solaire, nous avons dépêché vers Rama un engin nucléaire de forte puissance. Nous serons trop heureux de ne jamais avoir à nous en servir, mais au moins nous voilà moins démunis qu'auparavant.

» On nous objectera l'unilatéralité de la mesure, prise en dehors de toute concertation préliminaire. Nous l'admettons. Mais qui d'entre vous imagine – avec tout le respect que je vous dois, monsieur le président – que nous aurions pu obtenir votre accord à ce sujet en temps voulu? Nous prétendons ne pas agir pour nous seuls, mais pour toute l'espèce humaine. Les générations futures rendront hommage à notre prévoyance.

» Nous admettons qu'il serait tragique, et même criminel, de détruire un ouvrage aussi extraordinaire que Rama. S'il existe le moyen de l'éviter, *sans risques pour l'humanité*, qu'on nous en fasse part, nous en serons heureux. En ce qui nous concerne, nous n'en avons pas trouvé, et le temps passe.

» Ces quelques jours qui précèdent le passage de Rama à la périhélie ne devront pas s'écouler sans que soit prise une décision. Nous ne manquerons pas, bien sûr, de prodiguer à l'*Endeavour* les avertissements nécessaires, mais nous ne saurions trop conseiller au commandant Norton de se tenir en permanence prêt à partir dans l'heure qui suit. Il n'est pas inconcevable que Rama soit, d'un moment à l'autre, le théâtre de changements spectaculaires.

» Monsieur le président, mes chers collègues, j'en ai terminé. Je vous remercie de votre attention, et j'attends votre coopération.

DÉCISION STRATÉGIQUE

– Eh bien, Rod, comment les Hermiens cadrent-ils avec votre théologie?

– Parfaitement, hélas, mon commandant, répondit le lieutenant Rodrigo avec un sourire dépourvu d'humour. C'est toujours le même conflit séculaire entre les forces du bien et les forces du mal. Et il y a des moments où les hommes doivent prendre parti dans ce conflit.

Je savais bien que ce serait quelque chose de semblable, se dit Norton. Certainement ébranlé par la situation, Boris n'avait pu se résigner à l'accepter passivement. Les cosmochrétiens étaient gens énergiques et compétents. A certains égards, ils faisaient étonnamment penser aux Hermiens.

– Je parie que vous avez un plan, Rod.

– Oui, mon commandant. En fait, c'est très simple. Il nous suffit de désamorcer la bombe.

– Ah! Et quelle méthode proposez-vous?

– La pince coupante.

Face à un autre interlocuteur, Norton aurait pensé à une plaisanterie. Mais pas face à Rodrigo.

– Pas si vite. La bombe est hérissée de caméras. Vous croyez que les Hermiens vont se contenter de vous regarder faire?

– Bien sûr. Ils ne peuvent rien faire d'autre. Quand le signal leur parviendra, il sera beaucoup trop tard. Je peux facilement terminer ce travail en dix minutes.

– Bien sûr. Ils vont être verts de rage. Mais supposez que la bombe soit munie d'un dispositif qui la mette à feu quand on y touche?

– Cela me paraît très improbable. Quel en serait l'intérêt? Cette bombe a été conçue pour une mission précise en espace profond, et elle est sûrement équipée de toutes sortes de sûretés pour éviter son explosion en dehors de toute consigne expressément transmise. Mais c'est un risque que je suis prêt à courir, d'autant que cela ne met pas le vaisseau en danger. J'ai pensé à tout.

– J'en suis convaincu, dit Norton.

L'idée était fascinante, presque troublante à force de séduction; et de penser à la déconvenue des Hermiens l'emplissait de joie. Il aurait donné cher pour les voir au moment où ils comprendraient – trop tard – ce qui arriverait à leur jouet meurtrier.

Mais les complications toujours plus nombreuses apparaissaient à mesure qu'il examinait le problème. La décision qu'il allait prendre serait de loin la plus malaisée et la plus lourde de conséquences de sa carrière.

C'était peu dire. Il allait prendre la décision la plus

difficile qu'aucun commandant eût jamais eu à prendre. D'elle dépendrait peut-être l'avenir de l'espèce humaine tout entière. Parce que, si les Hermiens avaient raison...

Rodrigo sorti, il alluma le voyant NE PAS DÉRANGER. Il ne se rappelait pas quand il l'avait allumé pour la dernière fois, et fut étonné qu'il marchât encore. Il était à présent, au cœur de son vaisseau comble et bourdonnant d'activité, complètement isolé et seul, si l'on exceptait le portrait du capitaine James Cook, dont le regard le fixait du fond des allées du temps.

Se concerter avec la Terre était désormais impossible. On l'avait déjà prévenu que les messages de toutes sortes pouvaient être interceptés, et peut-être même par l'intermédiaire de la bombe. Il serait totalement responsable de ce qui suivrait.

On lui avait raconté une histoire au sujet d'un président des Etats-Unis – était-ce Roosevelt, ou Perez? – qui avait sur son bureau un petit écriteau :

« Personne ne me couvre. »

Il pouvait ne rien faire, et attendre que les Hermiens lui donnent le signal du départ. Mais l'Histoire, comment se souviendrait-elle de ce geste? Norton n'était guère préoccupé par la gloire ou l'infamie posthume, mais ce qui lui répugnait, c'était de passer, aux yeux des générations à venir, pour le complice d'un crime cosmique qu'il avait le pouvoir d'empêcher.

Le plan, lui, était inattaquable. Comme il s'y attendait, Rodrigo avait prévu chaque détail, envisagé chaque éventualité, y compris le danger peu probable que la bombe pût exploser au moindre contact. Si cela se produisait, l'*Endeavour*, protégé toujours par l'écran que constituait Rama, n'aurait rien à craindre. Quant à Rodrigo, il paraissait considérer sa possible désincarnation avec une totale égalité d'âme.

Cela dit, même si la bombe était effectivement désamorcée, l'affaire n'en resterait pas là. Les Hermiens pourraient tenter un nouveau lancement, à moins que le moyen de les arrêter fût trouvé d'ici là. Mais en tout cas plusieurs semaines auraient été ainsi gagnées, et Rama aurait depuis longtemps dépassé le périhélie avant qu'un autre missile pût espérer le rejoindre. Entre-temps, les craintes des alarmistes auraient été infirmées. Ou le contraire...

Agir ou ne pas agir, telle était la question. Le commandant Norton ne s'était jamais senti une aussi proche parenté avec le prince du Danemark. Quoi qu'il fît, les issues, bonnes ou mauvaises, semblaient s'équilibrer parfaitement. L'aspect normal de sa décision était des plus épineux. S'il se trompait, il le saurait très vite. S'il avait raison, il ne pourrait peut-être jamais le prouver.

Il devenait futile de prolonger ce conflit d'arguments logiques, de vouloir baliser les carrefours du futur. On pouvait ainsi tourner en rond pour l'éternité. Le temps était venu pour lui de prêter l'oreille à ses voix intérieures.

Il rencontra, par-delà les siècles, cet autre regard, calme et qui ne se dérobait pas.

– Je suis d'accord avec vous, capitaine, murmura-t-il. L'espèce humaine doit vivre *avec* sa conscience. Quoi qu'en disent les Hermiens, la survie n'est pas tout.

Il enfonça le bouton qui le branchait sur la passerelle de commandement et, d'une voix lente, il dit :

– Lieutenant Rodrigo, j'aimerais vous voir.

Puis il ferma les yeux, cala ses pouces dans les bretelles de son fauteuil, et s'apprêta à savourer quelques instants de totale relaxation.

Cela risquait de ne pas se reproduire de sitôt.

SABOTEUR

Le scooter avait été allégé de tout l'équipement superflu. Il se réduisait maintenant à un simple cadre qui réunissait les systèmes de propulsion, de navigation et de survie. On avait même ôté le siège du copilote, car chaque kilogramme de masse supplémentaire se payerait en durée supplémentaire de mission.

C'était une des raisons, pas nécessairement la plus importante, pour lesquelles Rodrigo avait insisté pour y aller seul. C'était un travail si simple qu'une seule paire de mains suffisait. L'accélération que pouvait maintenant se permettre le scooter mis à nu dépassait un tiers de G, ce qui lui ferait faire le trajet de l'*Endeavour* au missile en quatre minutes. Les six minutes de temps utile ainsi dégagées devraient suffire.

Rodrigo ne se retourna qu'une fois après avoir quitté le vaisseau; il vit que, comme prévu, il avait pris de la hauteur à l'aplomb de l'axe central et qu'il dérivait doucement au-dessus du disque tournant de la face nord. Le temps qu'il ait atteint la bombe, il se trouverait séparé du navire par toute l'épaisseur de Rama.

Pour survoler la plaine polaire, il prit son temps. Rien ne pressait, car les caméras de la bombe ne pouvaient encore le déceler. Il en profita pour ménager son carburant. Puis il dépassa le rebord circulaire du monde; il était en vue du missile étincelant sous un soleil plus cru encore que celui qui baignait sa planète natale.

Rodrigo avait déjà composé le plan de vol. Il lui suffit de mettre en marche le programme. Le scooter vira par rapport à ses gyroscopes et, en quelques secondes, fut lancé à pleine puissance. La pesanteur provoquée par l'accélération fut d'abord écrasante, puis Rodrigo s'y adapta. Après tout, il en avait subi, sans gêne aucune, deux fois plus dans Rama, et il était né sur la Terre où elle était triple.

Tandis que le scooter s'orientait de lui-même droit sur la bombe, Rodrigo vit tomber sous lui l'énorme paroi extérieure du cylindre long de cinquante kilomètres. Il aurait été, toutefois, bien incapable d'évaluer la taille de Rama tant la surface de Rama était lisse et dépourvue d'accidents, de repères – tellement qu'on aurait pu douter qu'il tournât.

Une centaine de secondes plus tard, il était presque à mi-chemin. La bombe, toujours trop éloignée pour laisser voir tous ses détails, était cependant de plus en plus brillante sur le noir de jais du ciel. L'absence d'étoiles était un spectacle étrange : pas même la Terre lumineuse ni l'éblouissante Vénus. Les filtres sombres qui protégeaient ses yeux de l'éclat mortel du soleil en avaient absorbé la clarté. Rodrigo pensa qu'il était en train de battre un record : celui de la mission en espace libre la plus proche du Soleil. Heureusement pour lui, l'activité solaire était faible.

A deux minutes dix secondes, un voyant clignota et la poussée retomba à zéro. Le scooter fit demi-tour sur lui-même et de nouveau les gaz jaillirent à pleine puissance. La décélération était amorcée, au même taux insensé de trois mètres par seconde au carré, et même mieux que cela sans doute, puisqu'il avait brûlé près de la moitié de son carburant.

La bombe se trouvait à vingt-cinq kilomètres. Encore deux minutes et il aurait couvert cette distance. Il avait atteint une vitesse de pointe de quinze cents kilomètres à l'heure, ce qui, pour un scooter de l'espace, était une folie et vraisemblablement un autre record. Mais ce n'était pas à proprement parler une mission en espace libre de routine, et il savait avec précision ce qu'il faisait.

La bombe grossissait. Il distinguait l'antenne principale, braquée sur l'étoile invisible qu'était Mercure.

Les images de l'approche du scooter couraient sur ses ondes depuis trois minutes à la vitesse de la lumière. Dans deux minutes, elles parviendraient à Mercure.

Que feraient alors les Hermiens en le voyant? Ils seraient abasourdis, bien sûr. Ils comprendraient instantanément qu'il avait opéré un rendez-vous avec la bombe avant qu'eux-mêmes sachent qu'il s'y dirigeait. Un homme laissé là en observation avertirait l'autorité supérieure, ce qui prendrait encore du temps. Mais même dans la pire éventualité, même si l'officier de service avait l'autorisation de mettre à feu la bombe et qu'il le fît immédiatement, il faudrait au signal cinq autres minutes pour arriver.

La réaction ne serait pas immédiate, Rodrigo en était sûr bien qu'il n'eût pas parié là-dessus, car les cosmochrétiens ne pariaient jamais. Les Hermiens hésiteraient à détruire un véhicule de reconnaissance de l'*Endeavour*, même s'ils suspectaient ses intentions. Ils essaieraient certainement de discuter, d'une façon ou d'une autre, et cela signifiait un gain de temps supplémentaire.

Mais la meilleure raison, c'était qu'ils ne gaspilleraient pas une bombe de plusieurs gigatonnes contre un simple scooter. Car ce serait du gâchis que de la faire exploser à vingt kilomètres de sa cible. Il leur faudrait d'abord la déplacer. Oui, il avait tout son temps, mais il agirait selon le scénario le plus défavorable.

Comme si le signal de mise à feu devait arriver dans le temps minimal : cinq minutes.

Pendant que le scooter parcourait les derniers cent mètres, Rodrigo compara rapidement les détails qu'il distinguait maintenant avec ceux qu'il avait examinés sur les photos prises de loin. La série d'images avait maintenant pris la dureté du métal et le poli du plastique. L'abstraction s'était faite réalité meurtrière.

La bombe avait un diamètre de trois mètres sur dix de long environ, ce qui coïncidait étrangement avec les proportions de Rama lui-même. Elle était attachée à la structure du véhicule porteur par un réseau apparent de courtes tiges en double T. Pour une raison qui sans doute n'était pas étrangère à l'emplacement du centre de gravité, la bombe était fixée perpendiculairement à l'axe du porteur, ce qui lui donnait l'allure sinistre d'une tête de marteau. Et c'était un marteau, en vérité, assez lourd pour pulvériser un monde.

De chaque extrémité de la bombe partaient des faisceaux de câbles sous tresse isolante, qui, après avoir longé le cylindre, disparaissaient à travers le réseau de tiges dans l'intérieur de l'engin. Là seulement se trouvaient le système de communications et les commandes; la bombe elle-même ne portait pas la moindre antenne. Il suffisait à Rodrigo de couper ces deux faisceaux de câbles pour ne laisser qu'une inoffensive masse de métal inerte.

Cela lui sembla trop facile, quoiqu'il ne se fût pas attendu à autre chose. Il jeta un coup d'œil à sa montre. Il restait encore trente secondes avant que les Hermiens ne s'aperçussent de son existence, même s'ils l'avaient vu surgir de derrière Rama. Il pouvait donc absolument compter sur cinq minutes de travail ininterrompu, avec une probabilité à 99 % d'un délai bien plus considérable.

Dès que le scooter, ayant épuisé son élan, se fut arrêté, Rodrigo l'arrima à la structure du missile si bien que les deux ne firent qu'un ensemble rigide. Ce fut exécuté en quelques secondes. Il avait déjà choisi ses outils. Il sortit donc aussitôt de son siège, légèrement entravé malgré tout par sa lourde combinaison isolante.

La première chose qui lui tomba sous les yeux fut une petite plaque métallique où se lisait :

COMMISSARIAT A L'ÉNÉRGIE
Section D
47, Sunset Boulevard
17464 Vulcanopolis

Pour tout renseignement s'adresser à M. Henry K. Jones.

Rodrigo eut le pressentiment que, dans quelques minutes, M. Jones aurait fort à faire.

Le câble n'offrit aucune résistance aux lourdes pinces coupantes. Les premiers brins étaient déjà coupés et Rodrigo avait à peine pensé à l'enfer enchaîné à quelques centimètres de lui. Si ses gestes devaient le déchaîner, il n'en saurait jamais rien.

De nouveau, il consulta sa montre. Cela lui avait pris moins d'une minute, il était donc dans les temps. Après avoir coupé l'autre faisceau de câbles, il pourrait rentrer, sous les regards furieux et dépités des Hermiens.

Il venait de s'attaquer au second faisceau de câbles lorsqu'il sentit une faible vibration dans le métal qu'il touchait. Soudain alarmé, il se retourna pour regarder la masse du missile.

L'éclat indigo caractéristique des moteurs-fusées à plasma couronnait un des réacteurs d'orientation. La bombe s'apprêtait à manœuvrer.

Le message de Mercure fut bref et accablant. Il arriva deux minutes après que Rodrigo eut disparu derrière Rama.

CONTRÔLE SPATIAL MERCURE INFERNO WEST A COMMANDANT ENDEAVOUR, DÈS RÉCEPTION DE CE MESSAGE VOUS AVEZ UNE HEURE POUR QUITTER VOISINAGE RAMA. VOUS SUGGÉRONS VITESSE MAXIMALE DANS PROLONGEMENT AXE DE ROTATION. ACCUSEZ RÉCEPTION. FIN MESSAGE.

Norton le lut d'abord avec incrédulité, puis avec colère. Il faillit céder à l'envie puérile de répondre que tout l'équipage était dans Rama, et qu'il faudrait des heures pour l'évacuer. Mais cela ne servirait à rien, sauf à éprouver la détermination et les nerfs des Hermiens.

Au fait, pourquoi s'étaient-ils décidés à agir plusieurs jours avant le passage au périhélie? Il se demanda si, devant la pression croissante de l'opinion publique, ils n'avaient pas décidé de mettre le reste de l'espèce humaine devant un fait accompli. L'explication semblait fragile. Une telle perméabilité aux affects des masses ne leur ressemblait pas.

Rodrigo était impossible à rappeler, et le resterait, derrière l'obstacle aux ondes que constituait Rama, tant qu'il ne serait pas directement en vue, c'est-à-dire pas avant le succès, ou l'échec, de la mission.

Norton ferait donc attendre sa réponse. Il avait du temps devant lui : cinq bonnes minutes. Entre-temps, il aurait arrêté son attitude à l'égard de Mercure.

Pourquoi ne pas ignorer complètement ce message, et attendre de voir ce que feraient les Hermiens?

Le premier sentiment qu'éprouva Rodrigo lorsque la bombe se mit en mouvement ne fut pas la peur, la peur physique. C'était quelque chose de bien plus accablant. Il croyait que l'univers était régi par des lois strictes auxquelles Dieu lui-même ne pouvait se soustraire – et encore moins les Hermiens. Un message, quel qu'il fût, ne pouvait aller plus vite que la lumière; il était en avance de cinq minutes sur tout ce qu'entreprendrait Mercure.

Il ne pouvait donc s'agir que d'une coïncidence, extraordinaire, peut-être fatale, mais rien de plus. Un signal pouvait avoir été envoyé à la bombe au moment même où il quittait l'*Endeavour*. Dans le temps qu'il en parcourait ses cinquante, le signal faisait un bond de quatre-vingts millions de kilomètres.

Ou alors il ne s'agissait que d'un changement d'assiette automatique pour parer à l'échauffement d'une partie du missile. La température de surface approchait par endroits les quinze cents degrés, et Rodrigo avait bien pris soin de rester autant que possible dans l'ombre.

Un second réacteur s'alluma, pour moduler le mouvement imprimé par le premier. Cette fois, ce n'était plus une simple correction thermique. La bombe se réorientait, et elle visait Rama...

Il était futile, en cet instant, de se demander pourquoi. Une seule chose était en sa faveur : le missile était un engin à accélération très progressive, qui ne pouvait se permettre plus d'un dixième de G. Rodrigo le supporterait.

Il vérifia l'ancrage du scooter à la structure de la bombe et revérifia le câble de sécurité de sa propre combinaison.

Une froide colère, qui ne faisait que renforcer sa détermination, le gagnait. Cela signifiait-il que les Hermiens allaient faire exploser la bombe sans crier gare ni donner à l'*Endeavour* une chance de s'en sortir? Il était difficile de croire qu'ils perpétreraient un acte de folie criminelle dans le dessein de retourner contre eux le reste du système solaire. Pour quelle raison passeraient-ils ainsi outre à la promesse solennelle de leur ambassadeur?

Quel que fût leur plan, ils ne l'emporteraient pas au paradis.

Le deuxième message de Mercure fut identique au premier, et arriva dix minutes plus tard. Ils avaient donc reculé l'échéance. Norton avait encore une heure devant lui. Et, de toute évidence, ils avaient attendu que pût leur parvenir une réponse de l'*Endeavour* avant de rappeler.

Or, un autre facteur était intervenu : ils avaient dû entre-temps voir Rodrigo et auraient nécessairement perdu quelques minutes à arrêter les contre-mesures. Leurs ordres pouvaient déjà être partis et arriver d'une seconde à l'autre.

Il devrait donc se préparer au départ. A tout moment, la masse de Rama, qui leur masquait le ciel, pouvait être rongée à partir de ses bords par une incandescence dont la gloire aveuglante surpasserait un bref instant l'éclat du soleil.

Lorsque le réacteur principal se mit en marche, Rodrigo était solidement amarré. La poussée ne dura que vingt secondes. Il fit un bref calcul de tête et en déduisit que la vitesse n'avait pas dû varier de plus de quinze kilomètres à l'heure. La bombe mettrait une heure à rejoindre Rama. Peut-être ne s'était-elle rapprochée que pour permettre une action plus rapide. La précaution était sage, mais les Hermiens la prenaient trop tard.

Bien qu'il eût maintenant une conscience exacte de

l'écoulement du temps, Rodrigo consulta sa montre. Sur Mercure, ils devaient le voir et comprendre qu'il s'approchait avec une intention précise de la bombe. Puisque pour eux son objectif ne faisait plus de doute, ils devaient en ce moment même se demander s'il l'avait atteint.

Le second faisceau de câbles se laissa couper aussi facilement que le premier. Bon ouvrier, Rodrigo s'était choisi de bons outils. La bombe était désamorcée, ou, pour être plus précis, elle ne pouvait plus être mise à feu à distance.

Il y avait toutefois une autre possibilité qu'il ne pouvait se permettre d'ignorer. Il n'y avait pas de détonateurs externes, mais il pouvait y en avoir d'internes qui réagiraient au choc de l'impact. Les Hermiens, qui contrôlaient toujours la trajectoire de leur engin, pouvaient décider de le précipiter sur Rama. Rodrigo n'avait pas achevé sa mission.

D'ici cinq minutes et dans la salle de contrôle qui se trouvait quelque part sur Mercure, on le verrait se glisser le long du flanc du missile avec, à la main, la modeste paire de pinces coupantes qui venait de neutraliser l'arme la plus dévastatrice qu'ait jamais construite l'homme. Il fut presque tenté d'adresser un signe à la caméra, mais se ravisa en pensant que ce serait manquer de dignité. Après tout, il faisait l'Histoire et, dans les années à venir, les hommes contempleraient par millions cette scène. A moins, bien sûr, que les Hermiens, dans un accès de rage, ne détruisissent le film. Il aurait mauvaise grâce à leur en vouloir.

Il atteignit la base de l'antenne à longue portée, et se hissa jusqu'au grand réflecteur parabolique. Ses fidèles pinces tranchèrent allègrement dans le système d'alimentation, mordant les câbles comme les gaines d'ondes laser. Au dernier coup de mâchoires, l'antenne se mit à tourner lentement. Surpris d'abord par ce mouvement inattendu, il comprit qu'il avait également détruit le blocage qui la maintenait braquée sur Mercure. Dans cinq minutes exactement, les Hermiens auraient perdu tout contact avec leur envoyé. A présent, il était non seulement impuissant, mais aveugle et sourd.

Rodrigo regrimpa lentement vers son scooter, défit les entraves et le manœuvra pour placer les tampons avant tout contre le missile, aussi près que possible de son centre de gravité. Il ouvrit les gaz en grand et maintint la poussée pendant vingt secondes.

Ayant à pousser plusieurs fois sa propre masse, le scooter répondit avec une grande mollesse. Lorsque Rodrigo coupa les gaz, il fit un relevé soigneux de la nouvelle trajectoire de la bombe.

Elle passerait à distance respectueuse de Rama, et, de plus, cela permettrait de la retrouver avec précision en n'importe quel point de l'avenir. C'était, après tout, un objet de grande valeur.

Le lieutenant Rodrigo était d'une honnêteté quasi pathologique. Il n'aurait pas supporté que les Hermiens l'accusassent d'avoir égaré un objet leur appartenant.

LE HÉROS

– Ma chérie, commença Norton, cette plaisanterie nous aura retardé de plus d'une journée, mais au moins j'aurai eu l'occasion de te parler.

» Je suis toujours à bord du vaisseau, qui retourne se poster sur l'axe polaire. Il y a une heure, nous avons récupéré un Rod aussi tranquille que s'il venait d'effectuer un tour de garde sans histoire. Je suppose que, désormais, Mercure nous est interdit, et je me demande si nous serons accueillis comme des héros ou des traîtres à notre retour sur Terre. Mais *ma* conscience est en paix : je suis sûr d'avoir bien fait. Je me demande aussi si les Raméens nous diront jamais merci.

» Nous n'avons plus que deux jours devant nous car nous n'avons pas, comme Rama, une carapace épaisse d'un kilomètre pour nous protéger du soleil. Notre coque présente déjà des points d'échauffement, et nous avons dû mettre en place des écrans de protection. Enfin voilà... je m'en voudrais de t'ennuyer avec mes problèmes.

» Nous aurons juste le temps de faire une nouvelle expédition dans Rama, et j'ai l'intention d'en tirer le maximum. Mais ne t'inquiète pas, je ne prendrai pas de risques.

Il interrompit l'enregistrement. Cette dernière phrase avait, pour le moins, un rapport très libéral avec la vérité. Rama recelait suffisamment de dangers et d'incertitudes pour interdire tout sentiment de familiarité au sein de forces qui dépassaient l'entendement. Sachant que désormais il n'y retournerait jamais et que rien ne viendrait compromettre les entreprises à venir, il avait l'intention de solliciter plus fermement sa chance au cours de cette dernière expédition.

— Dans quarante-huit heures, notre mission sera achevée. Ce qui suivra n'est toujours pas arrêté. Comme tu le sais, nous avons pratiquement épuisé nos propergols à nous placer sur cette orbite. J'attends encore qu'on me dise si une fusée-citerne peut opérer un rendez-vous avec nous, et à temps pour notre retour sur Terre, ou bien si nous devrons nous faire capturer par le champ gravitationnel de Mars. De toute façon, je serai de retour vers Noël. Dis à Junior que je suis désolé de ne pas lui rapporter de bébé biote : ces animaux n'en ont pas.

» Nous allons tous très bien malgré une grande fatigue. J'aurai mérité une bonne permission, après tout cela, et nous allons rattraper le temps perdu. En dépit de tout ce que tu peux entendre dire, tu peux te vanter d'avoir épousé un héros. Tu connais beaucoup de femmes dont le mari a sauvé un monde?

Comme toujours, il écouta soigneusement la bande avant de la dupliquer, pour s'assurer qu'elle convenait à ses deux familles. Aussi étrange que cela pût paraître, il ne savait pas laquelle des deux il verrait en premier. D'habitude, son emploi du temps était déterminé au moins un an à l'avance, par le mouvement inexorable des planètes elles-mêmes.

Mais cela datait d'avant Rama. Rien désormais ne serait plus pareil.

LE TEMPLE DE VERRE

— Vous croyez que si nous essayons, dit Karl Mercer, les biotes vont s'y opposer?

— C'est possible. En tout cas, j'aimerais savoir. Pourquoi me regardez-vous ainsi?

Mercer eut alors ce sourire lent et mystérieux que provoquait à l'improviste toute pensée amusée dont il pouvait, ou non, faire part à ses camarades.

— Je me demandais, capitaine, si vous ne vous prenez pas pour le propriétaire de Rama. Jusqu'ici, vous vous êtes opposé à toute tentative d'ouvrir par la force les bâtiments. Pourquoi cette volte-face? Ce sont les Hermiens qui vont ont donné des idées?

Norton éclata de rire, et se reprit soudainement. La question était d'une extrême pertinence, et il doutait maintenant que la bonne réponse fût la plus évidente.

— J'ai peut-être péché par excès de précautions – pour éviter les ennuis. Mais cette occasion est la dernière qui se présente à nous. Si nous sommes contraints de nous retirer, nous n'aurons pas perdu grand-chose.

— A condition de nous retirer en bon ordre.

— Bien sûr. Mais les biotes n'ont jamais fait preuve d'hostilité; et, à part les araignées, je ne vois rien qui puisse nous battre – à la course, j'entends.

— Courez si vous voulez, capitaine, mais moi, j'ai l'intention de quitter dignement les lieux. A propos, j'ai trouvé pourquoi les biotes sont si courtois avec nous.

— C'est un peu tard, pour une nouvelle théorie.

— Peut-être, mais la voici. Ils pensent que nous sommes des Raméens. Ils sont incapables de faire la différence entre un consommateur d'oxygène et un autre.

— Je ne crois pas qu'ils soient *si* bêtes.

— Ce n'est pas un problème d'intelligence. Ils ont été programmés chacun pour une tâche bien définie, et nous n'entrons pas dans leur cadre de référence.

— Vous avez peut-être raison. Nous pourrons le savoir dès que nous nous serons attaqués à l'étude de Londres.

Joe Calvert avait toujours apprécié les films de gangsters et de hold-up, mais il n'avait jamais pensé y jouer un rôle. Or, ce qu'il allait faire n'était pas autre chose.

Dans les rues désertes de Londres semblait planer une menace dont il savait par ailleurs qu'elle était la projection de sa mauvaise conscience. Il ne croyait pas *vraiment* que ces constructions scellées et dépourvues de fenêtres qui les cernaient regorgeaient d'habitants à l'affût qui attendaient que l'envahisseur mît la main sur un de leurs biens pour surgir en hordes furieuses. En fait, il avait la certitude absolue que cet ensemble, comme toutes les autres villes, n'était qu'une sorte d'entrepôt.

Mais la seconde crainte qu'il avait, également alimentée par d'innombrables drames policiers, pouvait être plus justifiée. Même en l'absence de sonneries d'alarme et de hurlements de sirènes, il était plausible que Rama fût équipé d'un quelconque système de détection. Sinon comment les biotes auraient-ils deviné quand et où on avait besoin d'eux?

— Ceux qui n'ont pas de verres protecteurs, tournez le dos! ordonna le sergent Myron.

Dans une odeur d'oxydes d'azote, l'air lui-même se mit à brûler autour du faisceau de la torche laser. La lame de feu trancha avec un grésillement continu dans la gangue qui, depuis l'apparition de l'humanité, restait fermée sur ses secrets.

Aucun matériau ne pouvait résister à une telle concentration d'énergie, et l'entaille progressait à la vitesse de plusieurs mètres à la minute. Une ouverture assez grande pour laisser passer un homme fut ménagée dans un délai extraordinairement bref.

Et, comme la partie découpée semblait ne pas vouloir bouger, Myron la poussa d'abord doucement, puis plus fort, pour, finalement, la frapper de toutes ses forces. Elle s'abattit en arrière dans un fracas d'échos monumentaux.

Comme au moment de sa toute première incursion dans Rama, Norton se rappela cet archéologue qui avait ouvert la tombe pharaonique. Il ne s'attendait pas à un chatoiement de métaux précieux et ce fut avec une absence totale d'idées préconçues qu'il se glissa dans l'ouverture, tenant devant lui son projecteur.

Un temple grec ; mais de verre. Telle fut sa première impression. Le bâtiment contenait une fabuleuse succession de colonnes cristallines, larges d'un mètre environ et s'élançant du sol au plafond. Il y en avait des centaines, s'enfonçant dans l'obscurité qui cernait le faisceau de sa lampe.

Norton marcha sur la plus proche colonne et braqua la lumière à l'intérieur de son fût. Réfracté comme par une lentille sphérique, le faisceau divergea en éventail pour être réfracté, de nouveau et encore, mais plus pâle à chaque fois, par l'enfilade des colonnes. Il eut l'impression d'assister à une difficile expérimentation d'optique.

– C'est très joli, dit le raisonnable Mercer, mais la signification de tout cela? A qui peut servir une forêt de colonnes de verre?

Norton donna un petit coup sec sur l'une d'elles. Elle rendit un son plein, plus métallique cependant que cristallin. Complètement dérouté, il se raccrocha à cet utile conseil entendu jadis : « En cas de doute, ne dis rien et avance. »

Arrivé devant la colonne suivante qui était apparemment la réplique exacte de la première, il entendit Mercer pousser un cri de surprise :

– J'aurais juré que cette colonne était vide... Et maintenant, on y voit quelque chose.

Norton se retourna vivement.

– Où? dit-il. Je ne vois rien.

Il regarda dans la direction qu'indiquait le doigt de Mercer : rien. La colonne était toujours parfaitement transparente.

– Vous ne voyez pas? dit Mercer, incrédule. Venez de ce côté. Bon Dieu!... Je l'ai perdu de vue!

– Que se passe-t-il? demanda Calvert.

Il s'écoula plusieurs minutes avant qu'un commencement de réponse fût apporté à sa question.

Selon l'angle ou l'éclairage, les colonnes n'étaient pas transparentes. Lorsqu'on les contournait, des objets sautaient brusquement aux yeux, apparemment prisonniers de la matière comme des mouches fossiles dans l'ambre, pour disparaître aussi brusquement. Il y en avait des dizaines, tous différents. Ils paraissaient absolument réels et tangibles, bien que nombre d'entre eux occupassent, à ce qu'il semblait, la même portion d'espace.

– Des hologrammes, dit Calvert. Exactement comme dans un musée sur Terre.

Comme toute explication évidente, elle éveilla la méfiance de Norton. Celle-là s'accrut à l'examen des autres colonnes et des apparitions d'objets qu'elles recélaient.

Des outils (quoique conçus pour d'énormes et étranges mains), des coffres, de petites machines munies de claviers qui paraissaient adaptés à un nombre de doigts supérieur à cinq par main, des appareils scientifiques, des objets de ménage étonnamment banaux, tels que couteaux et plats qui, leur taille mise à part, seraient passés inaperçus sur une table terrestre... Tout était là, avec des centaines d'objets plus difficilement identifiables souvent intriqués dans la même colonne. Un musée, à n'en pas douter, aurait présenté une disposition logique, un regroupement d'objets par familles. Or, cela ressemblait plutôt à une collection disparate de matériel.

Ils avaient déjà photographié les images fugaces à l'intérieur d'une vingtaine de colonnes de cristal, quand leur extrême variété mit Norton sur la voie. Peut-être n'était-ce pas une collection, mais un *catalogue*, dont les articles se succédaient selon un système arbitraire mais parfaitement logique. Il pensa aux voisinages incongrus que présentent les dictionnaires et les listes alphabétiques, et soumit l'idée à ses compagnons.

– Je vois ce que vous voulez dire, murmura Mercer. Les Raméens seraient également surpris de nous voir placer, disons, camembert avant caméra.

– Ou un fusible après une fusée, ajouta Calvert, après plusieurs secondes d'intense réflexion.

Puis il s'aperçut qu'on pouvait jouer des heures à ce jeu, suscitant des rapprochements toujours plus cocasses.

– C'est le principe, répondit Norton. C'est peut-être un répertoire d'images en trois dimensions – d'échantillons – une documentation en relief, si vous voulez.

– Et pour quoi faire?

– Eh bien, vous connaissez l'hypothèse à propos des biotes... L'idée selon laquelle ils n'existent que pour autant qu'on a besoin d'eux, et qu'ils sont alors créés, synthétisés à partir de matrices stockées quelque part?

– En effet, dit Mercer avec une lenteur méditative.

– Ce qui veut dire que quand un Raméen a besoin d'un simbleau à main gauche il compose le numéro de code correspondant, et l'exemplaire voulu est fabriqué d'après le modèle emmagasiné ici.

– Quelque chose comme cela. Mais ne me demandez pas de détails.

Les dimensions des colonnes entre lesquelles ils étaient

passés n'avaient cessé de croître. Leur diamètre dépassait maintenant les deux mètres. La taille des images avait grandi en conséquence. Il était évident que, pour des raisons certainement excellentes, les Raméens préféraient s'en tenir strictement à la grandeur nature. Norton se demanda comment ils s'y prenaient pour les objets de taille monumentale, s'il y en avait.

Pour améliorer leur efficacité, les quatre explorateurs s'étaient aventurés chacun de leur côté entre les colonnes de cristal, photographiaient précipitamment tout ce que pouvaient débusquer les objectifs de leurs appareils. Quelle chance extraordinaire, se dit Norton qui avait par ailleurs le sentiment de l'avoir bien mérité; jamais ils n'auraient pu mieux trouver que ce catalogue des manufactures raméennes. Et pourtant, d'une certaine façon, rien n'était plus décevant. Rien n'était réellement présent, sauf d'impalpables jeux de lumières et d'ombres : ces objets d'apparence tangible n'existaient pas vraiment.

Bien qu'il sût tout cela, plus d'une fois Norton fut tenté de trancher à coups de laser à travers les colonnes, pour pouvoir ramener sur Terre quelque chose de matériel. C'était le même réflexe, pensa-t-il amèrement, qui poussait le singe à attraper le reflet de la banane dans le miroir.

Il photographiait ce qui paraissait être un appareil d'optique, quand le cri de Calvert le figea sur place :

– Capitaine! Karl! Will! Regardez *ça!*

Joe, qu'on savait prompt à s'emballer, avait trouvé de quoi justifier tous les enthousiasmes.

A l'intérieur d'une des colonnes larges de deux mètres se trouvait un harnachement, ou uniforme, très sophistiqué, destiné de toute évidence à une créature verticale beaucoup plus grande qu'un homme. Un ruban de métal, très étroit, entourait ce qui devait être une taille, un thorax, ou quelque segment de corps inconnu de la zoologie terrestre. A partir de là s'élevaient trois minces colonnes qui se recourbaient vers l'extérieur et aboutissaient à une ceinture parfaitement circulaire, d'un mètre de diamètre. Des brides, également réparties sur son pourtour, ne pouvaient servir qu'à être enfilées par des membres supérieurs ou des bras. Et il y en avait trois...

Le reste se composait d'un grand nombre de poches, de boucles, de baudriers d'où saillaient des outils (des armes?), des tuyaux, des câbles électriques, et même de petites boîtes noires qui n'auraient pas dépareillé un laboratoire d'électronique sur Terre. L'ensemble était presque aussi compliqué qu'une combinaison spatiale, bien qu'il n'habillât sans doute que très partiellement la créature qui le portait.

Cette créature était-elle un Raméen? se demanda Norton. Nous ne le saurons probablement jamais. En tout cas, ç'avait dû être une créature intelligente, car aucun animal n'aurait pu maîtriser un équipement aussi élaboré.

— Près de deux mètres cinquante, dit Mercer d'un ton pensif, sans compter le tête... Mais *quelle* sorte de tête?

— Trois bras, et vraisemblablement trois jambes. La même structure que les araignées, mais avec des formes plus massives. A votre avis, c'est une coïncidence?

— J'en doute. Nous faisons les robots à notre image; on peut s'attendre à ce que les Raméens fassent de même.

Joe Calvert, anormalement muet, contemplait la chose avec une sorte de crainte respectueuse.

— Vous pensez qu'ils nous savent ici? souffla-t-il.

— Cela m'étonnerait, dit Mercer. Nous sommes loin d'avoir atteint leur seuil de conscience... Mais les Hermiens, eux, ont failli y parvenir.

Ils étaient là, incapables de se détacher du spectacle, quand Pieter les appela depuis le Moyeu. Sa voix était inquiète.

— Capitaine, vous feriez mieux de sortir.

— Que se passe-t-il? Les biotes nous rendent visite?

— Non. Plus grave que cela. *Les lumières sont en train de s'éteindre.*

RETRAITE

Lorsqu'ils eurent précipitamment passé l'ouverture découpée au laser, il sembla à Norton que les six soleils de Rama brillaient d'un éclat inchangé. Pieter aura certainement fait une erreur, pensa-t-il... Cela ne lui ressemble guère...

C'était précisément cette réaction que Pieter avait prévue.

– C'est arrivé si progressivement, expliqua-t-il d'un ton d'excuse, qu'il m'a fallu longtemps avant de remarquer une différence. Mais il n'y a pas de doute, j'ai effectué des mesures. L'intensité lumineuse a baissé de quarante pour cent.

Maintenant que Norton s'était réaccoutumé à la clarté après le séjour dans la pénombre du temple de verre, il ne pouvait que croire Pieter. Le long jour de Rama touchait à sa fin.

Bien que la chaleur fût égale, Norton se surprit à frissonner. Il connaissait cette sensation depuis certain jour d'été sur Terre. Il s'était produit une inexplicable baisse de luminosité, comme si s'abattait une brume de ténèbres, ou comme si le soleil avait perdu sa force, et pourtant le ciel était vierge de nuages. Puis il se souvint. C'était le début d'une éclipse partielle.

– Nous y voilà, dit-il d'une voix sombre. Nous rentrons. Laissez les équipements sur place, nous n'en aurons plus besoin.

Il espéra que les événements lui donneraient raison sur le point suivant : s'il avait choisi Londres pour cette dernière mission, c'était parce qu'aucune autre ville n'était aussi proche d'un escalier. La première marche de Bêta n'était qu'à quatre kilomètres.

Ils adoptèrent les longues foulées qui étaient le pas de course le plus praticable à mi-gravité. Et Norton imprima une allure qui, selon lui, les amènerait au bord de la plaine sans fatigue en un temps minimal. Il avait très précisément présents à l'esprit les huit kilomètres qu'ils auraient à gravir une fois Bêta atteint, mais il se sentirait bien plus en sécurité quand la montée serait effectivement entamée.

Le premier tremblement survint alors qu'ils étaient tout proches de l'escalier. La secousse fut légère, et, instinctivement, Norton se retourna vers le sud, s'attendant à voir les feux d'artifice se rallumer autour des Cornes. Mais Rama paraissait ne jamais se répéter exactement : si les pics effilés étaient le théâtre de décharges électriques, elles étaient trop faibles pour être visibles.

– J'appelle la passerelle du commandant, dit-il. Vous avez perçu quelque chose?

– Oui, capitaine, un choc très faible. Ce pourrait être un autre changement d'assiette. Nous comparons avec nos gyroscopes... Rien encore. Si! Attendez! Je lis quelque chose... à la limite du détectable... Moins d'un microradian par seconde, mais persistant.

Bien qu'avec une insensible lenteur, Rama était en train de virer. Les chocs précédents n'avaient peut-être été qu'une fausse alarme, mais là, ce devait être pour de bon.

– Le mouvement s'accentue – cinq microradians. Hé, vous avez senti cette secousse?

– Parfaitement. Prenez toutes les mesures à bord pour appareiller. Il faudra peut-être partir au plus vite.

– Vous croyez qu'un changement d'orbite est imminent? Nous sommes encore loin du périhélie.

– Je ne pense pas que Rama fonctionne selon nos normes. Nous sommes bientôt à Bêta. Nous allons y faire une pause de cinq minutes.

Ces cinq minutes étaient dérisoirement insuffisantes, mais elles parurent durer un siècle. Car cela ne faisait plus de doute : la lumière baissait, et vite.

Malgré les projecteurs dont ils étaient encore tous

équipés, ils répugnaient à l'idée de l'obscurité. Leur accoutumance psychologique à ce jour sans fin était telle qu'ils retrouvaient difficilement le souvenir des conditions de leurs explorations initiales du monde. Ils étaient talonnés par le besoin d'échapper, de sortir à la lumière qui brillait à un kilomètre d'eux, derrière ces parois cylindriques.

– J'appelle le Moyeu, dit Norton. Le projecteur est-il toujours opérationnel? Nous risquons d'en avoir besoin rapidement.

– Oui, capitaine. Voilà.

Une rassurante étincelle de lumière s'alluma dans le ciel à huit kilomètres de leur tête. Malgré l'obscurcissement du jour raméen, son éclat parut étonnamment faible : mais, comme avant l'aube, le réflecteur les guiderait en cas de besoin.

Norton eut le pressentiment que cette montée serait la plus longue et la plus éprouvante pour les nerfs. Quoi qu'il arrivât, il serait impossible de précipiter l'allure; s'ils surestimaient leurs forces, ils s'écrouleraient quelque part sur la pente de l'escalier vertigineux et devraient attendre que leurs muscles malmenés acceptassent de continuer. Ils étaient certainement à présent l'équipage le plus apte aux missions de l'espace, mais leur corps avait ses limites.

Après une heure d'escalade ininterrompue, ils avaient atteint la quatrième partie de l'escalier, à trois kilomètres environ de la plaine. A partir de là, ce serait plus facile, car la gravité était déjà trois fois moins forte que sur Terre. A l'exception de brèves et sporadiques secousses, il ne s'était rien produit d'anormal, et la lumière était encore plus que suffisante. Retrouvant un certain optimisme, ils se demandèrent même s'ils n'avaient pas trop tôt battu en retraite. Par contre, il était définitivement acquis qu'ils ne retourneraient jamais en arrière. Ils venaient tous de fouler pour la dernière fois le sol de la plaine de Rama.

Alors qu'ils prenaient dix minutes de repos sur la quatrième plate-forme, Calvert s'écria :

– Quel est ce bruit, capitaine?

– Un bruit! Je n'entends rien.

– Un sifflement suraigu, mais qui baisse vers le grave. Vous *devez* l'entendre.

– Vous avez l'ouïe plus fine que moi... Oh, ça y est!

C'était un sifflement qui semblait venir de partout. Il fut bientôt intense, assourdissant même tandis que sa fréquence baissait rapidement. Soudain il se tut.

Pour reprendre, quelques secondes plus tard, la même glissade sonore qui avait le caractère irrésistiblement funèbre d'une sirène de phare lançant son signal dans la nuit brumeuse. C'était un message, et des plus urgents. Il n'était pas destiné à leurs oreilles, mais ils le comprenaient. Puis, comme pour le souligner, les lumières s'en mêlèrent.

Elles commencèrent par baisser, jusqu'à s'éteindre presque, puis elles fulgurèrent de points lumineux semblables à des boules de foudre qui parcoururent les étroites vallées qui tout à l'heure éclairaient le monde, se dirigeant des pôles vers la mer en un ballet réglé sur un rythme hypnotique qui ne pouvait avoir qu'un seul sens. « A la mer! disaient les lumières. A la mer! » L'ordre avait quelque chose d'irrésistible, et chacun des hommes ressentit le besoin impérieux de rebrousser chemin et de chercher l'oubli dans les eaux de Rama.

Norton appela le Moyeu.

– Voyez-vous ce qui se passe? demanda-t-il d'une voix alarmée.

La voix de Pieter lui répondit, sensiblement altérée par la crainte :

– Oui, capitaine. J'ai braqué le télescope sur le continent sud. Il y a encore des centaines de biotes là-bas, et non des moindres. Des Grues, des Bulldozers, des foules d'Eboueurs. Et tous se ruent vers la mer à une vitesse que je ne leur connaissais pas. Voilà une Grue... Elle se jette du bord de la falaise! Exactement comme Jimmy, sauf qu'elle descend plus vite. Elle s'est écrasée en touchant la surface... Les Requins arrivent... Ils la mettent en pièces. Ce n'est pas beau à voir.

» Attendez, je me recentre sur la plaine. Voilà un Bulldozer qui a l'air endommagé, il n'arrête pas de tourner en rond... Des Crabes se jettent sur lui et le déchiquettent... Capitaine, je pense que vous feriez mieux de rentrer tout de suite.

– Faites-moi confiance, dit Norton qui exprima ainsi le fond de sa pensée, nous rentrons *le plus vite possible*.

Rama se refermait sur lui-même comme un bateau à l'approche de la tempête. Norton ne put se défaire de cette impression à laquelle il ne trouvait cependant pas de fondement logique. Mais la logique semblait l'avoir quitté; deux impulsions se livraient combat dans sa tête, le besoin de sortir, et le désir d'obéir à l'injonction des boules de feu qui parcouraient toujours le ciel de leurs fulgurances, lui ordonnant de se joindre à la fuite des biotes vers la mer.

Une autre section de l'escalier, une autre pause de dix minutes, pour permettre à ses muscles d'éliminer les toxines de la fatigue. Puis l'escalier de nouveau, deux kilomètres encore à gravir, et surtout, ne plus penser à ce qui se passait.

Les glissandos hallucinants des coups de sifflet cessèrent brusquement. Au même moment, les boules de feu sillonnant les rainures des Vallées Droites cessèrent leur ballet hypnotique; les six soleils linéaires de Rama retrouvèrent leur éclat continu.

Mais ils faiblissaient rapidement, et parfois clignotaient, comme si de terribles soubresauts secouaient l'agonie des sources d'énergie. Les hommes sentaient par instants le sol trembler sous leurs pieds. On leur annonça depuis la passerelle que Rama, avec son imperceptible lenteur, continuait à virer, comme l'aiguille d'une boussole excitée par un très faible champ magnétique. C'était peut-être un motif de soulagement. Car ce serait à l'arrêt du mouvement de Rama que Norton pourrait craindre le pire.

Pieter annonça que tous les biotes avaient disparu... Sur toute la surface interne de Rama, le seul mouvement était celui des êtres humains qui se hissaient avec une lenteur fastidieuse sur la paroi courbe du dôme nord.

Norton avait depuis longtemps maîtrisé le vertige ressenti lors de la première ascension, mais une autre crainte s'insinuait maintenant dans son esprit. Ils étaient terriblement vulnérables, sur cette pente qui menait de la plaine au Moyeu. Et si, après avoir achevé son changement d'assiette, Rama accélérait?

La poussée se ferait sans doute dans l'axe, mais dans quel sens? Si elle venait du nord, il n'y aurait pas de problème, ils seraient plus fortement plaqués contre la paroi qu'ils gravissaient. Mais si elle venait du sud, ils risquaient d'être projetés dans l'espace, et de retomber très loin en contrebas sur la plaine.

Il tenta de se rassurer avec la pensée que la poussée serait de toute façon faible. Les calculs du Dr Perera avaient été des plus convaincants. Rama ne pouvait se permettre une accélération supérieure à un cinquantième de G, sinon la mer Cylindrique déborderait la falaise sud pour inonder tout le continent. Mais le Dr Perera était bien à l'abri sur Terre et ne se livrait pas à ses calculs sous la voûte métallique d'un ciel qui paraissait devoir leur tomber sur la tête. Et si Rama, comme l'Egypte, était soumis à un régime d'inondations périodiques?

Non, c'était ridicule. Il était absurde d'imaginer que ces milliards de tonnes pourraient bondir inopinément pour leur faire lâcher prise. Toujours est-il que Norton poursuivit l'ascension sans jamais perdre longtemps contact avec la main courante.

Des siècles plus tard, ils furent en haut de l'escalier. Ne restaient plus que quelques centaines de mètres de cette échelle semblable à une voie ferrée. Il n'était plus utile d'escalader à proprement parler ce dernier tronçon, puisqu'un seul homme sur le Moyeu pouvait, en halant sur une corde, en hisser un autre dans la gravité rapidement décroissante. Au pied de l'échelle, un homme ne pesait déjà plus que cinq kilos. Au sommet, son poids était pratiquement nul.

Norton, calé sur le nœud de chaise, put donc se détendre, se raccrochant de temps en temps à un barreau pour contrebalancer la force de Coriolis qui, bien que très faible, tentait toujours de l'écarter de l'échelle. Il avait presque oublié ses muscles contractés lorsqu'il contempla une dernière fois l'étendue de Rama.

La lumière était sensiblement celle d'un clair de lune sur Terre. Le paysage était parfaitement distinct, à ses moindres détails près. Le pôle Sud était partiellement masqué par une brume rougeoyante dont seule la pointe de la grande Corne émergeait, sous forme d'un point noir, étant vue de face exactement.

Le continent qui s'étendait derrière la mer, aussi soigneusement cartographié qu'inconnu, présentait la même marqueterie disparate qu'à l'accoutumée, mais la perspective qui en raccourcissait les lignes rendait son examen peu gratifiant, et Norton ne le parcourut que brièvement du regard.

Il contourna du regard l'anneau de la mer et remarqua pour la première fois le dessin régulier des turbulences, comme si les vagues se brisaient sur des écueils répartis géométriquement. La manœuvre de Rama produisait un effet certain, mais à peine sensible. Il était sûr que, s'il avait demandé au sergent Barnes de reprendre la mer sur sa défunte *Resolution*, elle aurait, même dans ces conditions, obéi avec enthousiasme.

New York, Londres, Paris, Moscou, Rome... Il dit adieu à toutes ces villes du continent nord, et espéra que les Raméens lui pardonneraient les dommages qu'il avait pu y commettre. Ils comprendraient peut-être que c'était pour le bien de la science.

Puis il fut au Moyeu. Des mains empressées se tendirent pour le saisir et pour lui faire passer en hâte les sas. Il ne put maîtriser le tremblement de ses bras et de ses jambes surmenés. Incapable ou presque de coordonner ses mouvements, il se laissa avec bonheur manipuler comme un paralytique.

Le ciel de Rama se rétrécit au-dessus de lui tandis qu'il s'enfonçait dans le cratère central du Moyeu. Puis, comme la porte intérieure du sas se refermait sur la vue de ce monde, il se prit à penser : « Étrange que cette nuit doive tomber maintenant que Rama est au plus près du soleil! »

ESPACE MOTEUR

Norton jugea qu'une centaine de kilomètres donneraient une marge de sécurité suffisante. Rama se présentait exactement par le travers, sous forme d'un vaste rectangle noir qui éclipsait le soleil. Cette circonstance lui avait permis de faire partir l'*Endeavour* dans l'ombre, afin de soulager le système de refroidissement et de procéder à quelques révisions trop longtemps différées. Le cône d'obscurité protectrice de Rama pouvait disparaître d'un moment à l'autre, et il avait l'intention d'en tirer le meilleur parti possible.

Rama n'avait pas cessé son mouvement. Il s'était déjà incliné de quinze degrés, et il était impossible de ne pas envisager l'imminence d'un changement d'orbite décisif. Aux Planètes unies, l'agitation culminait en hystérie, mais seul un faible écho en parvenait jusqu'à l'*Endeavour*. L'équipage était recru de fatigue physique et nerveuse, et à part une squelettique équipe de quart, on avait dormi pendant un tour de cadran après le décollage de la base du pôle Nord. Sur ordre du docteur, Norton lui-même avait recouru à l'électro-sédation, ce qui ne l'avait pas empêché de monter en rêve un interminable escalier.

Au deuxième jour sur le vaisseau, les choses avaient repris un cours presque normal. L'exploration de Rama semblait désormais appartenir à une autre vie. Norton s'attaqua au travail administratif qui s'était accumulé et se remit aux projets d'avenir. Mais il repoussa toutes les demandes d'interview qui avaient pu s'infiltrer par les circuits de la Sécurité solaire et même par ceux de Spaceguard. Mercure ne disait mot, et l'Assemblée générale des Planètes unies avait ajourné sa séance, bien qu'elle fût prête à se réunir à la première convocation.

Trente heures après avoir quitté Rama, Norton goûtait sa première nuit de vrai sommeil, quand il fut sans ménagements ramené à l'état de veille. Il jura brumeusement, ouvrit un œil trouble sur Karl Mercer et, aussitôt, il fut, comme tout bon commandant, parfaitement réveillé :

– Le mouvement s'est arrêté?

– Rama est aussi inerte qu'une pierre.

– Vite, à la passerelle.

Le vaisseau était tout éveillé; les chimpanzés eux-mêmes sentirent l'imminence de quelque chose et laissèrent fuser de petits couinements anxieux avant que le sergent Mac Andrews ne les rassurât par de brefs gestes de la main. Norton, qui s'installait et se sanglait dans son fauteuil, se demanda toutefois si ce n'était pas une fausse alarme.

Rama, qui se présentait maintenant comme un cylindre trapu, laissait apparaître une lunule incandescente de soleil. Norton guida doucement l'*Endeavour* dans l'ombre de l'éclipse artificielle, et vit réapparaître, dans sa splendeur nacrée, la couronne du soleil cloutée des plus brillantes étoiles. Une énorme protubérance, haute d'un demi-million de kilomètres au moins, avait pu se dresser si haut que ses ramifications supérieures la faisaient ressembler à un arbre de feu écarlate.

Il ne restait plus qu'à attendre, se dit Norton. Le plus

important serait de ne pas se laisser gagner par l'ennui, d'avoir le bon réflexe au bon moment, de veiller à ce qu'aucune voix ne manquât au précis contrepoint des instruments, aussi longtemps qu'il le faudrait.

C'était étrange. Le champ d'étoiles glissait comme si les moteurs de roulis avaient été mis en marche. Mais il n'avait touché aucune commande, et si un réel mouvement s'était produit, il l'aurait aussitôt détecté.

– Capitaine! appela Calvert depuis le poste de navigation, nous tournons sur nous-mêmes! Regardez les étoiles! *Mais je ne vois rien sur les instruments!*

– Les plates-formes à inertie fonctionnent?

– Tout à fait normalement. Je vois l'aiguille trembler autour du zéro. Mais nous roulons de plusieurs degrés par seconde!

– Impossible!

– Bien sûr – mais regardez par vous-même...

Quand tout le reste le lâchait, l'homme devait se fier aux organes de ses sens. Norton ne put douter une seconde que le firmament se fût mis à tourner : Sirius apparaissait au bord du hublot. Ou bien l'univers, régressant selon un schéma pré-copernicien, avait soudain décidé de pivoter autour de l'*Endeavour,* ou bien, les étoiles étant immobiles, c'était le vaisseau qui tournait.

La seconde explication, si elle paraissait plus vraisemblable, impliquait une contradiction apparemment insoluble. A l'allure où le vaisseau tournait, Norton aurait dû le sentir, comme on disait, par l'intermédiaire du fond de son pantalon. De plus, toutes les plates-formes à inertie n'avaient pas pu tomber en panne simultanément et indépendamment.

Il ne restait qu'une seule solution. Chaque atome, jusqu'au dernier, de l'*Endeavour,* devait être sous l'empire d'une quelconque force, et seul un très puissant champ gravitationnel pouvait produire un tel effet. Du moins, aucun autre champ *connu*...

D'un coup, les étoiles disparurent. Le disque aveuglant

du soleil émergeait de derrière l'écran de Rama, et son éclat avait balayé tous les autres astres du ciel.

– Que donnent les radars? Et l'effet Doppler?

Norton, qui s'attendait à ce que ces instruments aussi fussent réduits en silence, se trompait.

Rama avait fini par démarrer, avec un modeste taux d'accélération de 0,015 gravités. Norton se dit que le Dr Perera pourrait triompher, lui qui avait prédit un maximum de 0,02. Et l'*Endeavour* était pris dans son sillage comme une épave flottante tourbillonnait à la suite d'une embarcation rapide...

L'accélération se maintint au fil des heures. Rama s'écartait de l'*Endeavour* à une vitesse régulièrement croissante. A mesure que l'écart se creusait, le comportement aberrant du vaisseau s'atténuait, cédant la place aux lois normales de l'inertie. Ils ne purent que faire des hypothèses sur les énergies à l'effet desquelles ils avaient un instant succombé. Et Norton se félicita d'avoir garé l'*Endeavour* à bonne distance avant que Rama n'eût déclenché sa manœuvre.

Quant à l'origine de ce mouvement, une seule chose était certaine, même si tout le reste était mystère, il ne s'était produit ni éjection de gaz ni émission ionisée ou de plasma lors du changement d'orbite de Rama. Et nul ne l'exprima mieux que le professeur-sergent Myron qui dit d'une voix aussi scandalisée qu'incrédule :

– Autant pour la troisième loi de Newton!

C'était pourtant à cette troisième loi qu'allait obéir l'*Endeavour* le lendemain lorsqu'il dépensa ses dernières gouttes de carburant à se placer sur une orbite plus éloignée du soleil. Le transfert, bien que minime, reculerait le périhélie de dix millions de kilomètres, ce qui faisait toute la différence entre un fonctionnement, à quatre-vingt-quinze pour cent de sa capacité, du système de refroidissement, et la mort par carbonisation.

Lorsqu'ils eurent achevé cette manœuvre, Rama se trouvait à deux cent mille kilomètres, presque invisible sur le fond aveuglant du soleil. Mais les radars les renseignaient toujours avec précision sur sa trajectoire. Et leur étonnement crût à mesure que les chiffres s'alignaient.

Ils les vérifièrent inlassablement, puis ils ne purent éluder l'incroyable conclusion qui annihilait les craintes des Hermiens, l'héroïsme de Rodrigo et le verbiage de l'Assemblée générale.

Quelle dérision cosmique, se dit Norton en jetant les yeux sur les derniers chiffres, si après un million d'années de navigation sans accrocs, les calculatrices de Rama avaient fait une erreur infime, quelque chose comme un plus à la place d'un moins dans une équation!

Car tout le monde était persuadé que Rama ralentirait pour se laisser capturer par le champ gravitationnel du soleil et prendre place dans la ronde des planètes. Or, il faisait exactement le contraire.

Il accélérait, dans la plus invraisemblable direction.

Rama tombait toujours plus vite vers le soleil.

PHÉNIX

A mesure qu'était mieux et plus clairement définie la nouvelle orbite, on voyait de moins en moins comment Rama pourrait échapper au désastre. Seule une poignée de comètes avait frôlé d'aussi près le soleil. Au périhélie, il ne serait qu'à moins d'un million de kilomètres de cet enfer d'hydrogène en feu. A ce point, aucun matériau solide ne pouvait résister. Le dur alliage qui constituait l'écorce de Rama aurait commencé à fondre depuis une distance dix fois supérieure.

Au grand soulagement général, l'*Endeavour*, lui, venait de franchir son propre périhélie et ne cessait d'augmenter sa distance par rapport au soleil. Rama gravitait déjà très avant sur son orbite rapide et serrée, visible au bord des franges de la couronne. Du vaisseau, on aurait une vue grandiose du terrible dénouement.

Puis, à cinq millions de kilomètres du soleil et toujours accélérant, Rama se mit à sécréter son cocon. Jusque-là, il était apparu dans le plus puissant télescope du bord comme une brindille luisante. Puis il commença à scintiller, comme une étoile à travers les vapeurs de l'horizon. On eût dit qu'il allait se désintégrer. Norton, lorsqu'il en vit l'image se dissoudre, ressentit cruellement la perte d'une telle merveille. Puis il dut admettre que Rama était toujours là, mais entouré d'un halo miroitant.

Alors il disparut, ne laissant qu'un objet semblable à une étoile, sans disque au contour apparent, comme si Rama s'était soudain contracté en une balle minuscule.

Ils ne comprirent qu'un peu plus tard tout ce qui s'était produit. Rama avait effectivement disparu, car il se trouvait au sein d'une sphère impeccablement réfléchissante et d'un diamètre d'une centaine de kilomètres. Ils ne pouvaient plus voir que le reflet du soleil lui-même sur le quartier de la sphère tourné vers eux. Derrière cette bulle protectrice, Rama n'avait sans doute rien à craindre de l'enfer solaire.

Au fil des heures, la bulle changea de forme. L'image du soleil s'étira et se tordit. La sphère s'allongeait en un ellipsoïde dont l'axe était pointé en direction de sa course. Ce fut à ce moment que les observatoires automatiques, qui depuis deux cents ans étaient braqués sur le soleil, communiquèrent leurs premières données aberrantes.

Le champ magnétique du soleil présentait d'étranges symptômes dans la région de Rama. Malgré leur million de kilomètres, les lignes de force qui tressaient la couronne et lançaient les jets de gaz violemment ionisé à des vitesses défiant l'écrasante gravité elle-même du soleil, s'écartaient autour de l'ellipsoïde scintillant. L'œil n'en percevait rien encore, mais les instruments sur orbite communiquaient le détail des altérations du flux magnétique et de la radiation ultraviolette.

Et voilà que les altérations de la couronne étaient visibles à l'œil nu. Un tube ou tunnel faiblement luisant, long d'une centaine de milliers de kilomètres, était apparu dans la très haute atmosphère du soleil. Il présentait une légère courbure qui était celle-là même de la trajectoire de Rama, et Rama lui-même – ou son cocon protecteur – apparaissait comme une goutte scintillante fonçant toujours plus vite à l'intérieur du fantomatique tunnel qui perçait la couronne.

Car sa vitesse augmentait toujours. Elle avait déjà dépassé les deux cent mille kilomètres à le seconde, et il n'était donc plus question qu'il restât captif du soleil. Là au moins, la stratégie des Raméens était claire. Ils n'étaient venus si près du soleil que pour pomper son énergie à la source, afin de se propulser plus vite encore vers leur but, ultime et inconnu...

Mais il semblait maintenant qu'ils pompaient plus que de l'énergie proprement dite. Personne n'en aurait juré, car les plus proches stations d'observation étaient à trente millions de kilomètres de là, mais plusieurs signes précis laissaient penser qu'un courant de matière allait du soleil à l'intérieur de Rama lui-même, comme si ce dernier compensait les pertes et les fuites causées par dix mille siècles de course dans l'espace.

Plus vite, toujours plus vite, Rama frôlait le soleil, le contournait, le dépassait. Jamais le système solaire n'avait été traversé aussi rapidement. En moins de deux heures, il avait viré de quatre-vingt-dix degrés, ultime preuve administrée avec condescendance de son peu d'intérêt prêté aux mondes dont il avait si fort troublé la tranquillité.

Il traversait le plan de l'écliptique, droit vers les cieux austraux, loin sous la plaine où se meuvent toutes les planètes.

Bien que cela, à coup sûr, ne fût pas son but final, il se dirigeait avec assurance vers les grandes nuées magellaniques, et les gouffres solitaires d'au delà de la Voie lactée.

INTERLUDE

– Entrez, dit distraitement le commandant Norton, au coup léger frappé à sa porte.

– Il y a des nouvelles pour vous, Bill. Je veux vous en donner la primeur avant que l'équipage ne tombe dessus. Et, de toute façon, c'est de mon ressort.

Norton semblait encore très loin. Il était étendu, les mains croisées sous la tête, les yeux mi-clos sous la lumière en veilleuse de sa cabine. Sans réellement sommeiller, il était perdu dans un rêve, ou une rêverie, qui ne se partageait pas.

Il cligna des yeux, une fois ou deux, et réintégra aussitôt son corps.

– Excusez-moi, Laura – je ne comprends pas bien. De quoi s'agit-il?

– Ne dites pas que vous avez oublié!

– Cessez vos simagrées, misérable bonne femme! J'ai eu l'esprit un peu occupé, ces derniers temps.

Le médecin-commandant Ernst fit glisser une chaise captive sur ses rails et s'assit à côté de Norton :

– Les crises interplanétaires peuvent toujours se nouer et se dénouer, cela n'empêche pas les rouages de la bureaucratie martienne de s'engrener imperturbablement. Mais je suppose que Rama y a été pour quelque chose. C'est une chance que vous n'ayez pas dû solliciter l'autorisation des Hermiens.

Une certaine clarté se mit à poindre :

– Ah... Port Lowell a délivré l'autorisation!

– Mieux que cela. Elle a déjà pris effet.(Laura baissa les yeux sur la bande de papier qu'elle tenait à la main :) « Urgent, lut-elle. Peut-être en ce moment même, votre prochain fils est conçu. Félicitations. »

– Merci. J'espère qu'il n'est pas fâché d'avoir attendu.

Comme tous les astronautes, Norton avait été stérilisé à son entrée dans la carrière : pour un homme qui passerait des années dans l'espace, les mutations génétiques dues aux radiations n'étaient pas un risque, mais une certitude. Et le spermatozoïde qui venait, à deux millions de kilomètres de là, de libérer son chargement de gènes, était congelé depuis trente ans, attendant que vînt son heure.

Norton se demanda s'il serait de retour à temps pour la naissance. Il avait mérité son repos, sa tranquillité, une vie de famille aussi normale que pouvait espérer un astronaute. Maintenant que cette mission était pratiquement terminée, il commençait à se laisser aller, à penser une fois encore à ce que serait sa vie et celle de ses deux familles. Oui, ce serait bon, de rester un temps à la maison, et de rattraper le temps perdu... de bien des façons...

– Cette visite était d'ordre purement professionnel, plaida Laura d'un ton peu convaincu.

– Après toutes ces années, répondit Norton, nous nous connaissons trop pour cela. Et puis, que je sache, vous n'êtes pas de garde.

– Et maintenant, à quoi pensez-vous? demanda, bien plus tard, le médecin-commandant Ernst. J'espère que vous ne devenez pas sentimental.

– Pas à notre sujet; à celui de Rama. Il commence à me manquer.

– Je suis très flattée du compliment.

Norton la serra plus fort dans ses bras. Une des choses les plus agréables de l'apesanteur, pensait-il souvent, était que l'on pouvait passer la nuit enlacés sans problèmes de circulation. Il y en avait même qui prétendaient que l'amour en pesanteur terrestre était si laborieux qu'ils n'y prenaient plus aucun plaisir.

– Il est bien connu, Laura, que les hommes, au contraire des femmes, pensent sur deux pistes à la fois. Mais c'est vrai, et c'est même sérieux, j'ai le sentiment d'avoir perdu quelqu'un.

– Je vois très bien ce que c'est.

– Pas de diagnostic, je vous en prie. Ce n'est pas la seule raison; et puis, ça ne fait rien.

Il abandonna. Ce n'était pas facile à expliquer, y compris à soi-même.

Il avait réussi au delà de toute attente : ce que ses hommes avaient découvert dans Rama occuperait les savants pendant des décennies. Et, surtout, il avait mené à bien cette mission sans y laisser un seul homme.

Mais il avait également échoué. On pourrait se perdre à l'infini en conjectures, la nature et le dessein des Raméens n'en resteraient pas moins totalement inconnus. Ils s'étaient servis du système solaire comme d'une pompe à essence, ou d'un chargeur de batterie, peu importe, et lui avaient tourné le dos avec mépris, appelés par d'autres affaires autrement importantes. Sans doute n'auraient-ils jamais connaissance de l'espèce humaine : une aussi monumentale indifférence était pire qu'une insulte délibérée.

Au dernier regard que Norton put jeter à Rama – étoile minuscule qui dépassait Vénus – il comprit qu'un moment de sa vie s'était achevé. Il n'avait que cinquante-cinq ans, mais il sentait que sa jeunesse était restée sur la plaine courbe, parmi les mystères et les merveilles qui échappaient inexorablement à l'emprise de l'homme. Malgré les honneurs et les succès que lui réservait l'avenir, sa vie, il le savait, serait entachée d'une ombre de trivialité et du regret de l'occasion manquée.

Ainsi pensait-il, alors qu'il aurait dû, en cet instant précis, faire preuve d'une plus grande clairvoyance.

Et, sur la Terre lointaine, le Dr Carlisle Perera n'avait encore dit à personne qu'à son réveil d'un sommeil sans repos, le message de son inconscient résonnait toujours dans son crâne :

Les Raméens font tout par trois.

Achevé d'imprimer sur les presses de l'imprimerie Brodard et Taupin
58, rue Jean Bleuzen, Vanves. Usine de La Flèche,
le 15 février 1985
1600-5 Dépôt légal février 1985. ISBN : 2 - 277 - 21047 - 1
1er dépôt légal dans la collection : mars 1980
Imprimé en France

Editions J'ai Lu
27, rue Cassette, 75006 Paris
diffusion France et étranger : Flammarion